imaginist

想象另一种可能

理
想
国

imaginist

Cities of the Plain

Cormac McCarthy

平原上的城市

北京日报出版社

[美] 科马克·麦卡锡 著　李笃 译

北京出版外国图书合同登记号：01-2021-0959

图书在版编目 (CIP) 数据

平原上的城市 / (美) 科马克 • 麦卡锡著 ; 李笃译 .
-- 北京 : 北京日报出版社 , 2021.3
(边境三部曲 ; 第三部)
ISBN 978-7-5477-3755-2

Ⅰ . ①平… Ⅱ . ①科… ②李… Ⅲ . ①长篇小说－美国－现代 Ⅳ . ① I712.45

中国版本图书馆 CIP 数据核字 (2020) 第 213220 号

特邀策划 : 李恒嘉
特邀编辑 : 闫柳君
责任编辑 : 许庆元
装帧设计 : 邵年 | XYZ Lab
内文制作 : 陈基胜

出版发行：北京日报出版社
地　　址：北京市东城区东单三条 8-16 号东方广场东配楼四层
邮　　编：100005
电　　话：发行部：（010）65255876
　　　　　总编室：（010）65252135
印　　刷：山东新华印务有限公司
经　　销：各地新华书店
版　　次：2021 年 3 月第 1 版
　　　　　2021 年 3 月第 1 次印刷
开　　本：850 毫米 ×1168 毫米　1/32
印　　张：12.25
字　　数：254 千字
定　　价：64.00 元

目录

前言

科马克·麦卡锡生于1933年。20世纪50年代初于田纳西大学研习文学，60年代起专业从事文学特别是小说的创作。他早期的作品专注于对美国南方风土人情的摹写，作品被归入美国南方文学范畴。自70年代中期移居得克萨斯西部、美墨边境城市埃尔帕索后，即致力于对当地下层人民特别是西部牛仔生存与奋斗的描写。他数十年埋头耕耘、默默著述，终以《血色子午线》（1985）一书崭露头角，《天下骏马》一书的出版使他在流派纷呈、群星灿烂的美国文学界脱颖而出，成为一颗耀眼的文坛新星。而“边境三部曲”的全部出版，则更奠定了他作为当代美国西部文学大师的地位。他新近因《老无所依》（2005）、《长路》（2006）等小说的出版，更赢得了“当代在世的最伟大的美国作家之一”的盛誉。

《平原上的城市》和“边境三部曲”中的《天下骏马》《穿越》是在情节上各自独立、在人物上互有联系、在精神上一以贯之的三部小说。从结构上讲,《平原上的城市》是“边境三部曲”的终结“乐章”，而在思想内容上讲，它又是全系列的缩影。读过《天下骏马》和《穿越》的读者可以看到，《天下骏马》的主人公、少年牛仔约翰·格雷迪和《穿越》的主人公、少年牛仔比利·帕勒姆,作为经过生活历练、变得成熟了的青年,在这部《平原上的城市》中共同扮演了主角，继续了他们的探索，演绎出了又一段感人至深的故事。而在另一面，由于《平原上的城市》的同名未发表电影剧本产生在十多年之前，所以实际上它又是“边境三部曲”借以铺陈、推演和发展的蓝本。因而这本书更集中、更凝练地反映了作者在整部三部曲中所要表达的思想。

故事发生在第二次世界大战结束不久的20世纪50年代初。在《天下骏马》的浪漫历险中走过来的青年牛仔约翰·格雷迪和经历了《穿越》的比利·帕勒姆，现在生活、劳作在美国西南部靠近墨西哥的一个牧场里。离牧场不远，是美、墨的界河格兰德河。隔河相望的是美国的埃尔帕索和对岸墨西哥的华雷斯两座城市，即“平原上的城市”。小说的情节，特别是贯穿全书的约翰·格雷迪与一个年轻墨西哥妓女间的爱情悲剧便展开在这两座城市及其周遭的牧区和群山中。

在牧场牛仔们对华雷斯城一家妓院的造访中，约翰·格雷迪看上了年轻美丽的墨西哥妓女玛格达莱娜，却因拘谨和羞涩而与她失之交臂。随后，约翰·格雷迪一次次地穿过国界，在华雷斯到处不懈地寻找，终于在一个叫作“白湖”的妓院与他钟情的姑娘相会，并双双陷入热恋。爱情唤醒了诚实、执着的约翰·格雷迪对新生活的向往，少女的悲惨身世更激起了他救助爱人的信念。他不顾世俗的成见，不顾包括挚友比利在内的所有朋友的反对，决定娶多病的玛格达莱娜为妻。“白湖”妓院老板爱德华多不但是个阴狠毒辣的冷血恶棍，更把玛格达莱娜控制作自己泄欲的性奴。约翰·格雷迪在为情人赎身的努力遭到了必然的失败后，铤而走险，计划营救玛格达莱娜偷越国境，进入美国。不幸计谋败露，姑娘在即将进入美国时，在边界上惨遭杀害。对爱情也对生活绝望了的约翰·格雷迪向爱德华多寻仇，在一场血腥的决斗中，杀死了仇敌，自己也因身受重伤而死，结束了他短暂而又历尽艰辛的一生。

如同所有优秀的小说一样，《平原上的城市》在上述故事情节的背景下，展开的是一幅内容更加丰富、幅面更加广阔的生活画卷。它既涵盖了20世纪中叶美国西部牧业经济和牧民生活的方方面面，也集纳了作者对人生的意义、人与自然的依存、人与宗教关系的理性思索。在这里，作者向我们展现了牛仔们辛勤的劳动生活和在艰苦环境中互相关怀的兄弟情义，也展现了牧区中独身牛仔和城镇中妓女之间相依相存的独特人文生态景观。在这里既有围猎山狮、捕杀野狗的激烈场面，也有繁星低垂、篝火熊熊的静夜里对往事的娓娓述说。在故事发生的年代，由于现代大工业的发展，致使一度繁荣的西部放牧业渐趋衰落。而城市化和现代化的推进，更迫使牛仔们放弃世代相沿的简朴生活方式，背井离乡，甚至跨越边境，到异国去寻找自己失去的“天堂”。历史的无情变迁、人与命运的抗争，使全书弥漫着失落、彷徨、悲怆的气氛。对整个时代变化的记录和抒写，更使小说具有史诗般的品格和气魄。

“在麦卡锡的作品中，大自然始终是伟大的存在（第一部前言）。”大自然雄浑、壮美、伟大，是人类劳作、生息的所在；而人类的劳作、生息恰恰又破坏、毁灭着大自然。人类在与严酷自然的斗争中、在改造自然中体现了自己存在的价值，而又为大自然的风貌不再而惋惜。对大自然的描写，对人与自然和谐相处的赞美和依恋，对人与自然这对矛盾的思索，构成了小说《平原上的城市》的另一个主题。

本书的尾声因其在全书中相对独立的地位和寓意隐晦的特点，也许需要稍加说明。在这部长达四十页、在情节上一直延伸到五十年后（2002年）的尾声中，作者试图概括和归纳他在“边境三部曲”中的种种思索：约翰·格雷迪死后，比利离开了牧场，开始了浪迹天涯的流浪生活。2002年秋，七十八岁垂垂老矣的比利在公路边遇到了另一个流浪者——另一个比利。在两人的对话中，流浪者向比利讲述了他的梦境，以及梦中另一个旅人所做的梦。在现实与梦、现实与梦中梦、梦与梦中梦之间纠结难解的情景结构中，麦卡锡表达了他对人生、对现实与理想的哲理性思考，以及对作家与他所做的梦——他的作品——之间关系与责任的看法。评论家爱德温·阿诺德指出：这篇尾声如同麦卡锡其他小说的结论部分一样“空灵、玄奥而难以捉摸”。这就像是一幅抽象画，美是显然的，但却留下了巨大的理解与想象的空间。

作为西部文杰的麦卡锡，在写作上沿袭了经典现实主义的优秀传统。评论家们广泛地把“边境三部曲”这部巨著与霍桑、马克·吐温、福克纳、德莱塞和斯坦贝克等美国文学巨匠的著作相提并论；他在“边境三部曲”中所表达的某些精神、意象和观念，甚而被与远至荷马、莎士比亚、但丁，乃至《圣经》文学相对照。而以译者所见，麦卡锡在《平原上的城市》中所表现的艺术风格，也许更让人联想起海明威的作品。麦卡锡的叙事方式凝练含蓄，一如海明威：一切蔓枝杂叶、修饰词语都几乎被删除得一干二净；对事物的描写简洁、朴实，不事文饰和渲染；对情节和人物更是不稍加说明和交代，全赖读者通过对人物的活动和大量对话的反复阅读、进入情景、咀嚼品味，才能理解故事的内容和含义。这颇使人联想起海明成的《永别了，武器》。而《平原上的城市》里，苍穹之下，荒野之上，踽踽独行的牛仔这一文学意象，更使人联想起《老人与海》中茫茫大海里的老渔夫，天、地、人、海，广袤、深沉、肃穆、神秘，在在都使人产生一种对人生的艰辛短暂、对大自然浩渺永恒的近乎宗教式的感悟和崇敬。

“小说是叙述故事情节的语言艺术。”《平原上的城市》表现了作者驾驭语言的才能和作品独特的艺术魅力。使用美国西南边境的语言，是本书的一大特色。这赋予小说浓郁的乡土风味和地方色彩。用当地墨西哥人所使用的边境西班牙语以及用英、西双语交杂写成的大段落对话，则不但表现了边境文化交融的特点，更常常恰当地反映了人物的特定关系和细微的心理活动。而大量使用的俚语、俗语、土语和“习惯错误”的句法和词法，更贴切而生动地反映了下层人民的生活习俗和牛仔的性格特征。由于麦卡锡对西部牛仔生活的观察积累和对其语言的深刻体会，他书中的对话语言不但完全口语化，而且准确、凝练、意蕴丰富。常常是一个词语，便鲜活地造成或幽默、或谐谑、或调侃、或尖刻、或辛辣的不同语感，而许多从生活中提炼出来的朴素语言，更常包含着闪光的哲理，以及多层次的深刻含义。

这些语言上的特点，给读者阅读原著提供了巨大的艺术享受，也给译者在翻译时造成了很大的困难。为了把译文中的不足和缺憾降低到最低程度，译者做了力所能及的最大努力。在此过程中，得到了许多国内外朋友，特别是译者在犹他大学的朋友查理·梅恩教授的帮助。为了保证对原书的理解，我和查理一起度过了许多个不眠之夜，对原文做了逐字逐句的讨论和推敲。没有他的帮助，《平原上的城市》的译文不可能达到现在忠实于原作的程度。

我还要特别感谢我的朋友尚玉明教授。他不但是“边境三部曲”前两部的译者，更是整个系列中译版的发起和组织者。我在翻译《平原上的城市》的整个过程中都得到了他及时而有力的帮助。没有他的倡导、鼓励和支持，就不可能产生这部译作。

李笃

2010 年 8 月于美国犹他州普罗沃市

第一章

他们站在门廊里，使劲跺着脚、摔打着帽子，抹掉脸上的雨水。外面街上正大雨滂沱，雨柱抽打着地上的积水，把映在水潭中红红绿绿、五彩缤纷的霓虹灯影子驱赶得来回激荡、四处飞散。雨脚在路边的汽车顶上飞舞，噼啪作响。

“妈的，简直要叫雨呛死了，”比利嚷道，一边挥动还在滴水的帽子，“我们的漂亮牛仔到哪儿去了？”

“他已经进屋了。”

“那我们也赶快吧！不然胖姑娘就都让他挑走了。”

屋子里空荡荡的，还没有客人。几个穿着破烂衣衫的妓女坐在一张旧沙发上，见他们一伙进来，都抬起头来打量。他们又跺跺脚，便穿过厅堂走过去，停在酒吧台前。一个个抬起脚，架在瓷砖泄水槽边的围栏上，帽子往后脑勺一推，瞅着酒吧侍者给他们往杯子里斟上威士忌。接着大家一起端起酒杯，在血红的灯光下，弥漫的烟气中，向前点了点头，仿佛向一个不在场的伙伴行礼似的，一扬头把酒灌进喉咙，然后把空杯子搁到吧台，用手背抹抹嘴。特洛伊向酒吧侍者翘了翘下巴，一个手指头在空杯子上比画了一下。酒吧侍者赶紧会意地点点头。

“约翰·格雷迪，你看上去像只倒霉的落汤鸡，怎么这么没精神？”

“我看也真是。”

酒吧侍者又给他们斟上威士忌。

“从来没见过这么大的雨。你们要啤酒吗？拿三杯啤酒来。”

“小伙子，你给自己挑好了小妞没有？”

小伙子摇了摇头。

“特洛伊，你看中了哪个？”

“我和你一样，我要个胖妞。今天我来，就是要搞个胖的。说真的，老兄，你一门心思想搞个胖妞的时候，那别的什么女人都解不了你的馋啦！”

“对，没错，我太知道那种感觉了。约翰·格雷迪，你也赶紧挑一个吧

小伙子转过身来，望着那头的妓女们。

“看，那个穿绿睡袍的胖妞怎么样？”

“嗨！嗨！那是我的，你别叫他招我的姑娘，”特洛伊着急了，“你这是成心挑我们俩打架呢。”

“瞧，她在朝我们看呢。”

“她们哪个不在朝我们看？”

“没错，约翰 · 格雷迪，看得出，她看中你了。”

“哼，她身子壮得能把约翰 · 格雷迪颠到房顶上去。”

“不，不，不会的！你放心，我们的漂亮小伙子会像蚂蟥一样叮在她身上……嗨，看那个披蓝围巾的女人怎么样？”

“别听他的，约翰 · 格雷迪！那女人丑得脸像是给火燎过似的。要我看呢，边上那个金色头发的女人大概更对你的胃口。”

比利摇摇头，一边伸手端起威士忌，一边对约翰 · 格雷迪说：“没法儿跟他这人说！他这人根本就不会品女人，压根儿就不行！”

“得，得，那你就听比利的吧，”特洛伊说，“他总会给你找一个有分量的夯货的。可他自己以前就说过，男人决不能玩他抱不动的女人的。还说，不然，要是房子着了火，可咋办哪？”

“或者是谷仓着了火，咋办？”

“对，咋办？”

“嗨，你还记得那一次我们带克莱德来这里的事吗？”

“怎么不记得！克莱德倒蛮有主意，那回挑了个大胖妞，可有分量了。”

“杰西和我们几个给老板娘塞了几个钱，便让我们溜进去，偷看克莱德办那事儿。还打算给他拍照片来着，可我们自己忍不住喷笑了出来，结果事情全砸了锅。”

“后来我们对克莱德说，他那会儿就像个瘦猴儿，抱着个大白皮球干，滑稽极了。说得他几乎要跟我们打起来了。嗨，你看那边那个穿红衣服的怎么样？”

“别听他的，约翰·格雷迪。”

“又是论斤称的粗货，他连看都不要看的。”

“那，你们先进去吧……”约翰·格雷迪说。

“你也挑一个。”

“行了，就先别管我了。”

“你看，特洛伊，你把我们的小伙子都搅得没主意了。”

“杰西后来对大家说，克莱德看上了他那个胖姑娘，想把她带回家。可当时他们只有一辆小卡车，装不下那胖妞，不得不叫人回去取拖车。折腾了好久，等到拖车来时，克莱德的热劲儿也过去了，不要她了。气得杰西直骂他，说再也不带他去逛窑子了。说他不负责任，一点儿也不像个男子汉。”

“你们还是先进去吧。”约翰·格雷迪又催促他们。

比利和特洛伊便去里面开房了。约翰·格雷迪又要了一份威士忌，独个儿坐着，听着雨点敲打铁皮屋顶的噼啪声。他一边在吧台光滑的桌面上缓缓地转动着酒杯，一边在吧台后面旧柜橱上发黄的镜子里仔细打量着身后屋子里的女人。一个妓女走过来，攀住他的胳膊，要他给买杯酒什么的。他推辞说，他只是在这儿等朋友，不找小姐。

又过了好一会儿，特洛伊完事回来了。他坐到吧凳上，又叫了一杯威士忌，然后双手握起，搭在面前的吧台上，像在教堂里做礼拜一样，默默坐着出神。接着他从衬衣口袋里掏出一支烟，自言自语道：“我不明白，约翰·格雷迪。”

“不明白什么？”

“说不清。”

酒吧侍者过来给他斟上威士忌。

“给他也斟上。”

酒吧侍者又给约翰·格雷迪斟酒。

又一个妓女走过来，挽住约翰·格雷迪的胳膊。她脸上的粉厚得都裂缝、掉渣儿了。

“告诉她，就说你有淋病。”特洛伊说。

约翰·格雷迪用西班牙语对那女子这么说了，可她还是拽着他的胳膊不放。

“比利有一次也这么说过，可那女孩倒说，没关系的，她自己也是那病。”特洛伊一边说，一边用他的 Zippo 打火机点着了香烟，又把打火机放回烟盒上面。他深深吸了一口，把烟喷到吧台光滑的木面上，抬眼瞅着约翰·格雷迪。刚才那个妓女已回到沙发那边去了，约翰·格雷迪又在吧台后面的大镜子里端详着什么。特洛伊回转身，顺着约翰·格雷迪的眼光看过去，原来这回是一个很年轻的姑娘，也许还不到十七岁吧。

姑娘倚坐在沙发扶手上，两手搭在膝间，眼帘下垂，像个小女学生似的不停搓掂着自己的衣角。忽而，她抬起头，眼睛朝他们这边一闪，漆黑的长发从肩上飘落下来，她手背优雅地一挥，拂了回去。“这才是个俏货，是不？”特洛伊说。

约翰·格雷迪点点头。

“去，要了她！”

“算了吧……”

“妈的，这还磨蹭什么！”

“看，比利也回来了。”

比利走到吧台前，正了正他的帽子。

“我去替你叫她吧？”特洛伊催促着。

“不用。我要的话，自己会去。”

“还想再搞一个……”比利用西班牙语说，接着转过身又往屋子那头张望。

“干吧，”特洛伊说，“没事，我们等着你。”

“你们说的就是那个小姑娘？我看还没十五岁呢！”

“我看也没有。”

“你找我刚才搞过的那个吧，功夫棒极了，我保证。”

酒吧侍者又过来给他们倒上酒。

“瞧着点，我那个女的马上就出来了。”

“算了，我不要。”

比利瞅了瞅特洛伊，转过身，端起酒杯，对着满到杯沿的血红液体注视片刻，然后举到嘴边，仰头一饮而尽。接着从口袋里掏出钱来摆在吧台上，朝正瞅着他的酒吧侍者翘了翘下巴。

“都好了吗？”

“好了。”

“那我们去找点东西吃吧。雨该是已经停了，听不到声音了。”

他们沿着伊格纳西奥梅加街向华雷斯大街走去。混沌的雨水在街边的水沟里缓缓流淌着。血红色的灯光从酒吧、饭馆和店铺里流泻出来，给漆黑、潮湿的街道平添了一抹光亮。他们从街上走过来时，两旁店铺的主人们都纷纷向他们打招呼，街上的小贩们也从四面围拢来，向他们兜售手里的首饰、纱巾等零碎商品。他们横穿过华雷斯大街，又沿着米加街走到拿破仑饭店，大家一齐走进去，就在前面临窗户的一张桌子边落座。一个身穿制服的侍者马上迎过来，一边用手里的小扫帚扫着印渍斑驳的白桌布，一边招呼他们："骑士们好！"

他们要了牛排和咖啡，一边吃喝，一边听特洛伊讲战场上的故事，然后便坐着吸烟，无心地望着窗外街上一辆辆老式的黄色出租车从积水里驶过。吃完饭出了饭馆，一行人便沿华雷斯大街向格兰德河大桥走去。这光景，路上电车已经停开，交通和买卖也都冷落了，街上空荡荡的。只有在温暖潮湿的灯光里熠熠闪亮的电车轨道，一直延伸到远方，经过守桥人的板棚，隐没在大桥之上。这弯曲的铁轨就像是一把巨大的手术钳，把眼前这大片离散的房舍连成了一体。天上繁星密布，云朵正从富兰克林山那边飘过来，向南飘去，一直飘到在夜空背景上黑影幢幢的墨西哥山边。他们三个人过了桥，一个接一个地推开桥头的转门，帽子歪戴着，微醺着，甩开步子沿埃尔帕索大街向南走去。

约翰·格雷迪叫醒比利的时候，天还没亮。他自己先穿好衣服，在厨房中忙活了一阵子，回来跟马说了一阵话，这才手里端了杯咖啡，来到马厩里比利睡的格子间门口，把帆布帘子推到门一边，叫道："喂，牛仔！"

比利只哼唧了一声。

"起来，等到冬天你再往够里睡吧！"

"操……"

"起来吧！你他妈的在那儿躺了快四个钟头了。"

比利坐了起来，两条腿从床上吊下，手捧着头坐着。

"真不明白，你怎么就能那么死挺着。"

"他妈的，你龟儿子就是大清早精神大！"比利嘟囔着，"我的咖啡呢？"

"谁给你端咖啡了？快颠着屁股起来吧，吃的都在桌子上。"

比利伸手从床头摘下帽子，戴上，又扶了扶正。

"好了，"他说，"我起来了。"

约翰·格雷迪转身顺马厩中间的走道向外面的大屋走去。他走过时，两边马舍里的马一个跟着一个向他发出嘶叫。"行了，行了！我知道该是什么时候了。"他一边走，一边轻声向马说。走道尽头，有段草绳从上面的阁楼垂下来。他一口喝尽剩下的咖啡，把咖啡渣子从杯子里泼掉，纵身一跳，一巴掌把草绳打得飞荡起来，便走出了马厩。

比利推门进来时，大家正围在桌边吃饭。厨娘索珂洛进来，把一盘小面包端到炉子边，倒在平底锅里，放在加热板上。待热了以后，又盛了出来，用盘子端回到桌上。桌子上有一大盆炒鸡蛋，一盆玉米粥，还有一大盘肉肠，一瓶调味汁，两大碗泡菜和番茄酱，以及黄油、蜂蜜，等等。比利在洗碗池边洗了脸，用索珂洛递给他的毛巾擦干，把毛巾搭在台子上，走到桌边来。他跨过一张空椅子的椅背，坐下来，伸手便拿炒蛋。奥伦抬头从报纸的上面瞟了他一眼，又埋头继续看他的报纸。

“早晨好，奥伦。早晨好，杰西。”比利舀了几勺炒鸡蛋，一边去拿肉肠，一边说。

杰西从盘子上抬起头，说：“你们大概打狗熊[1]打了一整夜吧？”

“打狗熊，对！”比利说，伸手拿了一个小面包，用布把盘子盖好，又伸手去拿黄油。

“让我看看你的眼睛。”杰西说。

“眼睛都好好的，有什么好看的！把沙士酱递过来！”

他舀了勺辣酱在炒蛋上，说：“就是要以火攻火，对吧，约翰·格雷迪兄弟？”

这时一位老人走进了厨房，他吊裤带拖在腰两旁，晃晃悠悠的。他身穿一件老式的活领衬衫，却没带领子，就晾着一截光脖子。脸是刚刚刮了的，肥皂沫还挂在脖子上、耳朵下。约翰·格雷迪往后推开椅子要站起来。

“约翰逊老爹，这儿来，”他说，“坐这儿。我完了。”边说边端起盘子往洗碗池那儿拿。

“坐着，坐着，”老人摆摆手止住他，他说，“我就来要点咖啡。”

厨房里，索珂洛从柜橱下边取下一个白瓷口杯，倒上咖啡，把杯把儿转过来向着老人。老人点点头，端起杯子，转身走出

[1] 打狗熊系得克萨斯牛仔习语，指泡妞、嫖妓等。——译注

厨房，走到饭桌旁站住，往杯子里舀了两大勺糖，便走出屋子去，连糖勺子也一起带走了。

约翰·格雷迪把杯盘端到矮橱上，又从柜台上取了他的饭盒，走了出去。

“他怎么了？”杰西问。

“没事。”比利答道。

“我说的是约翰·格雷迪。”

“我知道。”

“好了，别又扯这事儿了，你们，”奥伦折起报纸，搁在桌上说，“特洛伊，怎么样，可以走了吗？”

“可以走了。”

人们纷纷推开椅子，起身走了出去。比利一个人还坐着剔牙。他瞧着杰西，问：“你今天上午干什么？”

“我要跟老爹进城去。”

比利点点头。从外边院子里传来卡车发动的响声。“大概天亮了，”他说，“能看得见了。”他站起身，穿过堂屋，进了厨房，从柜台上拿起饭盒，走了出去。杰西伸手从桌上拿起报纸，看了起来。

约翰·格雷迪坐在方向盘后面，发动机在空转着。

比利坐了进来，把饭盒放在脚下，关上车门，转过来望着他。“怎么样？”他说，“准备好卖一天的力气，挣一天的工钱了吗？”

约翰·格雷迪一推挡，一踩油门，卡车便驶上了车道。

“起早贪黑，累断筋骨，挣一份良心钱！”比利说，“不错！

我就爱过这种日子。你呢？兄弟？我真爱这种日子！你也爱，是吧？上帝在上，我真是爱，我就是爱啊！”

他手伸进衬衣口袋取出烟盒，抖出一支烟，用车上的点火器点上抽了起来。卡车沿着车道缓缓驶下，早晨的阳光洒满在车道上，投下两边篱笆和橡树长长的影子。太阳照在满是尘土的挡风玻璃上白花花的，让人睁不开眼睛。这里，那里，一群群牛站在篱笆旁，冲着驶过的车子哞哞地叫。

“都是些母牛。”比利仔细地看着，自言自语道。

中午，他们在牧场南面十英里左右红土山岩间一片绿茵茵的高坡上歇息、吃饭。比利枕着卷起来的上衣躺在地上，帽子扣在脸上，斜眼瞄着西南七八十英里外的瓜达卢普山岬，嘟囔着：“我最烦到这块破地方来了！妈的，连竖一根篱笆柱子的平地都没有！”

约翰·格雷迪腿搭着腿坐着，嘴里嚼着一根草茎。往南二十多英里远是一条绿色葱茏的带子，沿着里奥格兰德河谷一直延伸下去。近处是一片围起来的田地。一块收获了的棉田里，一台拖拉机正在耕地，它沿着灰色的田洼行进，身后扬起一道浓黑的烟尘。

“约翰逊老爹说，前些时候军队派人来这里，奉命调查这南部的七个州，查出最穷的地方，向上报告，准备由他们征用。听说，咱们马克的这个牧场就正在最穷的地方的中心。”

比利说着，瞧了约翰·格雷迪一眼，又回头望着群山。

“真的？”约翰·格雷迪问。

"嗨，谁知道。"

"杰西说这老头儿变得越来越神经了。"

"哼！老头儿就是再神经，也比他杰西明白。这你该知道杰西是什么货色了吧？"

"说不好。"

"其实老头儿没有什么不正常，就是人老了。"

"杰西说，自从死了女儿以后，他就不对劲儿了。"

"他本不该的，是他想女儿想得太过了。"

"也许是。"

"也许我们该问问德尔伯特，看看他怎么说。"

"说到德尔伯特，这人其实并不像看上去那么蠢。"

"但愿如此。不过，那老头儿以前就总有点不大对劲儿的地方，现在也还是。说来，我们这块地方也大变了，不再是原来的样子了。也许，我们大家都变得有点不正常了。我想，要是大家都一起变得不正常的话，那谁也不会发现有什么不对劲儿的了。你说是吗？"

约翰·格雷迪侧过身，吐了口唾沫，又把草茎噙回嘴里："你那时也很喜欢她[1]，是吗？"

"非常。从来没人像她待人那么好过。"

忽然东面几百步之外，一只土狼从小树丛里钻出来，沿着突起的山脊碎步疾跑。

---

[1] 指玛格丽特，牧场主马克的亡妻，约翰逊老爹的女儿。

“哦，快看那龟儿子！”比利叫道。

“我来拿枪。”

“等你拿起来，它早没影儿了。”

那土狼沿山梁跑着跑着，忽而停下来，回头张望了一下，便闪身从山梁上窜下，隐入树丛不见了。

“你说，这家伙大白天的，在那儿做什么呢？”

“它？它大概也正这么寻思着你、我呢。”

“你说它看见我们了吗？”

“肯定看见了。这不，它没有一头撞进那边的仙人掌刺丛，说明它不瞎。”

约翰·格雷迪等着那土狼，但那狼却再也没露面。

“说来奇怪，”比利接着说，“她病的时候，我正决心想要辞工。我那会儿正打算到外边去闯闯。她死了以后，我该是更没什么可牵挂的了，可我倒待了下来。”

“大概你是觉得马克需要你吧！”

“根本和那没关系！”

“她那时多大年纪了？”

“不清楚，三十多岁，四十岁吧，女人家的岁数你反正总也弄不清。”

“你寻思，他能撑得住，能缓过劲儿来吗？”

“你是说马克？”

“是。”

“难！没了这么好的女人，永远也缓不过劲儿的。他挨不过这一关，一辈子也过不了，”他坐起来，戴上帽子，正了正，说，“你都好了吗，兄弟？”

“好了，走吧。”

比利硬挺挺地站起身，拍了拍屁股上的土，又弯腰拾起饭盒，拿起上衣，然后看着约翰·格雷迪，说：“以前有个老牛仔对我说过，从没见过一个过惯舒服日子的富家女子，长大后能出落得出息、能干的。可她，是过苦日子长大的。约翰逊老爹一辈子也就是个牛仔，他家能有什么钱？她十七岁那年在拉斯克鲁塞斯的一个教堂餐会上认识了马克，以后就顺理成章地相爱、结婚、成了家。唉，现在他是挨不过这份苦了，现在不行，将来不行，怕是永远也不行喽！”

他们回到牧场时天已黑了，比利摇起车窗，坐在车里望着牧场大屋。“我这会儿简直成一头累垮了的牛了。”他叹道。

“工具什么的，就留在车里吗？”

“把篱笆钳拿进屋吧，像要下雨。还有那盒U字钉也搬进去，不然下了雨要锈掉的。”

“好，我来搬。”

约翰·格雷迪从车里搬出U字钉和篱笆钳。一会儿，马厩的灯亮了，比利站在门口，正上上下下地甩着一只手：“他娘的！每次我一碰那个鬼开关，总要让电打一下。”

“因为你的靴子上有钉子。”

“那我的脚怎么不触电？”

“那，我就不知道了。”

约翰·格雷迪把篱笆钳挂到钉子上，又把U字钉盒搁到门口边的屋顶横梁上面。马舍中的马听到人声，都发出咻咻的响鼻声。他顺过道走进去，走到最后面一间马舍，在门上用手掌拍了几下。立刻，门板里面爆炸一样的轰隆声大作，灯光中尘土飞扬。他回头瞅瞅比利，咧嘴乐了。

“你就激它吧，你啊！”比利说，“弄不好它非把那破门板踢穿了不可！”

华金手扶着驯马场围栏的栏板顶，向后退了一步，低下了头。这动作像是发现围栏中有什么可怕的东西，不敢再看了似的。其实，他不过是向后退，好吐唾沫。他吐得慢条斯理、一板一眼。然后又上前，从板条缝隙间望着驯马栏里边。

“马来了。”他嚷道。一匹碎步快跑过来的马，影子投到栏板上，又投到他脸上，然后晃过去了。他摇了摇头。

比利走过来，走到一处围栏顶上搭着厚木板的地方，爬上去坐下来，靴子后跟勾在下面的木板上，一面抽烟，一面看着约翰·格雷迪在里面训练一匹小马。

“就这么一匹獐头鼠目的破马，他究竟看中了什么呢？”

比利摇摇头：“嗨，就像马克说的，再破的马也有中意的人啊！”

“他套在马头上的是什么玩意儿？”

“那叫卡文森笼头。”

“干吗不用普通笼头？”

“这你得问那小伙子自己了。”

特洛伊探出身子唾了一口，瞟了瞟华金，说：“你看他行吗？”

华金耸了耸肩，没说话，盯着那马在长绳的那头沿着驯马围栏跑圈子。

“看来这马已经被调教过，不是那么野了。”特洛伊评论道。

“是，没错。”

“看来他是要整个儿推倒，再重来。”

“我看，”比利说道，“这小子不管打算干什么，还真总能办到。”

他们继续看着马跑圈子。

“他这么折腾，该不是在为马戏团驯马吧！啊？”

“可不，昨天晚上他在马背上折腾，已经给我们演了一场好马戏了。”

“昨晚他给马撂下来几次？”

“四次。”

“每次都又上去了？”

“这还用问吗！”

“看上去，调教惯坏了的驽马，他还真有一套。是不是？”

“好了，我们走吧，”比利说，“他肯定要赶着那破马跑一整下午的。”

他们离开，向大屋走去。

“华金，我问你。”比利说。

“什么？”

“你看那小子懂马吗？”

“他自己说他啥也不懂。”

“这我知道。”

“可他说他就是爱马，舍得下工夫。”

“那你看他行吗？”比利问。

华金摇摇头，说他觉得约翰·格雷迪调教马的办法有点像旁门左道。

“马克也这么看。”

华金没再吭声，一直走到大门跟前，停下来，回头望了望围栏，才说：“要紧的是马喜欢不喜欢你，要是马不喜欢你，你再喜欢它，也没什么用。”

他还说他见过一些最会驯马的人，马儿简直就一步也离不开他们。他认识一个叫比利·桑切斯的驯马能手，连他去屋子外面上茅房时，马儿都总跟了去，他上厕所，马就一直站在旁边等着。

比利从城里回来，没在马厩中见到约翰·格雷迪。他到大屋去吃晚饭时也没见到，只见特洛伊一个人坐在桌边拿牙签剔牙。他便端了盘子坐下，伸手拿盐和胡椒。“人都哪儿去了？”他问道。

“奥伦刚走，杰西带着他的妞儿早走了，约翰·格雷迪大概在他的床上躺着罢。”

“没，他没在那儿。”

“那，也许是到什么地方想自个儿的心思去了。”

“出了什么事儿了？”

“那马朝后摔倒，砸着了他，差点把他的脚砸断。”

“要紧吗？”

“大概不太要紧。大伙儿把他抬到大夫那儿，他又挣又号的。大夫给他包扎了脚，给了一副拐杖，叫他不要再用那只脚着地走路了。”

“那他现在就架着拐杖？”

“对，该是的。”

“这都是今天下午的事儿？”

“是啊，今天下午可是从来没有过地热闹了一阵子！出了事儿，华金便跑来告诉了奥伦，奥伦赶了过去，叫约翰·格雷迪停下来休息。可那小子不干。奥伦说他几乎要用鞭子抽他了，可他仍一拐一拐地撵着那破马，要再骑上去。到了儿，才算逼他把靴子脱了下来。奥伦说，他要再不听，他们就要动手把他的靴子割下来了。”

比利点点头，嘴里嚼着饼干，心里想着什么。“他差一点儿和奥伦干一架？”

“没错！”

比利一边嘴里继续嚼着，一边摇摇头。“他脚伤得厉害吗？”

“主要是扭了脚腕。”

“马克怎么说？”

“没说什么，就是他送他去大夫那儿的。”

“有马克在，想他不会再出大错儿的了。”

“说得对。”

比利又摇摇头，伸手去拿沙士酱。“好戏都让我错过了，”他说，“看来，这一下，多少坏了小伙子驯马能手的名声，是不是？”

“谁知道，”华金说，“他就用一只脚在马镫子里站着，像棵树一样竖在马背上。”

“干吗？”

“谁知道，就是不肯歇手不干呗。”

比利大约睡了一个钟头，黑洞洞的马厩里一阵骚动惊醒了他。他躺着倾听了片刻，便忽地坐起身，伸手拉着了头顶上的小灯，下床戴上帽子，走到门旁，推开帘子，往外张望。只见一匹马扬起来的蹄子几乎蹭着他的脸划过，马蹄重重敲击着地面，顺着过道狂奔下去。跑到尽头，转过身子站着，在黑暗中喘着气，猛跺蹄子。

“见鬼，”他咕哝着，“是你吗？”

约翰 · 格雷迪一瘸一拐地追了过去。

“妈的。你在干什么？”

约翰 · 格雷迪又一瘸一拐地跑过天窗投下的一片光亮。

比利跨进过道，骂道：“你真他妈的蠢货，笨透了！你有毛病了还是怎么的？”

马又狂奔过来。

黑暗里，比利听见马又过来了，知道马近了，赶紧缩进门道，马就冲进了门口的灯光里，大嘴怒张，眼如铜铃。

“操！”他骂着，从床脚栏杆上拉起裤子，穿上，又正了正帽子，跨出了房门。

马又沿过道冲过来了，他赶紧把身子紧紧贴在隔壁马舍的门板上。马发狂得就像马厩里着了火一样，冲过去“轰”的一声迎头撞到过道顶头的门上，才停下来，转过身子，高声悲嘶不已。

“你他妈的，别再激那婊子养的破马了，行不行？你吃了火药了还是怎么的？”

约翰·格雷迪提着套绳一瘸一拐地走进尘土飞扬的亮光里，又没入另一头的黑暗中。

“你看都看不见，怎么套住那龟孙子！”比利冲他嚷道。

那马轰隆隆地冲向过道尽头，马身上备着鞍子，马镫甩得在空中乱舞，一只马镫大概钩住了过道尽头那儿的木板头，只听得黑暗中“哗啦”一声，一束亮光便从外面射了进来。那马倒竖起身子来，又尥起蹶子用后蹄蹬木板。过了一会儿，大屋的灯也亮了起来，灯光里，马厩这边扬起的灰尘像烟雾一样四处飘荡。

“这就得了，”比利叫道，“全楼都叫你折腾起来了！”

在零乱的亮光中，马的身影又移了过来，接着它伸长了脖子放声悲嘶起来。

马厩尽头的门打开了。

约翰·格雷迪拎着绳子一拐一拐地跑了过去。

有谁把灯开开了，原来是奥伦。他站在那儿，挥动着被电击了的手，道："妈的！就没人把这破开关修一修吗？"

发狂了的马站在十步外，向他眨巴着眼睛。

"妈的，这究竟是怎么一回事儿？"他看了一眼马，又回头瞅着手里提着套绳站在过道当间的约翰·格雷迪，吼道。

"说吧！"比利对约翰·格雷迪抱怨，"你给他说吧！我可说不明白，这都是怎么了。"

那马转身在过道里又疯跑了一会儿，终于停下来，站住了。

"把这破马给我关起来！"奥伦气冲冲地吩咐道。

"把套绳给我。"比利说。

约翰·格雷迪回头瞥了他一眼："你以为我连它也逮不住？"

"好啊，那你就逮吧！我要看那龟孙子踩过你身子才好哩。""你们随便哪个，快逮！"奥伦叫道，"快给我收场吧！"

奥伦背后的门开了，约翰逊老爹出现在门外。他戴着礼帽，穿着皮靴，可身上却是睡觉时穿的衬衫。

"关上门，约翰逊老爹，"奥伦说，"要不就进来。"

约翰·格雷迪一下子用套绳套住了马的脖子，收着绳子把马拉到跟前，伸手穿过套绳抓住笼头上的缰绳，然后把套绳解了下来。

"别再骑那马了。"奥伦说。

"这是我的马啊！"

"这你对马克说吧，他马上就来。"

"好了，兄弟，"比利说，"听他的话，把马关起来吧！"

约翰·格雷迪看了看他，又看了看奥伦，才转身牵了马走下过道，把马关进马舍。

“整个儿他妈的瞎搞一通！”奥伦嘟囔着，“走吧，约翰逊老爹。真是的！”

老爹转身出了门，奥伦跟着出去，随手关上了门。过了一会儿，约翰·格雷迪一瘸一拐地从马舍里走出来，手里提着马鞍，两个马镫就在地上泥里拖着。他走过穿堂，走进了储藏室，比利靠着门框望着他。他从储藏室出来，走过他身旁时，理也不理比利。

“你还真有点那个，”比利说道，“你知道吗？”

约翰·格雷迪走到他的小厢房门口才转过身来，看了一眼比利，又看了看亮着灯光的马厩穿堂，静静地往地上吐了口唾沫，又看着比利。“关你什么事，嗯？”他悻悻地问道。

比利摇摇头。“得，算我霉气！”他叹道。

比利和特洛伊夜间在山里开车，忽然，车灯照见了一群野鹿。在灯光下这群鹿吓得哑然失声，像鬼魂一样苍白、可怜，一双双血红的眼珠冲着突如其来的太阳似的强光骨碌碌地打转，互相挤成一团，然后三三两两跃过路边的小沟。一只母鹿惊慌地在碎石上失了前蹄，疯狂地扒划了几下，跌坐在路面上，继而一跃而起，跟着鹿群消失在路边的树林中。

特洛伊拿起威士忌瓶，对着仪表板的微光，看了看多少，拧开盖子喝了一口，又盖上盖子递给比利。“看来，这鹿可真有打的。”

比利拧开瓶盖喝了一口，眼睛茫然地盯着前面路面上的白色分隔线，道：“这是块好地方，没错！”

“你不会撂下马克走吧？”

“不好说。要走，总得有点理由吧。”

“舍不得这热乡热土的？”

“不光是那个。迟早你总得给自己找个窝安顿下来吧。唉，我今年都二十八了。”

“看着不像。”

“是吗？”

“像有四十八了。把酒递给我。”

比利瞅着东方远处的荒原。在黑夜的背景上，弯垂着的电线不断急速向车身后闪去。“到了你哥哥家，人家不会嫌我们喝了酒吧？”

“我嫂子雷切尔当然不会高兴了，可她又能拿我们怎么样。再说，我们到那儿时，也不会醉得爬不起来吧！”

“给你哥哥埃尔顿一杯酒，他会接了喝吗？”

特洛伊沉着脸点点头：“哼！手伸得比谁都快。”

比利喝了一口酒，把瓶子递还特洛伊。

“你那小兄弟要干什么来着？”特洛伊又问起约翰·格雷迪来。

“不知道。”

“你们俩闹气了？”

“没，没事儿，挺好的。他也就是要干自己的事。”

“他马骑得可真叫棒，我说。”

“嗯，没错。”

“是个犟脖子。”

“好着呢，他就是凡事有自己的主见罢了。”

“要我说啊，他那么上心的那匹马，整个儿就是一匹土匪马，没法调教。”

比利点点头：“没错。”

“他倒想拿它做什么呢？”

“大概他就是喜欢这种马，爱跟它这么泡着。”

“你相信他能把那马调教得像只狗似的，他走到哪儿，就跟到哪儿吗？”

“对，我相信。”

“我可要等亲眼见了，才能信。”

“敢出钱打赌吗？”

特洛伊从烟盒里抖出一支烟，噙在嘴上，把车上的点火栓按下去，等着。“我可不想赢你的钱。”

“扯淡，你能赢我的钱？”

“好了，我还是别跟你较劲儿了。要说，他架着拐子可不是好受的。”

“那是，没他好受的。”

“得架多久啊？”

“不清楚，几个礼拜吧。大夫说，脚扭伤有时比断了骨头还麻烦。”

“我料他连一个礼拜都架不了。”

“没错，我也料他不会。”

路上一只野兔惊呆在车头灯光里，一双红眼睛灼灼发亮。

“闪开，笨蛋！”比利大叫。

卡车下面“噗”的一声响，那兔子大概撞在了车上。特洛伊从仪表盘上抽出红了的点火栓，点着了烟，再把点火栓插回座子。

“那一年，从军队复员的时候，我和吉恩·埃德蒙兹约好了一块儿到阿马里洛去看牛仔演出和牛马展览。他给我们定了日程，安排了一切。我本该在早晨十点钟到他家一起出发的，可是我离开埃尔帕索的时候已经是半夜以后了。吉恩的车是一辆崭新的奥兹比尔 88 型汽车。他把钥匙摔过来，要我开。我们一上了 80 号公路，他就要我放开了跑。我加速到一百二十公里、一百三十公里，油门还有一大截没踩到底。他又瞅我一眼，我问道：你倒要我开多快呀？他说能多快就多快。好嘞！我不管三七二十一，一下子就把车子给开到了一百八十公里。嗬！前面是平坦坦的一条熟道，整整九百多公里，就这么一路疯跑了下去。

“忽然，前面路上冒出一群长耳朵野兔。它们吓坏了，缩在灯光里一动不动。‘扑通’，‘扑通’，一阵声响。我瞧了瞧吉恩，问：都是兔子，怎么办？他慢悠悠哼了一声：兔子？我是想叫吉恩注意，可他才懒得理什么野兔子哩，糖浆洒了，油瓶倒了，关他屁事！

“天快亮时，我们把车开到得克萨斯迪米特县的一个加油站。车开到加油泵边，熄了火，停在那儿。油泵的对面也停着辆车，加油站的一个小伙子正在给加油，洗玻璃窗。那车里坐着个女人，开车的老兄大概是去撒尿了还是什么的。我们的车开到跟前，正对着那辆车。我头靠着靠背躺在座位上等着，没怎么注意，但眼睛能看见那个女人。她就坐在那里，漫不经心地望着周围。突然，她弓起身子，尖厉地号叫起来，像让人戳了一刀子似的。我一下子惊坐起来，不知出了什么事，只见那女人眼睛直愣愣地盯着我们。我想吉恩大概是搞了什么鬼把戏，把他的老二晾出来了，还是怎么的。那小子，你总也保不住他会搞什么花样。我回头看了看他，可发现他也一样的莫名其妙，摸不着头脑。这时，那开车的老兄从厕所出来了，我是说，他也是个狗娘养的大块头。我下了车，绕着车子转了一周，一下子惊得要昏过去了：你知道，奥兹比尔车的车头是一个椭圆形大框架，就像一只大勺子。我走到车前头，才一下子看到，'勺子'里面填得满满的都是野兔子的头！我是说，有上百个头填在那里，整个车头，整个挡板，一片血肉模糊。那些兔子的头都向外，就好像它们在撞车的一刹那，刚好来得及把头别开一样，眼睛狰狞而疯狂，可怕得简直没法形容，我自己都要惊得叫起来了。要说，事先我也注意到车子引擎过热了，但我只当是速度太快的缘故，没在意。那个大块头男人想要找我们的麻烦，我冲他说，操！老弟，就是些兔子，怎么啦？吉恩也下了车，也要跟他吵。我叫他闭嘴，颠着屁股回去好好坐着去。后来那个男人走过去对那个女人说，要她别吱声，别再哭了。我费了好大劲才把那小子劝服了。其实，我倒真想放手揍他一顿，出通恶气了事。"

比利坐在车里，一边听着，一边看着外面一幕幕夜色向后移去，望着路旁的小树丛，天边连山的黑色侧影，以及繁星密布、邈远苍凉的天空。特洛伊抽着烟，又伸手摸起威士忌酒瓶，拧开了瓶盖，却握着瓶子坐着不动。

“我是在圣迭戈退役的。从那里乘了一辆公共汽车上了路。我和另一个伙计在车上喝得烂醉，差点没给扔下来。我在图森下车，到商店去买了双加德逊皮鞋和一套西服。天晓得我干吗要买西服，大概我就是想着该有那么一套吧。后来又搭上另一辆车，一直坐到埃尔帕索。当天晚上我就去了阿拉莫戈多，在那里我找回了几匹先前留在那儿的马。然后我就在这块地方四处晃荡。我在科罗拉多州干过活儿，也到潘汉德尔干过，再后来在个鸡屁股眼一样小的镇子——我都懒得提它的名字，反正是在得克萨斯——进了监狱。我其实啥也没干，就是在倒霉的时间，闯到了那倒霉的地方罢了。我倒情愿待在监狱里永远不出来才好。我是和一个墨西哥佬打了架，还差点要了他的命。我被关在监狱里整整九个月，没事我也不给家里写信。等我一放出来，我就去找我的马。可我的马已经给卖掉了，说是抵了草料钱。那两匹马里一匹我并不在乎，可我特别喜欢另一匹，因为它跟我已经很长时间了。可好像谁都不知道它们的下落。我知道，要是我再抓住那老墨算账，我大概又会给抓进监狱，所以我只好到处打问。最后有人告诉我，他们把我的马卖到外州去了,买主大概是亚拉巴马州,或是别的什么鬼地方的人。嗨！那匹马从我十三岁起就跟我了。”

“我以前有一匹最喜欢的马，可惜在墨西哥丢了，”比利说，“打我九岁，它就跟我了。”

“这很容易。”

“容易什么？丢掉一匹马？”

特洛伊正在扬起脖子喝酒，他收回瓶子，用手背抹了抹嘴，把瓶子放到座位上，才说：“不，我是说迷上一匹马很容易。”

半个钟头后，车驶下了公路，轰隆隆地开过牛马通道上的一排铁管，驶上了一英里多长通往埃尔顿家牧场大屋的土路。大屋围廊的灯亮着，三条赫勒种狗冲了出来，一边叫，一边跟在车边疯跑。特洛伊的哥哥埃尔顿走出来，头上戴着帽子，两手插在屁股口袋里，在围廊上站着。

大家在厨房的长桌旁吃饭，把装玉米粥的盆子、装煎牛排和小饼的盘子递来递去。

“这饭真棒极了，大婶。”比利说。

埃尔顿的老婆雷切尔看着他说：“你能别叫我大婶吗？”

“行，大婶。”

“你这么叫，我好像成了老太婆了。”

“是，大婶。”

“你听他，他就是没法改口！”特洛伊插嘴说。

“那就这么随便叫吧。”那女人说。

“嗨，你可从来不让我这么随便的。”特洛伊嘟囔着。

“你就是要随便，好像再没有比随便更重要的了。”女人说。

“好，好，以后我不再那么叫就是了。”比利说。

桌子边坐着一个六七岁的女孩，睁着大眼睛瞅着大人们说话。

他们又埋头吃饭。过了一会儿，女孩出声问道：“那又怎么啦？”

“什么又怎么啦？”

“叫大婶。”

埃尔顿抬头看她：“那没什么不对，宝贝，你妈就是要学时髦女人罢了。”

“什么是时髦女人？”

“吃你的饭！”女人喝道，“要都听了你爸的，我们现在就得喝西北风了，还哪来你这个应声虫！”

饭后，他们三人坐在围廊的破藤椅上。埃尔顿把三个玻璃杯放在脚边地板上，拧开酒瓶盖倒了三份，盖好盖子，把酒杯分给大家，然后靠在躺椅上，说道：“请。”

埃尔顿关掉了围廊的电灯，大家就坐在从屋里窗户投射出来的柔和的亮光中。他把手中的杯子举起来，仔细地瞧着，像个化验师似的。

“你们猜谁到贝尔家来了？”他说。

“别说她的名字。”特洛伊说。

“可是，你已经猜到了。”

“还会是谁呢？”

埃尔顿又躺倒，摇晃起椅子。院子里的几只狗站在台阶边定定地瞅着他。

“怎么？”特洛伊问道，“她老公跟她离婚了吗？”

“不清楚，说是她要回来看看，可一来，就住长了。”

“嗯。”

“她和丈夫吹了，你心里该觉得舒服点了吧！”

“这有什么可觉得舒服的？”

埃尔顿点点头，说：“是，是没有什么可舒服的。”

比利啜着杯里的酒，一面望着远处的山影。满天的星斗，在慢慢西沉。

“雷切尔在阿尔派恩碰见过她，”埃尔顿说，“小婊子笑盈盈地跟人打招呼，像是嘴里含着块奶油似的。”

特洛伊胳膊肘支着膝盖，两手捧着酒杯，向前倾着身子听着。

埃尔顿继续晃着安乐椅：“记得我们以前常去布洛依家去找女孩子们的事吧？他[1]就是在那儿认识她的，是在一次教会的聚会上。这大概就是上帝的安排吧。他请她出去，可她说她从不和酗酒的人出台。他便盯着她的眼睛，说他是不喝酒的。她听了几乎不能相信自己的耳朵，我猜她大概是太吃惊了，还有这么睁着眼撒谎的人！那妞当然知道他在撒谎，她便说：她早知道他喝酒，所有的人都知道他喝酒、酗酒，还像公牛一样发酒疯。可他连眼皮都不眨地听着，然后说，他以前的确喝，但现在戒了。她问什么时候戒的，他说：就从现在、此刻。结果，那女子真的跟他出去了。而他当时说的倒也是真话：就我知道，他从那晚起就真的再没沾过酒。当然，直到那女子后来又甩了他为止。到那时，他可欠了好多酒要补上。要说，这酒可真不是好东西，真没意思。可他当时的的确确从那天起就戒了。”

---

[1] “他”指约翰尼，特洛伊已死去的二哥，埃尔顿的弟弟。此处在谈约翰尼与一个妓女，即“她”的恋情。

"她还那么好看吗？"

"不知道，我再没见过她。雷切尔见过，说她还是那么漂亮。婊子们总有一张迷人的皮啊！蓝蓝的大眼睛，浑身是花样和功夫，不费力气就把男人迷倒，比妖精的姥姥还厉害。真不知道她们是从哪儿学来的本事。操！她那时才十七岁哩！"

"天生的，"特洛伊说，"不用学。"

"说得对。"

"可她们就是没学会有一点儿真情，只知道糊弄傻男人找乐子。"

比利只听着，喝着酒。

"把你的杯子递过来。"埃尔顿对他说。

埃尔顿把杯子放在地上脚跟前，倒上威士忌，盖上瓶盖，又把杯子递了回去。

"多谢！"比利道。

"打仗的时候[1]你去了吗？"埃尔顿问。

"没，我体检不合格。"

埃尔顿点点头。

"我三四次报名参军，人家都不要我。"

"嗯，我知道。我自己也想去国外打仗没成。整个战争期间就都在彭德尔顿基地窝着。约翰尼倒是满太平洋战区打仗。他手下整个一连的伙计都打死了，可他自己连皮都没蹭着，为这个他后来心里老是不自在。"

---

[1] 指六年前结束的第二次世界大战。

特洛伊递过他的酒杯，埃尔顿接过，立在地上倒满酒，又递了回去。接着给自己倒上，然后靠回椅背坐着。

“瞧什么呢，你们？”他扭头冲着狗喝道。

三只狗都移开了眼睛，不再看他。

“我心里不舒服，也不愿对别人讲，就是那天早晨我和约翰尼大吵了一架。我后来也总没逮着个机会和解。我当时冲着他的脸骂他是个傻瓜，他的确也是个傻瓜。我还对他说，整那小子最厉害的办法，就是把那婊子让给他。那时我已知道她是个妓女了。我和约翰尼几乎为这事闹翻了脸，我从没对你们说过这些。事儿搞得真糟，以后直到他死，我们再也没见过面。我当时该是别理他就好了，任谁在那种情况下都是听不进反对的话的。”

特洛伊看着他。“这事儿你跟我说过。”他说。

“嗯，可能说过。我现在做梦也梦不着他了。我以前倒总是梦见，还在梦里和他说这些事呢。”

“别再说这个了，换个话题吧。”

“好吧。可现在不说这个还能说什么别的呢，你说？”

他从椅上沉重地起身，手里拿着杯子和酒瓶。

“我们到马厩那边去吧，我给你们看一头小马驹。是那匹叫琼斯的母马下的小马，你们大概从来没注意过。带着你们的杯子，酒我拿着。”

清晨，比利和特洛伊骑着马穿过长满红松的开阔地，紧靠着满是碎石的山脊走着。远处是从瓜达卢普山向南延伸到库埃斯塔德巴洛山脉，再延伸到普雷西迪奥县，直抵边境的一大片开阔的平原。在平原与西边别哈山脉的上空，风起云涌，正酝酿着一场暴风雨。中午时分，他们跨过一条小河，坐在落满黄叶的草地上，一边看着风把树叶吹得翻转回旋，一边吃雷切尔给他们准备的午餐。

“嗨，瞧这儿。”特洛伊说。

“什么？”

“桌布。”

“算了，不用它了。”

他们从暖壶往杯子里倒上咖啡，一起吃用布包着的火鸡三明治。

“另一个暖壶里是什么？”

“汤。”

“汤？”

“汤。”

“操！”

他们继续吃着。

“埃尔顿在这儿经营多久了？”

“大概两年吧。”

比利点点头：“他没说过要雇你？”

“说过，我对他说，给他干活儿也可以，不过我还没拿定主意要不要给他干。”

“那为什么你现在改变了主意？”

“我还没变哪，我还在考虑！”

他们继续吃着，特洛伊向下面的低地扬了扬头：“听说，那边沟里每一英里就有一个白人给暗枪打死在里面。”

“那他们也太笨了吧，干吗不学会躲着点呢？”

比利仔细看着那边，又说：“看上去，他们已学会躲着点了吧。”

吃完饭，特洛伊把壶里剩下的咖啡分到两个杯子里，拧上壶盖，把暖壶和汤壶、三明治包、没动过的桌布收集在一起，装到马上的挂包里，然后继续坐着喝咖啡。他们的两匹马并排站在小溪边饮水，不时扬头四望，几片树叶贴在它们的鼻子上。

“埃尔顿对那事的看法与我不同，”特洛伊接着说，“我认为约翰尼就是没碰上那个妓女，也会找上别的妓女，你没法管住他。埃尔顿总说约翰尼是后来变了，可我觉得他从来没变过。他比我大四岁，不算多，但他走南闯北，经的事儿比我多多了。我也乐得没那些经历。人们老说他是个犟脾气，可也不全是这个原因。他才十五岁时，就跟老头子干仗，还打了他，惹得老头子反过来狠狠揍他。他冲着老头子的脸说不是他不尊重他，可他这次没法听他的话。他指的是老爹骂过他的什么事。我都哭得像一个婴儿，可他没哭，打倒又爬起来，满头满脸都挨了拳头。老头子要他服软，可他就是不服，最后老头子也号起来了。操！我再也不愿见到这种场面了。就是现在，一想起来就恶心。可当时没人能拦得住他们，一点儿办法都没有。”

“后来怎么了？”

“老头子最后走开了。他是输了，他心里明白。约翰尼还站在那儿，身子几乎都站不直了。他哭着、求着要爹回来，可爹头也不回，就一直走，走回屋子里去了。”

特洛伊瞅了一眼杯底，扬手把咖啡渣泼到树叶堆上。

“他也不只是为了她才这样的。世上就有一种人，他得不到想要的东西的时候，就破罐子破摔，反而选最次的。埃尔顿认为约翰尼就是这号人，也许他的确是的。但我觉得他的确爱那个姑娘，他知道那姑娘是个妓女，但他就是不在乎。他的问题是他一点儿也不了解自己，与周围格格不入，这个世界真不是为他而设的。他生下来还不会走路，就已经不合时宜了，还想要结婚呢，嗨！连系鞋带的鞋子还不会穿呢！”

“可你还是喜欢他。”

特洛伊眼光越过树丛，注视着远方。“不过，”他说，“我有点不想这么说。我不想谈这个。我以前希望我像他，可是我实际上和他不一样，我学过他，但不行。”

“我想你爸比较偏爱他吧？”

“是，没错。这谁都没有意见，是大家都知道、都接受的事。操！我根本没法跟他比……你准备好了，我们走吗？”

“好了，走吧。”

他站了起来，手掌搭在背上，伸了伸腰。“我爱他，”他瞧着比利说，“埃尔顿也爱他，你没法不喜欢他，就是这么回事。”

说着，他把桌布折起，和暖壶一起挟在腋下——他们今天连壶里是什么汤也没看。然后他转过身瞧着比利，问道：“你觉得这地方怎么样？”

“不错，我喜欢。”

“我也是，我一直都喜欢这儿。”

“那你打算再搬回到这儿吗？”

“不。”

黄昏时，他们骑着马来到了戴维斯堡，他们走过旧操场时，天上夜鹰盘旋着，身后连山之上是一轮血红的夕阳。埃尔顿开来了卡车和拖畜车，在林比亚旅馆前等着他们。他们便在铺满砾石的停车场上卸下马鞍，扔进卡车车厢。给马擦汗刷毛，赶进拖畜车关好。然后走进旅馆，穿过前厅，走进咖啡座里。

“你觉得那匹小马怎么样？”埃尔顿问。

“挺好，”比利道，“干活儿很顺当，我挺喜欢。”

他们坐下来，看菜单。

“你们想吃点什么？”埃尔顿开始点菜。

他们吃完饭，十点钟左右离开了饭馆。回到家里，埃尔顿两手插在屁股口袋里，站在院子当间送他们走。他们的车在车道的尽头转弯向公路开去时，看见他还在那儿站着，侧影衬着围廊的灯光，清晰可见。

比利开着车，他转头看了特洛伊一眼，说：“你会一直醒着吧？”

“嗯，我醒着的。”

“回来走了这么一趟，你拿定主意了？”

“对，我想是。”

“我们很快就得再找个地方了。”

“是，我知道。”

“你也不问我是怎么想的。”

“嘛，还用得着问吗！除非我来这儿，你是不会来的，而我现在是不打算回这儿来了。”

比利不作声。

过了一会儿，特洛伊又说：“妈的，我早知道我不会再回这儿了。”

“哦，是吗？”

“你回家了，一看，你希望改变的东西还是原样儿，而你希望保留着的却变了样儿！”

“我明白你的意思。”

“你如果是家里最小的，就更有这种感觉。你也是你们家最小的吗？”

“不，我是老大。”

“我告诉你吧，最小的最不好了，一点儿好处也没有。”

车在山里穿行，过了 166 号公路交叉口一英里左右，他们遇见一满卡车墨西哥人。他们的车停在路边的草地上，人几乎就站在车道上，向他们挥着帽子。比利连忙减低车速。

“找死呀！”特洛伊咒骂道。

比利把车开了过去。他从后视镜里往后看，但除了黑漆漆的车道和夜色沉沉的荒原，什么也看不清。他慢慢把车停住。

“别理他们了，比利。”特洛伊说。

“我知道，可我没法不理。”

“那咱们非得栽这儿，天亮也到不了家了！”

“知道。”

比利挂上倒退挡，瞅着前面车身下面路上的白线，左右打着方向盘，慢慢往后退车。退到那辆卡车边，才看到那辆车的前轮胎全瘪了。

那些墨西哥人围了上来。“*扎了个洞，*”他们嚷嚷道，“*我们的轮胎扎了个洞！*”[1]

“*看见了。*”比利道。他把车停到路边，爬出驾驶舱。特洛伊点上一支烟，不情愿地摇着头。

“他们需要一个千斤顶。他们有备用的吗？”

“*那当然。*”

比利从车厢里取出千斤顶，老墨们接过去搬到卡车那儿，开始忙活着把车头顶起来。他们有两个备用轮胎，可没一个不漏气，便一个接一个用破气筒试着打气，最后还是不行，于是直起身子来，望着比利。

比利从车厢里取出卸胎工具，又从驾驶室座椅下找出补胎材料和手电筒。老墨们把一个备用胎搬到路上放下，然后，一个老墨从比利手中接过工具，上前把轮胎从轮毂上撬下来，别的人就围观着。接着他从轮胎肚里掏出内胎来，内胎是红色橡皮的，上面满是补疤。那老墨把胎摊在路上，比利用手电筒照了一遍。“*补疤一个摞一个！*”他叹道。

---

[1] 正文中的西班牙语一律用楷体表示。

“是，真是。”那老墨应道。

“那一个怎么样？”

“更糟。”

一个年轻老墨操起气筒开始打气，内胎慢慢胀了起来，在路面上嘶嘶地漏气。他跪下去用耳朵找出漏气的地方。比利打开补胎盒子，从里面取出几个补胎胶片。特洛伊也从驾驶舱出来了，他走过来，一边默默地抽着烟，一边瞅着老墨们在轮胎边忙活。

老墨们把那个爆了的轮胎滚到卡车边，比利用手电筒照了照，只见轮胎侧面有一个像给狗咬了一样的大窟窿。特洛伊悄悄地往地上啐了一口。老墨们把那破轮胎扔到车厢里。

比利从盒子里取出一截粉笔，在内胎上标出漏气的地方，然后大家把气门芯从气嘴上拧下来，坐在胎上压，又踩上去，一直到气放完。胎全瘪了，他们便坐在路上，膝头上放着红色的橡胶片，像补渔网工人一样埋头工作。公路白色的分割线就在他们身下经过，而头顶则是星光斑斓的原野夜空，数不清的星斗在墨黑的苍穹上缓缓移转，有如海洋中闪光发亮的深水浮游生物。他们用打了凸眼的小铁片当锉子，把橡皮补疤打毛，然后盖到胎上漏气的地方，再用火柴烧烤，直到橡皮片都熔化成补丁。这样一个个焊补好后，便又打起气来，然后摆放在路上，大家都静下来，屏息在静夜中谛听是不是漏气。

“听见声音了吗？”比利问。

“一点儿也没有。”

再听，还是没有声响。

于是，他们又卸下气门芯，把气放掉，把内胎塞进外胎，沿边圈都整好，再装上气嘴。一个年轻人动手来打气，打了很长时间，直到胎胀了起来，外胎沿上的卡珠崩出来时，才停手。然后把打气筒皮管从气嘴上拧下来，从嘴里掏出气门芯，拧进嘶嘶冒气的气嘴。然后大家退开来，望着比利。比利吐了口唾沫，转身到车上去取压力表。

特洛伊正在前座睡觉。比利从工具箱里拿了压力表走出来，测量好胎压。人们便把轮胎滚到卡车跟前，套到轮轴上，用一把铁管子和一个插头焊在一起自制成的扳手上紧了螺帽。然后把千斤顶降下，从车下取出交回给比利。

比利拿了千斤顶和工具，把补胎材料盒子和压力表插到衬衣口袋，手电筒塞进裤子屁股口袋。然后和那些老墨一个个地握手道别。“你们去哪儿？”他问。

那老墨耸耸肩，说他们要到得克萨斯的桑德森去。并转身瞅了瞅东面远处的山峡。那打气的小伙子来到他们跟前，问道：“那边有活儿干吗？”

老墨耸了耸肩，说道：“希望有吧。”

他看着比利问：“你是个牛仔吗？”

“是，是牛仔。”

老墨点点头说，桑德森是一个牛仔们生息的好去处，这地方清净，远离其他地方那种人间的纷扰和忧虑。要说这地方好，大概就好在这一点吧。大家又握了握手，老墨们就爬上了车。

车子发动了，吭吭哧哧地响着，缓慢笨拙地驶上了公路。车厢里的大人、孩子们都站着举起手向他挥别。比利可以看见他们的身影衬在紫色的天空背景上，矗立在驾驶舱的黑色顶篷上方。那车的尾灯只剩下了一个，也因电路接触不良而一明一灭，像打信号似的闪着，直到车子转了弯，才不见了。

比利把千斤顶和工具放到车上，拉开车门，推醒特洛伊："上路了，兄弟。"

特洛伊坐起来，睁眼瞪着外面空阒的大路，又回头看看后面："人呢？"

"都走了。"

"什么时候了？"

"不知道。"

"你的好人做完了吗？"

"嗯，做完了。"

他探身拉开工具箱前盖，放进补胎气压表和手电筒，关上盖子，发动了车子。

"他们上哪儿去了？"特洛伊问。

"桑德森。"

"桑德森？"

"哦。"

"他们从哪儿来的？"

"不知道，没说。"

"我看他们不像是去桑德森的。"特洛伊说。

“那像是去哪儿的？”

“谁知道，混蛋！”

“干吗人家要撒谎，说是去桑德森呢？”

“那我哪知道！”

他们继续往前开。就在车转过右边陡岸壁立的弯道时，突然，眼前白光一闪，耳边霹雳一声，车头猛地向边上一偏，车轮发出刺耳的尖叫。连忙刹住时，车身已一半偏出了公路，冲进了路边的防护沟。

“怎么了？”特洛伊叫道，“怎么了？”

一只大猫头鹰像十字架一样贴在司机座前的挡风玻璃窗上，玻璃给打得凹了进来，碎成一圈圈的同心圆和一条条的辐射线，那只猫头鹰张大翅膀嵌在中心，就像一只巨大的飞蛾扑在蜘蛛网上一样。

比利关掉引擎，呆坐在那里盯着。那鸟的一只爪子还在颤抖着，蜷缩着，然后慢慢松了开来，鸟头也慢慢转过来，像是要看看车里的人是什么样一样。然后，才死了，不动了。

特洛伊开门下了车。比利还呆坐着，望着眼前的死鸟。过了一会儿，才关掉车灯，走下车来。

那猫头鹰软软的，一动也不动。鸟头扭到一边，无力地垂着。身子摸上去还是温暖的，羽毛蓬松着。比利把它从窗玻璃上拉下来，提到路边，挂到篱笆的铁丝上，又走回来。他坐到车上，开了灯仔细端详着挡风玻璃，看能不能继续开下去，还是得把玻璃整个敲掉。玻璃的右下角还有一块透亮的地方，他想，只要俯下身从那儿望，大概还可以看出去，看得见路。特洛伊走到前面路上去了，正站在那里撒尿。

比利发动车子，把车调到公路上。特洛伊往前走得更远了，正在路边的草地上坐着。比利把车子开过去，摇下车窗瞧着他。

“怎么了？”他问。

“没怎么。”特洛伊答道。

“那我们走吗？”

“走吧。”

他站起来，绕过车头，坐了进来。比利看了他一眼说：“你没事吧？”

“嗯，没事。”

“不就是一只猫头鹰吗？”

“我知道，我不是为那个。”

“那又是为哪个？”

特洛伊默不作声。

比利把变速器推到第一挡，松开离合器。车子在公路上跑了起来。他还能看得见路，只要探过身子从那边的玻璃下边看出去就行。

“你没事吧？”他又问，“究竟什么事？”

特洛伊静静坐着，望着车外往后飞驰而去的夜空。

“各种各样的事情，”他答道，“乱七八糟、所有的事情，都涌上心头来了。妈的！你就别理我了，我今天不该喝酒。”

他们开到范霍恩镇，停车加油，喝咖啡。到了这会儿，特洛伊小时候长大，念念不忘总想再回去的那片埋葬着他亲人的土地，算是已经抛在了车后。这时已是凌晨两点多钟了。

“马克见了这车的样子，大概会有话要说的。”

比利点点头：“我想今早上还来得及跑镇里一趟，把它修好。”

“你估摸得多少钱？”

“说不清。”

“我和你分摊吧？”

“那敢情好喽。”

“好，那就这么定了。”

“你怎么样，真没事？”

“嗯，我没事，也就是回这趟家，就勾起乱七八糟的心事。没别的。”

“我明白。”

“有些事想也没用，是吧？”

“是没用。”

他们继续坐着喝咖啡，特洛伊从烟盒里摇出一支烟，点着，把烟盒和 Zippo 打火机搁到桌子上。

“你刚才干吗要在那儿停车呢？”

“我要停了帮他们一下。”

“可你刚才说你不能不停下。”

“是的。”

“那又为什么？为了行善？”

“不，不是那个。是因为我以前的一件事。我十七岁的时候，一个倒霉的日子，那天我和我弟弟，被人追打得逃跑，他还受了伤。正无处可逃时，不知从哪里冒出了一卡车的墨西哥人，就和刚才遇见的那些人差不多，他们救了我们的命。我原还担心他们的那辆破车跑不过后面追来的马呢，可他们还真跑赢了。那些老墨没什么理由非要停车救我们不可，但他们就是停了下来，救了我们。我猜他们根本连想也没想为什么，就做了。就是这么回事。”

特洛伊坐着，望着窗外。

“是啊！”他叹道，“这是个充分的理由！”

“可不，反正这就是我停下来帮他们的理由。你喝好了吗？”

“好了。”特洛伊一口喝尽咖啡。

约翰·格雷迪在大桥门口付了两个一分的硬币，推开转门，走上了桥面。桥下面两边的孩子们纷纷举起钉在长竿子头上的洋铁罐向他讨钱。他走过了桥，又被那里的小贩包围了起来。他们向他兜售廉价的首饰、皮带、毯子之类的东西。小贩们缠着他好长一段路，又被下一波商贩接上，这样一波一波地围着他，一直走过华雷斯街，又走过伊格纳西奥梅加街，直走到桑托斯德戈拉多妓院，他们才散开来，望着他走了进去。

他停在吧台边，要了杯威士忌，一只脚踩在栏杆上，瞅着大厅那头的妓女们。

“你的同伴们呢？”酒吧侍者问他。

“在乡下，没来。”他端起酒杯在手里转动着说，接着把酒喝下。

他在那儿待了差不多两个钟头。妓女们一个个走过来搭他，又一个个回去坐着了。他也没有向她们打听他想找的那个姑娘。他走的时候，已经五杯酒下肚了。他付了酒钱，又留了一块钱在台子上给酒吧侍者，就出了门。他穿过华雷斯大街，一跛一跛地沿着梅加街走到拿破仑饭店，走进去，在前面窗边的一张桌边坐下，叫了一份排骨，便在那儿一边等着，一边喝着咖啡，望着外面的街景。一个小贩来到门边问他要不要买香烟，另一个向他兜售花花绿绿的赛璐珞嵌成的圣母马利亚圣像，还有一个人手拿着个新奇的机器，上面又是手柄，又是按键，问他要不要试试过电的滋味。好一阵子，牛排才上来了。

第二天晚上他又去了那家妓院。六七个从布里斯堡来的新兵，头剃得光光的，正在那里喝酒。见他进来，都醉醺醺地瞅着他，还瞅着他的脏靴子。他走到吧台边，慢慢地喝威士忌，等着。他一连喝下三杯酒，可到末了他离开时，那姑娘还是没有露面。

他穿过一群群小贩和皮条客，沿着华雷斯大街走下去。路上，一个小孩在叫卖布刺猬；一个喝醉了的游客扛了一整套古代武士的盔甲在人行道上费劲地蹒跚；还见一个漂亮的年轻女子，正在街上呕吐，一群狗闻声朝她奔了过去……

他走过特拉斯卡拉街，转上马里斯卡尔街，走进另外一家妓院，在吧台边坐下。妓女们走过来拽他的袖子，他推辞说他正在这儿等一个人。过了好一会儿，仍没结果，他便离开，出了门朝大桥走回去。

约翰·格雷迪答应过马克，在他的脚踝好之前不再骑那马。可星期天早饭后，他又在驯马场里训练那匹马了。下午他给一匹叫作博德的马备好鞍子，骑进华利拉斯山里去。进了山，在一块岩石顶上，他停住马，仔细四下张望。东边，七八十英里外的地方，一片水渍过的盐碱地在夕阳下闪闪发亮。更远，是埃尔卡皮丹山群峰。北边，在一片片以前长满蒺藜的红色平原后面，是新墨西哥州的群山，白色的山峰愈远色调愈淡，直至隐没在北边的天际。夕阳斜照着草场的篱墙，一格格的影子投在地上，像是一条火车道一样，一直延伸到远远的山坡上。山下一群群野鸽正往马克纽平原的水塔飞鸣而去。眼前这片矮树丛生的平地上满是牛马踩踏过的印迹，却一头牛也不见。空气静静的纹丝不动，只有野鸽的鸣叫在空中回响。

回到家里时，天已黑了。待他卸下马鞍挂好，走进厨房，索珂洛已经收拾清了餐厅，正在洗盘子。他倒了杯咖啡，坐下来。索珂洛给他端来他的晚饭。他正吃着，马克来了，他站在门廊里，点上一支雪茄。

“你快吃完了？”他问。

“是，先生。”

“不用急，不用急，慢慢吃。”马克走回门廊里去了。索珂洛从炉子上把锅子端过来，把剩下的汤舀出来盛到他盘子里，又给他倒了一杯咖啡，也给马克倒了一杯，放在桌子的另一边，在那里冒着热气。他吃完后，起身把盘子端到洗碗槽里，回来又倒了点咖啡，然后走到一个古旧的樱桃木书橱前。这是个八十多年前用大篷车从肯塔基运到这里来的柜橱。打开橱门，橱里有一副象棋；堆着以前牧人们记录的账本、皮面的日志；还有一个绿色的雷明顿牌旧盒子，里面装着榴弹枪子弹和来复枪弹夹。书橱最上面的一格里，有一个榫合的木盒子，里面是黄铜的砝码；还有一个装绘图仪器的皮革夹子；一个玻璃做的马车，大概是多年前在圣诞节时盛糖果用的。

他从柜橱里取出象棋，关好橱门，把棋盘和棋子盒拿到桌子上。他展开棋盘，打开木盒盖，把棋子倒了出来。棋子一种是胡桃木的，一种是冬青木的。他摆好棋子，然后坐下啜着咖啡。

马克走进来，拉开对面的椅子坐下，从桌上一堆辣酱瓶、番茄酱瓶子中间拖出一只硕大的玻璃烟灰缸，把他的雪茄架在上面。他端起咖啡喝了一口，冲着约翰·格雷迪的左手点了点头。约翰·格雷迪张开手，把手中的一副骰子掷到棋盘上，马克看了看，说：“又是我走白。”

“是，先生。”说着，将他的卒子向前挪了一步。

杰西进来，从火炉上倒了杯咖啡，端着走过来站在桌边。

“坐下，”马克道，“你站着叫人心神不定。”

“没事，我一会儿就走。”

“还是坐下吧，你！”约翰·格雷迪说，“他不能有一点儿分心。”

“说得对。”马克说

杰西坐了下来。马克仔细琢磨着棋局。杰西瞟了一眼约翰·格雷迪肘边一堆吃下来的白棋子，张嘴开玩笑："兄弟，我说你还是让老爹一点儿吧，惹得他一不高兴，雇个不会下棋的牛仔换了你，可就惨了。"

马克伸出手把剩下的一个象挪了一步，约翰·格雷迪对着走了一步马。马克捡起雪茄，扑哧扑哧地嘬着。过了一会儿，他把皇后移了一步，约翰·格雷迪把他的马跳了一步，身子往后一挺，叫道："将军！"

马克坐在那儿瞪着棋盘。"该死！"他出声道。过了一会儿，才抬起头，转身问杰西："你跟他来一盘吗？"

"不了，先生。我已经服了他了。"

"我明白。他收拾我，就像揍头驴子一样。"马克说着，瞧了瞧墙上的挂钟，又拿起雪茄塞到嘴里用牙衔着。"再来一盘。"他说。

"是，先生。"约翰·格雷迪说。

索珂洛脱下围裙，挂起来，站在门边。"晚安。"她对大家说。

"晚安，索珂洛。"

杰西从椅子上起身："你们还都要点咖啡不？"

他们继续下着。当约翰·格雷迪把黑棋皇后吃掉时，杰西推开椅子，站了起来，又开玩笑说："哼，我可早对你说过了，兄弟。小心着点吧，这大冷的冬天马上就要到了。"

他走进厨房，把杯子搁到洗碗槽里，然后向门口走去。

"晚安。"他说。

马克还木然坐着，盯着棋盘。烟灰缸上的雪茄已经灭掉了。

“晚安。”约翰 · 格雷迪答道。

杰西推门出去了，门啪地弹回来。墙上的钟滴答滴答地走着，马克坐起身，捡起他的雪茄烟尾巴看了看，又放回烟灰缸。

“我服了，认输！”他说。

“你其实还可以赢的。”

“扯淡！”马克看了他一眼说。

约翰 · 格雷迪耸了耸肩。马克看了看钟，又看了看约翰 · 格雷迪，然后伸手小心把棋盘掉转了过来，让约翰 · 格雷迪下他剩下的黑棋。马克抿紧嘴唇，盯着棋盘，一步步跟着下。走了五步，约翰·格雷迪就把白棋的王吃掉了。马克摇摇头，然后说：“我们睡觉去吧。”

“是，先生。”

他们动手收拾棋子。马克往后推开椅子，收拾起他们的杯子。“特洛伊和比利说他们什么时候回来？”

“他们没说。”

“你怎么没跟他们一起去呢？”

“我想在家待着。”

马克把杯子拿到洗槽中，说：“他们没叫你去吗？”

“他们叫了，先生。可我不愿老是他们去哪儿就去哪儿。”他拉上棋子盒盖，合起棋盘，站起身来。

“特洛伊打定主意去那儿给他哥哥干活儿了吗？”

“我不知道，先生。”

他走过去把象棋放回书橱，关好门，拿起帽子。

“你不知道，还是你不愿说？”

“我是不知道。要是不愿说我会明白告诉你的。”

“嗯，我知道你是会这样的。”

“先生？”

“嗯？”

“我觉得有点对不住德尔伯特。”

“对不住他什么？”

“我觉得我好像抢了他的活儿似的。”

“没，你没有。他本来就是要走人的。”

“是，先生。”

“这事儿我来管，你就别操心了。听到了？”

“是，先生。祝您晚安。”

“把马房那边的灯打开。”

“没事，我能看见。”

“开了灯，你看得更清楚些嘛！”

“是，先生。可开了灯会打扰马儿的。”

“打扰马儿？”

“是的，先生。”

他戴上帽子，推开门出去了。马克瞅着他走过院子，然后关了厨房里的灯，转身穿过屋子，走进过道。

“打搅马儿了，”他咕哝着，“嘿，还真新鲜！”

第二天，约翰·格雷迪清早起来到比利的房间去叫他。可比利不在房中，床铺倒像是睡过的。他一跛一跛地走过一个个马舍，瞅了瞅院子那边的厨房，接着转到马厩外面停着的卡车边。比利坐在车里，俯身在方向盘上，正在从固定挡风玻璃的金属框上往下拆螺丝，拆下来放在一个烟灰缸里。

“早上好，牛仔。”比利说。

“早上好。这是怎么了？”

“猫头鹰。”

“猫头鹰？”

“对，猫头鹰。”

他拆下最后一个螺丝，把框子撬起，取下。接着用螺丝刀刀尖把窗玻璃沿橡皮边槽撬下来。

“你到那边去，从外面把玻璃往里推……等一等，这儿有双手套。”

约翰·格雷迪戴上手套，跛着脚走过去。比利这边用螺丝刀撬着，约翰·格雷迪从外边推着玻璃的边缘，这样他们把玻璃的下沿和侧面的一边从橡皮垫圈当中弄了出来。然后比利接过手套，握住玻璃一拽，把整块挡风玻璃拉了下来，小心翼翼地举起，从方向盘上端过来，立在驾驶座旁边的地上。

“你们是怎么开回来的，一路头伸在窗子外面看着路？”

“没，就是坐在中间一点儿，从好的那一头看呗。”

比利一边说，一边把雨刷子推进来搭在仪表板面上。

“我还以为你们昨晚没能回来。”

“我们五点钟才到家。你做什么来着？”

“没做什么。”

“我们不在，你没再在马厩里表演什么马技吧？”

“没。”

“你的腿怎么样了？”

“没事了。”

比利从弹簧片上把雨刷子推起来，用螺丝刀把它从转轴上卸下来放到座位上。

“你要去买一块新玻璃吗？”

“我叫华金上班时带一块来。我不想让老爷子知道这事儿。”

“怎么了？谁都可能碰上这种事儿啊！”

“我知道。可别人并没有都碰上，就我碰上了。”

约翰·格雷迪身子在开着的车窗上俯着。他转头吐了口唾沫，把身子探进来一些。

“可是，”他说，“你这话是什么意思？我不明白。”

“我也不明白，”比利把螺丝刀放到座上说，“我也不知道我干吗那么说。走吧，让我看看索珂洛是不是把早饭弄好了，我饿得连牛蹄子都能吃下去了。”

他们在桌边坐下，奥伦从报纸上抬起头，从眼镜框上面瞄着约翰·格雷迪，问：“你的脚怎么样了？”

“好多了。”

“也该是了。”

“好得可以骑马了。你是想问这个，是吧？”

“你脚能伸进马镫子吗？”

“我不一定要蹬进去才能骑。”

他们开始吃饭。奥伦又埋下头，读他的报纸。过了一会儿，他放下报纸，摘下眼镜放在桌上。“有一个人，要把他一匹两岁口的小母马送到我们这儿训练，说是打算送给他太太的。我心里明白，可没跟他多说什么。他对这马除了品种外，什么也不懂，我看他对别的马也一窍不通。”

“调教过她了吗？”约翰·格雷迪问。

“你问的是他太太还是马？”奥伦反问。

“我敢打赌：哪个都没调教好。”杰西插嘴道。

“说不清，”奥伦说，“还没开始调教，或者刚开始调教。他说要把那马留这儿两个礼拜。我说我们会训练它，在两周里，教它尽可能多的东西。那人好像挺满意似的。”

“那行。”

“比利，你这一个星期都跟我们一起干吗？”

“是吧。”

“那人说他们什么时候来？”约翰·格雷迪问。

“说是早饭后。杰西，你准备好了吗？”

“我从来都是好了的。”

“好吧，那今天就开干吧！”奥伦说，一边把眼镜收进衬衣口袋，一边往后推开椅子站起身来。

一辆小卡车开进了院子，后面拖个大约八英尺宽、三十英尺长的拖畜车。约翰·格雷迪走出去迎接他们。那拖车整个儿漆成黑色，侧面漆着金黄色的牧场名字，像是新墨西哥州一个什么没听过的地方。两个男人正在打开拖车的门闩，放下门板来。他们向他点点头。两人中个子高的一个将院子四周扫了一眼，然后把拖车里的马顺着跳板退了下来。

“奥伦呢？”高个子问。

约翰·格雷迪不搭话，只瞅着那马，那马看上去有点紧张，这没关系，小母马刚到这个地方总是这样的。他跛着脚转到另一边看，马的眼睛也盯着他转。

“遛一遛。”

“什么？”

“把马遛一遛。”

“奥伦呢？”

“他不在，先生，他不在。我就是驯马师，你牵着马走一走，让我看看。”

那人站着踌躇了一会儿，然后把缰绳交给同来的另一个人。“绕着这儿遛个圈，路易斯。”说着，他瞅着约翰·格雷迪。约翰·格雷迪不理他，只盯着那马。

“你估摸奥伦几时回来？”

“得到天黑吧。”

“你真是驯马师？”

“是的，先生。”

“你看马，看什么呢？”

“这马是瘸的。”他说。

“瘸的？”

“是，先生。”

“扯淡！”那人说。

遛马的那人也斜着眼朝这边瞥了瞥。

“听见他说了吗，路易斯？”高个子朝他叫道。

“是，听见了。那怎么办？就把这马一枪打死？”

“你是怎么说的，这马是瘸的？”高个子问。

“哦，我怎么说并不重要，先生。反正，这马的左前蹄是瘸的。让我仔细看看。”

“路易斯，把马牵过来！”

“他能走这么远吗？”

“天晓得。”

那人把马牵了过来。约翰·格雷迪走上前去，弯下身子，肩膀贴着马肚子，两腿夹着马腿提了起来，用大拇指划了划蹄心，又仔细瞧着蹄子外边。然后他又贴着马，仔细听马的呼吸声，对马说了点什么。接着从屁股后面口袋里掏出一方手帕，吐了点唾沫弄湿，动手擦马蹄子的外壁。

“这是谁搞的？”他问。

“搞什么？”

“面儿上糊的东西。”他举起手帕让他看从马蹄上蹭下来的漆迹。

“我哪知道。”那人道。

约翰·格雷迪掏出小刀，打开，用刀尖在马蹄外壁上划下去。那人凑到跟前来，约翰·格雷迪举起小刀给他看。

“看到了？”他问。

“什么？”

“这只马蹄子裂了一个大口子，谁就这样用蜡堵了堵，面儿上糊住了事。”

他直起身，放下马蹄，在马肩上戳了戳。三个人就站着，看着那马。

高个子双手插进屁股口袋，转过身子吐了口唾沫。“哼！”他出声道。

牵马的那人脚尖在地上轻敲着，眼睛看着别处。

“老头儿知道了要气死的。”

“这马你们是在哪儿买的？”

那人从口袋里抽出一只手，扶了扶帽子。他看了看约翰·格雷迪，又看了看那小母马，便问道：“我能把这马留你这儿吗？”

“不行，先生。”

“那就先留下。等奥伦回来，我再和他说。”

“不行，我不能收。”

“你这是说，要我把马装上车，再拉回去？”

约翰·格雷迪不吭声，眼睛也不从那人脸上挪开。

“你帮帮忙嘛！”那人说。

“我没法儿。”

高个子望了望牵马的那个人，那人朝牧场的大屋子看了看，回头盯着约翰·格雷迪。接着从屁股口袋里掏出钱包，打开，取出一张十美元的钞票，折起来，伸了过来。

“给你，”他说，“装口袋里，对谁也别说哪儿来的。”

“我不能干这个。”

“快点喽！”

“不，先生。”

那人沉下脸，手里举着钱，就这么站着。好一会儿，才把钱塞回自己的衬衣口袋，道：“收了钱，能烫了你的屁眼吗？”

约翰·格雷迪不作声，那人转身往地上啐了一口。

“那个马蹄子，可不是我搞的。你以为是我？”

“我没说是你搞的。”

“那你也一点儿忙都不帮，是吗？”

“这种忙我没法儿帮。”

那人瞧着约翰·格雷迪，又吐了口唾沫。他看看那个大个子，又看看远处的空地。

“那我们走，卡尔，”大个子说，“真见鬼了！”

他们把马赶回场院，赶到拖畜车前。约翰·格雷迪看着他们把马装回拖畜车，抬起车门关上，闩好门。大个子回到卡车旁。“喂，小子！”他喊道。

“在，先生。”

“见你妈的鬼去吧，你！”

约翰·格雷迪不吭声。

“你听见没？”

“是，听见了，先生。”

然后，两人进了卡车，掉转车头，开出停车场，顺着车道开走了。

约翰·格雷迪把马缰绳放在门口，从院子里走进厨房。不见索珂洛在厨房，他便出声喊她。等了一会儿仍不见她回来，便又转身出去了。正在他备马鞍的当儿，索珂洛出现在厨房门口，手搭凉棚遮着太阳，冲他叫：“喂，马克先生什么时候回来？”

“不知道。”

他点点头，索珂洛看着他往外走，问他啥时候回来，他说天黑的时候。

“等一下。”索珂洛说。

“有事？”

“等一会儿。”

索珂洛转身进屋去了，约翰·格雷迪骑在马上坐着。马不停地摇晃着头，用蹄子跺着光裸裸的地面。“好啦，好啦！”他对马说道，“我们这就走。”

索珂洛又出来了，手里拿着给他的午饭，包在布里。她走到马胯边举起来交给他。他道了谢，伸手到身后，把饭包塞进他猎装的大口袋，点了点头，便催马出发了。索珂洛看着他骑马走到大门边，在马上探身拉开门闩，推开大门骑了出去，又转过马来把门关好，然后一路小跑走远了。他帽子扣在后脑勺上，身子挺得笔直，肩上洒满了早晨的阳光。他一边的脚还包着，没穿靴子，马镫空荡着。一群赫里福牛带着小牛犊们在篱笆里面一边追着他奔跑，一边朝他哞哞叫。

他在布兰斯福德草场上待了一整天，从新墨西哥的群山吹过来的冷风也整日刮个不停。牛群纷纷在他前面疾步四散，他注意看着，寻找着离群的病牛。他的活儿就是一边在这里训练马，一边把有病、有伤的牛剔出来。他胯下骑着的是匹专门用来隔离牛群的小青马。这小青马最爱围逐牛群，常把它们堵到篱笆角里，还用嘴去啃咬。约翰·格雷迪就由着它。一会儿，它真从牛群中截下一头大约一岁的牛犊。约翰·格雷迪撒出套绳套住了那小牛，可那牛就是不肯倒下。小青马大叉着腿抵着，拉紧绳索，绳子那头小牛犊扭着身子挣扎着。

“现在，你该怎么办呢？”他奚落那马。

小青马转身往后退，那牛犊开始又蹦又跳，拼命挣扎。

“我猜你想要我下去制服那龟儿子吧，可我只有一只脚啊！”

他静候着，直到那小牛蹦跶到一块蒺藜丛间的开阔空地时，才猛地策马向前跃出，又飞快地把绕在鞍桥上的绳索松开，从马头上向前荡出，同时拍马飞奔，绕到牛犊的前头。这时牛犊也开始奋蹄逃跑，脖上的绳索从左边拖下来，拖在地上。他绕过小牛身后，绕成一个圈，又从小牛右边兜到在前面飞奔着的马上。

约翰·格雷迪查看了一眼鞍桥上拴紧的绳索，右脚站在马镫上立起身，把拖着的绳索从左腿下让开。当绳子“啪”的一声绷直时，绳子勒住了牛犊的后腿，牛头猛地向后一仰，整个身子被勒得飞翻到空中，一个筋斗，“扑通”一声跌落在地上，倒在飞扬的尘土里不动了。约翰·格雷迪飞身跳下马，一跛一跛地跑到牛犊跟前，趁它缓过劲儿来之前，迅速跪下身子，抓住牛的后腿，从腰带上解下绳子，把两条牛腿拴牢在一起，直到小牛不再挣扎才放开手。然后，他俯下身抬起小牛的一条腿仔细看，只见这小牛一条腿内侧肿起了一个大包。就是这个原因，它跑的样子很怪，引起了他的注意，所以才把它截了出来，并用绳索套倒的。

小牛腿上肿起的牛皮下有一根木刺埋在里面。他试着用手去拔，可木刺断在肉里。他只好从外面顺着摸，然后用大拇指从里头的一头慢慢地往外推挤，推得露出一点头时，他俯下身去用牙齿咬住，使劲一拽，把整根木刺拔出，一股脓液跟着冒了出来。他把木刺举到鼻子下闻了闻才扔掉。然后走到马那儿取回一瓶消炎药水和棉签给小牛的伤口消毒。他弄完放开小牛时，小牛跑的样子比先前更差了。可他心里知道，这没关系，它就会好起来的。

中午，他坐在一片从土中露出的熔岩上吃午饭。从这儿，可以看到北面和西面一整片冲积平原。在一片熔岩上散布着古代的各种岩刻图文，有动物、人、月亮，还有湮没失传、意义永不为人知的各种象形文字。熔岩被太阳晒得暖暖的，他坐在避风的一面，默默地望着远处寂静的平川。周围没有一丝响动。坐了好一会儿，他才收拾起饭盒、杂纸，起身下坡去找他的马。

他在马舍的灯光下梳着满是汗水的马身，比利剔着牙齿走过来，站住看他干活儿。

“你今天去哪儿了？”

“去锡达泉那边了。”

“在那儿一整天？”

“对。”

“那小母马的主人打电话过来了。”

“我想也该的。”

“没说什么难听的。”

“他本来也没理儿。”

“他问马克，能不能叫你看看他别的马。”

“是吗？”

他继续刷马，比利看着他。

“索珂洛说你要再不去，她就要把饭菜都倒掉了。”

“我这就去。”

“最好。”

“那地方你觉得怎么样？”

“以前我觉得那块地方是不错。”

“是吗？”

“可我现在哪儿也不去了，特洛伊也是。”

约翰·格雷迪的刷子刷到马的下腹部，马浑身颤抖着。

“等到军队过来占住这片地方的时候，我们大家都得找个去处。”

“是，我知道。”

“特洛伊不走了吗？”

比利看了看手中的牙签尖，又插回嘴里。一只蝙蝠闯进马厩的灯光里，影子掠过马身子，又掠过约翰 · 格雷迪。

“对。我想这次他不过就是想去看看他哥哥。”

约翰 · 格雷迪点点头。他伏在马上，两手伸到马的另一边，把刷子上的一团团马毛揪下，看着它们飘落到地上。

他走进厨房时，奥伦还在桌边坐着，他从报纸上抬起头看了一眼，又勾下头继续阅读。约翰 · 格雷迪走到洗槽那里洗了洗手，便见索珂洛打开炉子上面的保温箱，端出一个盘子。

他坐下来一边吃晚饭，一面仰着头，读着桌子对面奥伦手中的报纸的背面。

“什么叫公民投票？”奥伦问。

“你问住我了。”

过了一会儿，奥伦说：“不要看我的报纸背面。”

“什么？”

“我说你不要看我的报纸背面。”

“喔，好的。”

奥伦折起报纸，放在桌面上推了过来，然后端起咖啡来喝。

“你怎么知道我在看你报纸背面的？”

“我能感觉出来。”

“看报纸背有什么不对？”

“也没什么不对，可是叫我感到不自在。这是个坏毛病。你如果想看人家的报纸，就向人家要过来看。”

“明白了。”

“那匹马——就是想让留下来的那匹小马的主人，今天打电话说要雇你。”

“我已经有一份活儿了。”

“他大概就是要你和他一起到费本斯去看一匹马。”

约翰·格雷迪点点头：“不，他不是让我干那个。”

奥伦点上一支烟，把烟盒放回桌上。约翰·格雷迪继续吃着。

“马克说什么来着？”

“他说他会告诉你。”

“喔，那我已经知道了。”

“不管怎么样，你给那人打个电话吧。你可以在周末给他干点训练马儿的活儿，也给自己挣点钱。”

“我还没学会怎么同时给两个主子干活儿呢。”

奥伦抽着烟，瞥了小伙子一眼。

“我今天到锡达泉那边去了，就在那一群瘦牛、病牛中忙活了一天。”

“我又没问你。”

“知道，我带了沃森家的那匹小青马去的。”

“那马行吗？”

“干活儿棒极了，真不是瞎吹，天生就是匹好马。”

“你该自己买了这马。”

“我知道。”

“你看上这马的哪点了？”

“没哪点是我不喜欢的。”

“可是你现在不买它？”

“对，不买。”

他快吃完了，用剩下的最后一块玉米饼把盘子刮了刮，吃了下去，然后推开盘子，喝了几口咖啡，把杯子搁下，抬头望着奥伦说：“那马整个儿不错。还没完全训练好，可将来会成一匹好牧牛马的。”

“那真叫人高兴。当然，你更喜欢的大概是烈马，蹦起来像张弓，跑起来能冲破墙的那种，就像那天摔了你的那匹。”

约翰·格雷迪咧嘴一笑：“我梦中的马儿，还不全是那样的。”

“那是哪样的？”

“我也说不清楚，你见了才知道喜欢还是不喜欢。有时候，你把一匹马的优点全列出来在一张纸上，但你仍然拿不定主意你喜欢不喜欢。”

“要是把毛病也全列出来呢？”

“不知道，我想大概那时就能拿定主意了吧。”

“是不是有些马被惯坏了，就再也没治了呢？”

“有的，不过大概没有你想的那么多。”

“也许。你认为马能懂人话吗？”

“你是说人说的语言？”

“我也说不清，就是它懂不懂人说的话？”

约翰·格雷迪望望窗外，窗玻璃上挂着一颗颗水珠，两只蝙蝠正在马厩的灯光里飞旋冲撞。

“不懂，”他说，“我觉得马懂得人的意思。”

他又看了看蝙蝠，然后转头看着奥伦："怎么说呢？我感觉马好像常常担心它不明白的事。马总愿意看到主人，除了这个，它总喜欢听见人的声音，好像听见你说话它就比较放心，知道你不会做它不明白的事。"

"你觉得马会想事儿吗？"

"当然。你觉得不会吗？"

"是，我也觉得会。可有些人断言不会。"

"是吗？那他们是错了。"

"你，能看出马在想什么吗？"

"我想，我能看出马打算要做什么。"

"对，大致不错。"

约翰·格雷迪笑了笑，说："是，大致。"

"马克常说马知道什么是对的和什么是不对的。"

"他说得对！"

"这个，"奥伦吸了口烟，说，"我倒常常有点不明白。"

"如果马不知道对和错，那你还怎么训练它们！"

"不就是逼它们干你叫它们干的事吗？"

"你能叫一只公鸡干你叫它干的事吗？你根本连试都不会试的。可对于马，你总有办法训练它们的，靠的还是它们自己。一匹好马总能自己知道该做什么，你总能明白它心里是怎么想的。它不会在你盯着它的时候规规矩矩，而你不在的时候就乱来。一匹马一旦被训练到这个份儿上，你就是叫它做错事它也不会去做了。它会抵着不肯做，如果你逼它、虐待它，那简直就跟要它的命一样了。好马的心里有一股正气，我亲眼见识过的。”

“你可真是看得起马啊！比我可高多了。”奥伦说。

“我倒不是对马有什么一套套的看法。我小时候以为马的事儿我都懂了，可现在我对马儿却是越来越糊涂了。”

奥伦咧嘴一笑。

“一个人要是懂马，”约翰·格雷迪接着说，“要是一个人真了解马，那他就只要看着、盯着那马就能把它训练好了。对他们来说，没有什么难的。我的办法和那些用鞭子训练的办法完全不一样，但远不是什么最好的办法，离人家真正懂马的人还差一大截呢。”

他伸开双腿坐着，扭伤的那只脚斜搭在靴子上。

“有一点你是对的，”他继续说，“大部分马在送来这儿以前就已经被糟蹋了。一开始被人骑就糟蹋了，有时还要更早。最好的马倒是那些小孩们带的马，或是牧场外面连人都没有见过的野马，它们没有什么坏毛病要改。”

“你最后说的话恐怕很难让大家都同意。”

“这我知道。”

“你驯过野马吗？”

“驯过，可很难有机会真正训练它们。”

“为什么？”

“人们不要它们受训练，只要求把它们的野性收服就满意了。所以，要教育的倒是马的主人。”

奥伦坐起身，把烟摁灭：“有些道理。”

约翰·格雷迪坐着，注视着烟从桌子上袅袅升起，一直升到桌子上头的灯罩上。“我刚才说没有见过人的马最好，说得可能不大对。马还是需要人的，但需要人在它们周围就行了。在训练开始之前，大概只要觉得有人像树一样在它们周围就够了。”

外面天还亮着，街上又下着雨，灰蒙蒙一片。小贩们缩成一团躲在门道里，漠然地看着门外的雨。他跺了跺靴子上的雨水，走进去，穿过厅堂走到酒吧台前，摘下帽子搁在吧凳上。没有其他客人。两个妓女懒洋洋地靠在沙发上，没精打采地瞅着他。酒吧招待走过来给他斟上一杯威士忌。

他向酒吧招待仔细讲了那个姑娘的样子，可那招待只是耸了耸肩，摇了摇头。

“是个很年轻的姑娘。”他说。

招待还是耸耸肩，然后抹了抹吧台，从口袋里掏出一支香烟，点着，靠着后面抽了起来。约翰·格雷迪又示意再来一杯威士忌，并把硬币摆在台子上。他拿起帽子，端着酒杯，走过去，到屋子那边的沙发边，向那些姐儿们打听。可她们只是攀着他的衣服，要他为她们买酒水。他定睛看着她们的脸，她们脸上是厚厚的胭脂，鲜红的口红，印第安人似的黑眼眶上涂着黑黑的眼胶。他心里纳闷：在这些面具后面她们真实的人又是怎样的呢？他望着她们身后墙上挂着的扇形的霓虹灯，望着墙上装饰豪华、俗艳的丝绒帐帷，耳里听见屋顶上的雨声喧噪，以及不断从天花板漏下的水珠滴到地上猩红地毯上发出的“噗噗”声。他喝干了他的威士忌，把杯子放到茶几上，戴上帽子，向女人们点点头，又举手碰了碰帽檐，便向外走去。

“小伙子！”年纪最大的一个女子在身后叫道。

“怎么？”

她四下瞟了一眼，没有人注意她。

“她不在这儿了。”她说。

他问那姑娘去哪儿了，可她们却都不知道。他又问那姑娘会不会再回到这儿来，她们说大概不会了。

他又举起手碰碰帽檐，道：“谢谢。”

“快走吧！”女人们嚷道。

街角上，一个身强力壮穿着漂亮蓝色毛哔叽制服的出租车司机喊着招呼他。那司机撑着一把在这里很少见的古旧雨伞，伞骨间的一片布是用蓝色塑料布补的，所以伞下他的脸也变成了蓝色。他问约翰·格雷迪要不要去看看别处的姑娘们，约翰·格雷迪说好的，便上了车。

他们的车在一条雨水滂沱、坑坑洼洼的街道上开着。那司机有点醉了，一路上看见从车前横过的路人，或站在店铺门道里的人便信口开河地数落着，从他们的样子，到他们的品行。他还叨叨着前面跑过的狗，说它们在想什么，它们要到哪儿去，为什么要去，等等……

他们到了城郊的一个妓院，坐在酒吧台旁边。那司机便指着厅里的妓女，一个个地评头品足。他说，偶尔出来找一夜风流的男人们，多半碰上谁就是谁，哪个先搭他们，他们就要了哪个；可精明的常客们就挑剔得多了，他们才不会上打扮出来的样子的当呢。他说，对待妓女们，你可别太客气：在一个成熟健全的商业社会里，选择的优先权应该永远在买方手里嘛。说着，他转过来用醉醺醺的眼睛看着小伙子用西班牙语问：

“你说对不对？”

“对极了。”约翰·格雷迪也用西班牙语漫然答道。

他们喝干杯子便起身离开。外面天已黑了，街上五颜六色的灯光在蒙蒙细雨中眨着眼睛，明灭不定。他们又来到一个叫作红公鸡的妓馆，进去在吧台边坐下。那司机举举酒杯打个招呼，便喝开了。接着他们便一个个观察着屋里的妓女。

“我还可以把你载到别的地方去找，”司机说，“不过，她也许已经回家了。”

“也许。”

“也许她嫁人了。这些姑娘有时候也会嫁人的。”

“可我两个礼拜前还在一个地方见过她的。”

司机听了一边寻思着，一边坐着抽烟。约翰·格雷迪喝完酒，站了起来，说：“可她再没有回那儿去。”

在桑托斯街的德戈拉多妓院，约翰·格雷迪也坐在吧台旁等着。过了一会儿，司机回来了。他一面小心翼翼地打量着四周，一面俯在约翰·格雷迪耳旁悄悄地说：“你得跟马诺罗说，只有他能给你点信儿。”

“他在哪儿？”

“我带你去找他，我送你去。约好了的，你得付钱。”

约翰·格雷迪伸手去掏钱包，司机按住他的手，他瞅了瞅酒吧侍者，说："到外面去说，不能在这儿！"

到了外面他又伸手掏钱包，司机又要他稍等一会儿，并很夸张地四下瞧瞧，嘘道："有危险哪！"

他们便坐进了车子。

"他在哪儿？"约翰·格雷迪问。

"这就去找他，我送你去。"

他发动引擎，车子沿街而下，向右转了个弯，开了半个街区又拐了个弯，车子驶进一条小巷，停下来。司机关掉引擎，又关闭了车灯，就在黑暗里坐着。可以听见远处传来的阵阵收音机的声音，还有巷子里的雨水从水槽滴到地上水潭中的响声。

过了一会儿，一个人出现了。他走过来拉开车后门，坐了进来。

车里的顶灯坏了，约翰·格雷迪无法看清来人的脸，那人手里提着支香烟，吸烟的时候，用手掬着烟头，像乡下人一样。

约翰·格雷迪闻到他身上一股古龙香水味。

"行，可以了。"那人出声道。

"你现在交钱吧，"司机说，"他会告诉你那女孩在哪儿。"

"付多少？"

"你付我五十块钱。"那人自己答道。

"五十块？"

没有回答。

"我没五十块。"

那人静坐了一会儿，然后推开门下了车。

“等一等。”约翰·格雷迪叫道。

那人在外面站住，一手扶着车门。约翰·格雷迪可以看清他了：他身穿一套西装，打着黑领带，下巴又瘦又尖。

“你知道这个姑娘？”约翰·格雷迪问。

“当然知道。你别耽误我的时间了。”

“她什么样儿？”

“她十六岁，有羊角风病，这里就她这么一个。她已经走了两个星期了。得了，别耽误我的时间了，你没钱还来浪费我的时间！”

“我会有钱的，我明天晚上把钱拿来。”

那人瞟了司机一眼。

“我明天到拉维纳塔妓院去，我把钱给你带到那儿。”约翰·格雷迪又说。

那人把头转过一点儿，吐了口唾沫，又转回头。

“不能去拉维纳塔。哼！你真是的。你现在身上有多少钱？”

“大概三十块左右吧，”约翰·格雷迪掏出钱夹，说，一面用大拇指数了数，“三十六块。”

那人伸出手：“都给我。”

约翰·格雷迪把钱递给他。他把钱卷起来塞进衬衣口袋，看也没看一眼。

“她在白湖妓院。”说出这几个字，他把车门一关，便转身不见了。脚步声轻得一点儿也听不见。

司机回到座位上，问："要去白湖妓院吗？"

"我再没钱了。"

司机用指头在座椅上敲着鼓点："一点儿也没有了？"

"没了。"

"没钱？"司机摇摇头，念叨着，"好吧！现在回阿凡尼达去吗？"

"我可没车钱了。"

"没关系。"

他启动引擎，把车子从巷子里往大街上倒："你下次还我钱，行吗？"

"行。"

"那就这样。"

约翰·格雷迪经过比利的房门时，灯还亮着，便推开门帘，朝里一望，见比利在床上躺着。

比利把手里读着的书往下挪了挪，看见是约翰·格雷迪，就把书放倒在胸口上。

"你在读什么？"

"德斯崔的书。你到哪儿去了？"

"你去过一个叫白湖的地方吗？"

"嗯，去过。一次。"

"特别贵吗？"

"特别贵。怎么？"

“没什么，就问问。明早见。”

他放下帘子，向过道尽头自己的房间走去。

“你还是离那个白湖远一点儿,兄弟！”比利在后面高声喊道。

约翰·格雷迪拨开门帘，伸手摸灯绳。

“那不是你我去的地方！”

他摸到灯绳，拉亮了电灯。

“你听见没有？”

吃完早饭，他手里拿着帽子，一跛一跛地向过道里头走去。

“马克先生！”他叫道。

马克手里拿着几张纸，臂弯下也夹着一摞，走到办公室的门口说：“进来吧，孩子！”

约翰·格雷迪走过来站在门道里。

“进来吧，”马克又回他的桌边，说，“有事找我？”

他从文件上抬起头，见约翰·格雷迪还在门道里站着。

“我能不能预支一点儿我下月的工钱？”

马克一边伸手掏钱包，一边问：“要多少？”

“呃，我想要一百块钱，如果行的话……”

“你要,就给你,”马克瞟了他一眼,说,“那你下个月怎么办？”

“我能对付。”

马克打开钱包,取出五张二十元的票子。“我说，”他说,“我想你也大了，能管自己的事了，用不着我多嘴，是吧？”

“我就是有点事，要用点钱。”

“明白。”

他把钱拢在一起，放在桌子上。约翰·格雷迪走过来，拿起钱，叠起来塞进衬衣口袋。

“谢谢您！”他说。

“不用谢。你的脚好点没有？”

“挺好的了。”

“看得出，你还得护着它。”

“没事，不打紧的。”

“你还打算买那匹马？”

“是的，先生，打算买。”

“你怎么发现沃尔芬巴杰的小母马的蹄子是坏的？”

“我能看得出来。”

“可那马走路并不瘸啊？”

“不，先生。是那马的耳朵不对劲儿，所以我才发现了蹄子的毛病。”

“马的耳朵？”

“是的。那马的蹄子每一着地，一边的耳朵就轻轻抽动一下。我一直仔细盯着的。”

“嗬，这真有点神了。”

“是，先生，有那么一点儿。”

“可你还是不愿意去帮那老头儿挑马？”

“不去，先生。他是你的朋友？”

“我认识他。怎么了？”

“没什么。”

“你刚才本来要说什么的？”

“算了吧，没什么。”

“说出来，没事。说吧！”

“好吧。我刚才想说：如果我给他打半工的话，我没法保证他再不出麻烦。”

“你的意思是，你愿意干全工？”

“我没那么说。”

马克摇摇头。“行了，就说到这儿。颠起屁股走人吧！”他笑着说。

“是，先生。”

“你没有把这告诉他吧？”

“没有，先生。我没跟他说过话。”

“是吗？真没想到。”

“是，先生。”

他戴上帽子，转身往外走，到了门口又停住。

“谢谢您，先生。”

“行了，走吧。那是你的钱。”

晚上约翰·格雷迪回来的时候，索珂洛已经走了。饭桌边除了约翰逊老爷子外，再没别人了。老爷子一面抽自己卷的烟卷，一面听收音机里的新闻。约翰·格雷迪端过他的晚餐盘子和咖啡，放到桌上，拉开椅子坐了下来，说：“晚上好，约翰逊老爹。”

“晚上好，孩子。”

"有什么新闻？"

老人摇摇头，俯过身子，伸手把窗台上的收音机关掉。"什么新闻也没有，"他说，"都是打仗，要么就是打仗的谣言。我不知道我为啥还听它，整个儿一坏毛病！我要能改了这个坏毛病就好了，可这毛病却越来越深了。"

约翰·格雷迪舀了几勺番茄酱浇到米饭上，卷起一个玉米饼吃开了。老人在一边瞅着他吃。他冲着小伙子的皮靴点点头，说："看来你今天像是到什么泥巴稀烂的地方去过似的。"

"是，先生。去过，好几处都是。"

"那种油腻腻的烂泥沾到哪儿就洗不下来的。奥立弗·李以前就说，他来到这儿就是因为这块地方太糟糕了。别人都不愿意来这儿，只留他一个人住在这地方了。当然啦，他说得也不全对，至少他说只剩他一个人了是不对的。"

"是，先生。他不对。"

"你的脚怎么样了？"

"不碍事了。"

老人笑了笑。他吸了口烟，把烟灰弹在桌上的烟灰缸里。

"不要上了今年这里几场好雨的当！这块地方今年迟早要闹旱灾，地里的土都要被风卷跑的。"

"你怎么知道？"

"我就是知道。"

"你还要咖啡吗？"

"不，不要了。多谢。"

小伙子站起来，走到火炉旁，往杯子里添了点咖啡，又走了回来。

“这块地方早就该好好下场透雨了，”老人说，“老百姓都变得越来越不长记性。现在军队要收回去，他们大概倒挺高兴的。”

小伙子继续吃着，问 ：“你估摸军队要占多大地方？”

老人咂了口烟，把烟仔细摁灭，按得一点儿火星都没有才住手。

“我想他们要把整个图拉罗萨盆地都占了去。这是我的估计。”

“他们能白占了去？”

“对，就白占。老百姓会吵、会闹、会抱怨，可他们再没有别的办法。他们该是高兴被赶出去才对呢。”

“你说普拉瑟先生会怎么办？”

“约翰 · 普拉瑟会照他以前说过的那样办吧！”

“马克说，普拉瑟对他们说过，他决不会离开，除非把他用棺材抬走。”

“他那样说了，他将来就一定会那样离开的，相信我吧！”约翰 · 格雷迪吃干净了盘子，直起身来端着咖啡喝。

“我本不该问你这个问题，可是……”他说。

“问吧。”

“你不一定非得回答。”

“这我知道。”

“你认为是谁杀了方丹上校？”

老人摇摇头，坐着好久不说话。

“我大概不该问这个问题。”

“不，没有关系。你知道，他女儿也叫玛吉。就是她叫方丹把那小男孩也带上的，她说那些人是不会为难一个八岁的小孩的。可是她错了，是不是？”

“是的，先生。”

“好多人说是奥立弗·李杀了他。我跟奥立弗·李很熟，我们同岁。他有四个儿子。我根本不相信这事。”

“你是说你不相信他会杀了他？”

“我要说的比这更明确，我要说的是：他没有杀方丹上校。”

“那会不会是他雇人干的？”

“这，这就是另一码事了。反正方丹上校和那小孩死不死，奥立弗·李是不在乎的，至少他对方丹上校的死是无所谓的。”

“您不要添点咖啡了？”

“不了，谢谢你，孩子。不然我整夜都会睡不着的。”

“您认为他们还埋在那边什么地方吗？”

“不，不会的。”

“那是怎么回事？”

“我总觉得那些人把他们的尸体搬到墨西哥去了。他们有两个地方可以埋他们，一个是那山口南边一点儿的地方，可埋在那儿，就有可能被人发现。另一个地方是再往南三十英里的地方，可以把他们撂到国境外面无人管的地方。我猜他们就那么干了。”

约翰·格雷迪点点头，慢慢啜着咖啡，又问：“你打过枪战吗？两边拿枪对着打的那种？”

“打过，打过一次。那时我年纪已不小，已经懂事儿了。”

“在哪儿打的？”

“就在克林特河东岸。那是在1917年，在我哥死前不久。我们在河那边等着，等着到天黑好把夺回来的马群赶过河。我们的这些马是被他们偷了去的。有消息说敌人就埋伏在前面等着我们。我们在那里等候着，等候着。过了一会儿，月亮出来了，就小小一弯月牙，连四分之一都没有。月亮从我们背后升起来。敌人的汽车就藏在前面河湾的树丛里，月亮一出来，月影正好映在汽车前面的挡风玻璃上，明晃晃的。温德尔·威廉斯瞧了我一眼说：‘嗬！我们这儿有两个月亮了，我还从来没见过这个呢。’我说：‘真的，不过一个月亮是倒着的。’接着我们便开火了，一顿来复枪猛打过去。”

“他们回手了吗？”

“当然回手了。我们就趴在那儿，每人差不多打完了一箱子弹，他们才撤退了。”

“打着人了吗？”

“不知道，没听说。倒是打中了那汽车几枪，整个挡风玻璃都给掀掉了。”

“把马拉过来了吗？”

“拉过来了。”

“有多少匹？”

“好多，有七十匹。”

“真不少！”

“我们也挣了不少钱。可挨了枪打，还是有点不值。”

“是，先生。我觉得不值。”

“它对人的精神有很怪的影响。”

“你说的是什么，先生？”

“我是说挨枪打这事儿。尘土溅你一身，树叶子打得四处乱飞。经了这些事后，人对世事的看法就都不同了。也许有人觉得挺对胃口的，可我决不喜欢。”

“闹革命[1]那阵你没去打仗吧？”

“没有。”

“可你去了墨西哥那边了？”

“去了，可一去就千方百计想回来。在那边待的时间真是太长了。革命一爆发，我心里还挺高兴。一个星期日早晨，在一个小镇里醒来，就见人们在街上对着开火。你简直就弄不清是怎么回事,要是从来没去那儿就好了。在那里见了好多可怕的事，后来好几年总是梦见，可怕人了。”

约翰逊老爹支着胳膊俯在桌子上，从口袋里掏出卷烟用的材料，又卷了一支烟，点上吸起来。他眼睛眯着，望着桌子，不停地说。他说到一串串城镇和乡村的名字，说到用泥土修建的印第安人村落，说到那里对着土墙枪毙人的情景：枪声一响，鲜血喷上土墙，溅在原有的黑色血迹上；人倒下去，后面土墙

[1] 指1910—1920年间墨西哥革命与动乱时期。——译注

上的弹孔里沙土簌簌落下；枪口的硝烟徐徐飘散，街上尸体四处横陈。沉重的木轮马车拉着堆满的尸体，缓缓走过鹅卵石地，走过泥土地，驶向无名的墓场。成千上万的人上了战场，就穿着他们唯一的一套好衣服，这是他们结婚时就穿着的衣服，将来他们走进坟墓时大半也是这套衣服。就穿着这种外套，打着领带，戴着礼帽，像是愤怒的店员或会计师一样，站在翻倒的马车和货物筑成的街垒后面，端着来复枪向前面开火。架在轮子上的小炮每一射击就猛地向后反冲，每次都得拉回原处再射。数不清的骑兵打着各色各样的旗帜向死亡冲去。他们举着像帐篷一样绣着圣母画像的帷盖奋勇投入战斗，好像所有这些灾难、杀戮和疯狂都是圣母本人让他们去干的一样……

走廊里的座钟敲了十下。

“我该去睡觉了。”老人说。

“是，老爹。”

“我实在不喜欢这些，”老人站起来，说，“可谁也没有办法。”

“晚安，老爹。”

“晚安。”

那出租车司机陪着他，走进开在一堵高墙上的漂亮大铁门，又陪着他沿小道一直走到大厅门口，好像害怕这城外荒野的黑暗里包藏着什么危险似的。走进拱廊，司机上前拉了一下装在壁龛里包着天鹅绒的门铃拉手，退后一步等着，一面对约翰·格雷迪说：“你要车的话，我可以等着。”

“不，不用了。”

门开了，一个身穿晚礼服的女招待迎着他微微一笑，后退一步，一只手扶着门，让他进去。约翰·格雷迪进了门，摘下帽子站着。那女子同司机说了几句话，转回身，向约翰·格雷迪伸出手。约翰·格雷迪马上伸手去掏钱包，那女子莞尔一笑，道：“您的帽子。”

他便把帽子交给了她。那女子接过帽子，给他指了指大厅。他便转身，用手抚了抚自己的头发，走了进去。

大厅右手高出两个台阶的地方是酒吧，一些男人坐在吧台前的高凳子上喝酒谈天。约翰·格雷迪走上台阶，从那些男人的身后走过。酒吧的灯光幽暗，灯下是红色桃花心木的大吧台，后面站着身穿法国勃艮第式夹克衫、颈系黑色大领结的吧台侍者。外面大厅里，妓女们散乱地坐在深红锦缎的大沙发上，有的是便装，有的是裙裾扫地的正式晚礼服，也有的是裙衩开到腰际的丝绸紧身裙。她们脚上的鞋或是金色的，或是像玻璃似的闪闪发光。她们一个个用看上去漫不经心、实际上以用心设计过的姿势坐着，鲜红的嘴巴娇嗔地微微噘起，透出一种幽幽的风情。一盏水晶大吊灯挂在头顶中央。右边的小舞台上正演奏着弦乐三重奏。

他踱到吧台尽头，刚把手搭上吧台扶手，吧台侍者就迎过来，在他面前铺上了餐巾。

“晚上好，先生。”他招呼道。

“晚上好。来杯老爷子牌威士忌，另外来杯水。”

“是，先生。”

酒吧侍者转身走开。约翰·格雷迪把脚跷到闪闪发光的黄铜脚蹬上，开始从吧台后面的大镜子里仔细察看大厅里的妓女们。吧台边的男人们多是穿着整齐的墨西哥人。也有不多几个美国人，都穿着薄得出格的花布衬衫。一个穿着几乎透明长袍的高个子女人，像幽灵一样正穿过大厅。在前面的桌上，一只蟑螂在几个酒瓶后面慢慢向前爬行，它爬上一面镜子，大概是看见了自己的影像，给吓住了，停在那儿一动不动，像是冻僵在那儿了。

他又要了一杯酒，吧台侍者过来给他倒上。他再往镜子里看时，心里一阵狂跳：他看到那个姑娘了！

那姑娘独自坐在一张深色丝绒沙发上，长裙优雅地散开在身边，两手安详地搭在腿上。约翰·格雷迪眼睛紧盯着那姑娘，一边伸手在桌上摸他的帽子，一边喊酒吧侍者：“嗨，结账。”摸不到帽子，低头一看，才想起帽子留在门口女侍者那儿了。于是掏出钱包，拿出一张五元的票子搁在桃花心大吧台上，往前推了过去，又把剩下的钱折起来装进了衬衣口袋。吧台侍者把找回的钱放在他面前桌上，他又把一块钱当小费推了回去，然后转过身来，又往那姑娘坐着的地方望去。他觉得那姑娘好像有点娇弱无力的样子。再仔细一看，发现那姑娘坐在那儿，轻阖着双眼，于是才明白，她是在静静地听屋里的音乐呢。

他把威士忌酒倒进大水杯，把酒杯放回桌上，端起水杯向大厅那边走过去。大概是头顶的大吊灯把他的影子投到姑娘的脚前的缘故吧，她从音乐的梦境中惊醒了过来。抬眼看见他，孩子似的嘴巴上绽开一朵淡淡的微笑。他差点禁不住要举手向她敬礼了……

“嗨，你好！”他开口说，“可以坐您这儿吗？”

姑娘定了定神，把裙裾往身边收了收，腾出了点地方给他。一个侍者从墙根下的影子里走过来，在他们面前的玻璃茶几上摆上了两张餐巾，然后等候着。

“给我来一杯‘老爷子’。给小姐就再来一杯她现在喝的这种饮料吧！”

侍者鞠了个躬，走开了。约翰·格雷迪抬起眼睛看着姑娘，姑娘低下了头，用手抚弄着裙子。

“对不起啊，”姑娘开口用西班牙语说，“我不会说英语。”

“没关系，我能说西班牙语。”约翰·格雷迪也用西班牙语回答。

“呵，”她叹道，“那太好了！”

“你叫什么名字？”

“玛格达莱娜，你呢？”

他没有回答，嘴里喃喃念道：“玛格达莱娜！”

她垂下了眼睛，好像听见自己的名字吓着了她。

“这是你的教名吗？”他问。

“是，当然是喽。”

“不是……不是什么……艺名吧？”

她用手掩住自己的嘴，急切地说：“噢，不，不。这是我的真名字。”

他定睛对她看了又看，他对她说，其实他以前在拉维纳塔妓院已经见过她一面了。她听了只是点点头，没有显出什么惊诧的样子。侍者给他们端来了酒和饮料，他付了钱，并给了侍者一块钱小费。她端坐着，没有端起饮料来喝，到后来也一直没有碰它。她说话的声音是那么轻柔，他不得不探过身来，才能听清她说的话。她说，屋子里旁的女人们都在盯着他俩呢，不过也没什么，就是因为她是新来这个地方的罢了。他点点头，说："是，没关系的。"

她问他，那次在拉维纳塔既然看见了她，为什么不过来跟她搭话。他说因为一块儿还有朋友在。她又问他在拉维纳塔那边有没有相好的女子，他说没有。

"你不记得我吗？"他问。

她摇了摇头，然后又抬起头看着他。两人默默地坐了一会儿。

"你多大岁数了？"他又问。

"好大好大了。"

他说，如果她不愿意说，就别说了。她听了也不作声。过了一会儿，她心里想着什么似的笑了笑，伸手碰了碰他的袖子，说："你刚才说谎了，我也说谎了。"

"什么？"

她说，她刚才说不记得他，是个谎话。她说那天她的确看见他站在酒吧边，心里盼着他过来找她的。可等了好久，不见他过来，等她抬头再看时，他已经不见了。

"真的？"

“真的！”

他便说，她刚才只是摇了摇头，不算是真的撒了谎。她听了摇摇头说，那比撒谎更坏，更不诚实。接着她又问他为什么今天一个人来了。他望着面前茶几上没碰过的酒和饮料，心里盘算了一会儿要不要说真话，然后转过身来，眼睛看着她，深情地说：“我在到处找你。一直在找，已经找了好多地方了。”

姑娘不作声。

“你也想我吗？”他问。

姑娘轻轻扭过脸，几乎像耳语一样低声地说：“我也想你。”

“什么？”

她回过头来，正眼对着他：“是的，我也一直念着你。”

一进屋子，她便回身把门关紧。他几乎记不得他俩是怎么来到这间小屋的了。他只记得他握着姑娘的手，那手又小又凉，有种异样的感觉；只记得他们从大吊灯下面走过，玻璃散射出的灯光像瀑布一样流泻在她裸露的肩膀上；还记得他自己像个笨手笨脚的大男孩跟在她身后走着、走着……

她走到床边，点上两支蜡烛，然后拧熄了台灯。他垂着双手在屋子中间呆站着。她把手伸到脖子后面解开长裙的衣钩，又从下面伸到背后把拉链往下拉开。他看了，便也动手解自己的衬衣扣子。这是一间很小的屋子，一张床就差不多摆满了。床是四帷柱床，挂着深紫色透明纱的顶盖和帘子，灯光透进去，把里面的枕头也镀上了一层柔曼的紫色。

门上传来几下轻轻的敲门声。

“得交钱了……”她说。

他从口袋里掏出卷着的钱。“先交今天晚上的吧。”他说。

“挺贵的……”

“多少？”他数了数，有八十二块钱，伸手给她递过去。

她看着他手里的钱，又看看他，犹豫着。又是一阵敲门声。

“给他五十块吧。”她说。

“够吗？”

“够了，够了。”她接过钱，拉开门，把钱递了出去，并对门外的人低声说了些什么。门外那人高而瘦，穿了一件黑绸衬衫，手里捏着一个银烟嘴。那人从半开的门缝里打量了屋里的客人一眼，数了数钱，点点头，便转身走了。玛格达莱娜转身把门关上，烛光照着她裸露的脊背，显得那么白皙。头发披散在背上，乌黑闪亮。关好门，她回转身来，把两只胳膊从袖子里脱出来，衣服便从身上褪落到地上，她从衣服里跷出脚，捡起衣服搭在椅子上。然后几步钻进罗帐，掀开被子，从肩上扯下衬裙背带，让衬裙滑落到地上，光着身子钻进被子，把缎被一直拉到下巴底下，然后转身枕着一只胳膊侧躺着，眼睛凝望着约翰·格雷迪。

约翰·格雷迪脱下衬衫，四下瞅着，找放的地方。

“搁椅子上吧。”她轻声说。他把衬衣搭在椅子上，坐下来脱下靴子，立在一边，又脱下袜子放在靴子顶上，然后站起来解腰带。他脱完衣服来到床边，姑娘伸手掀开被子迎他进来。他一弓身钻到被单下，仰面躺在枕头上，怔怔地，望着头顶上悬垂着的帐子，好一阵儿，才转过身来望着她。她的眼睛也一直盯他的脸庞。接着，他抬起一只胳膊，她便整个儿贴了进来，身子柔软而清凉。他伸手揽起她一头漆黑的秀发，铺散在自己的胸口上，就像是要借此为自己祝福和祈祷一样。

“你结婚了吗？”她忽然问道。

“没。”

他问她为什么要问这个问题？她沉默了一阵，然后说，要是他已经结了婚的话，那他们两个现在这样就更是有罪了。约翰·格雷迪想了想她这话，然后问，这真是她问他有没有结婚的原因吗？她回答说，你想知道的太多了，不告诉你。接着，她便俯过身子来，纵情地亲吻他……天快亮了，她还静静地在他怀中熟睡。这时，他心里明白，他对这姑娘的爱已经完全明确、没有任何游移了。她醒过来，见他正在穿衣服。他穿好靴子，又走过来坐到床边，伸出一只手贴到她脸颊上，轻轻抚弄着她的头发。她疲倦地翻过身子，眼睛向上看着他。桌上蜡台里的蜡烛已经燃尽，只剩下一点儿烧焦的蜡烛捻子留在一摊像扇贝一样的熔蜡当中。

“非得走吗？”

“是，该走了。”

“还会来吗？”

“来。”

她深深地注视着他的眼睛，想确定他说的是不是实话。他又弯下腰来，吻着她。

“再见，上帝保佑你。”她轻声地说。

“也保佑你。”

她伸出两只胳膊环抱住他，把他搂在自己胸前好一会儿才松开。

他直起身向门口走去，到了门口忽又停下，转过身来望着她，问道：“说说我的名字？”

她伸手撩开床帐，问道：“什么？”

“你说一下我的名字。”

她倚在床上举着帘子一字一句地说：“你的名字是约翰。”

“对！”他满意了。转身出去，随身拉紧了门，举步沿走廊走了出去。

大厅里空荡荡的，空气里弥漫着一股陈浊的烟气、微甜的酵母、凋谢的玫瑰和妓女身上香水味的混合气息。酒吧周围一个人也没有。在微明的光亮里，看得见地毯上一片片的污渍、沙发扶手上磨秃的亮斑以及被烟头烫过的痕迹。他走到前厅，拉开一扇漆花小门，径自走进衣帽间，取回自己的帽子，然后拉开大门，走进外面凛冽的寒风里。

外面，近处是一排排低矮的铁皮小屋和板棚，一块块光秃秃的土坪和砂石地。远处则是长满鼠尾草和蒺藜的平旷山野。公鸡开始啼叫起来，空气里飘荡着燃烧木炭的气息。他从天上灰白色晨曦的位置断定哪是东面，便动身往城里走去。远处黑黝黝的大山岬下的电灯还亮着，在这寒冷的清晨显得格外冷清，就像这些荒漠上的城镇本身一样，形影相吊，与世隔绝。远处教堂的晨钟正在敲响。路上一个男人赶着一头驴子，踽踽地走了过来，驴背上驮着一大捆木柴。走近时，那赶驴人冲着他狡黠地会心一笑，就好像他们两人知道彼此的秘密一样。是啊，这就是生活。有些事情是到了年纪、成了年就会发生、就想做，而且还好像有理由去做似的。在这个世界上，过去是这样，现在是这样，将来还是这样。岁月悠悠，人生苦短……而在这之上，你更有一种彻骨的感悟：人间美好的事物每每会变成人生的失落，而欢乐则总是引向深重的痛苦。

独眼的老女佣头一个进到姑娘的房间里。她趿着一双破拖鞋，顺过道跑过来，一把推开门，看见那姑娘在床上反弓着身子狂烈地颤抖着，像鬼魂附身了一样。老女佣手中拿着用皮带拴在一截扫帚把上的钥匙，便急忙抓起床单缠在扫帚把上，使劲撬开姑娘的牙床往里塞。姑娘身子僵直地挺了起来，往后弓着。老女佣急了，爬上床伏在身上把她压倒在床上。另一个女佣端了一杯水跑进门道，老女佣一仰头把她赶了出去。

“姑娘中了邪了。”那女佣嚷道。

“胡说！她好好的。你快滚！”老女佣吼道。

越来越多的姐儿们挤到了门道里，一个个挤进屋子，她们穿着各式各样的睡衣，脸上抹着白白的雪花膏，满头别着卷发纸卷，站在那里惊慌地望着床上的姑娘。一个姑娘把圣母马利亚像伸过来，举在床头上。另一个姑娘抓起玛格达莱娜的一只手，用她睡袍上的带子往床上绑。姑娘满嘴是血，几个妓女走上来掏出手绢，像是要擦的样子，可是她们只是在血里蘸了蘸，就又装在自己身上收了起来。姑娘嘴里的血继续在流着，她们又拉出她的另一只手也绑了起来。一些人嘴里念叨着什么，另一些忙着祷告。姑娘不停地挺着身子，剧烈地颤抖着，接着两眼翻白，身子僵住了。姑娘们又急着从她们屋子里找来小圣像和花花绿绿的护符，有的忙着点起蜡烛。正在这时，妓院的老板穿着衬衣出现在门口。

“爱德华多，爱德华多来了！”人们低声道。

爱德华多两手扒开女人们，大步走进屋子。他几下子把圣像、蜡烛之类的东西划拉到地上，一把抓着胳膊把老女佣摔到身后。“够了，”他吼道，“够了！”

妓女们挤成一堆，手攥住自己鼓囊囊的胸前的衣襟，嘟囔着，退到门边。只有老女佣还站在中间。

“你还等什么？”他怒气冲冲地问。

老女佣一只独眼眨巴着，站着不动。

爱德华多从身上不知什么地方变出一把镶银黑玛瑙柄的意大利弹簧折刀，弯下身子割断姑娘两只手上绑着的带子，用被子把她赤裸的身子盖上，然后就像先前一样悄无声息地折起刀子，装了起来。

“别为难她，”老女佣咕哝着，“别打她。”

“闭嘴。”

“要打就打我吧。”

爱德华多转身揪住那老女人的头发，拽到门口，把她一把推进过道里的女人堆里，随手关上门。他想把门闩上，但随即想起姑娘们的门都是里面没有门闩的。那老女佣没再进来，却站在门外，叫着要她的钥匙。爱德华多瞧瞧那姑娘，她嘴里的那截扫帚把已掉了出来，落在血迹斑斑的被单上。他抓起来拿在手里，走到门边拉开门。老女佣吓得往后缩了一步，又伸手来接。爱德华多一扬手把钥匙串摔了出去，摔得钥匙串稀里哗啦地滚动着，然后“砰”的一声把门碰上。

玛格达莱娜躺着，呼吸声轻轻的。床上有一块布在那里，爱德华多捡起来，在手里举了一会儿，好像是想弯下腰用它擦她嘴边的血，可又一扬手把它扔掉了。他回身打量了一眼屋子里乱七八糟的景象，嘴里轻声咒骂着，走出屋子，在身后关上了门。

沃德从马舍里拉出那匹小公马，牵着它走进过道。走到过道的中间，公马停住了，浑身颤抖着，只用小碎步子踢踏着，好像脚下的地面不稳似的。

沃德贴身对马说了些什么，公马把头往上猛地一扬，又往下一点，好像高兴地表示同意一样。他们以前干过这事了，可小公马对此仍是狂热着迷，沃德也是热心而迫不及待。他牵着它欢快地走过一个个马舍，马舍里的马都在骨碌碌转着眼睛，在地上来回转圈子。

公马进到训练围场里，约翰·格雷迪正执着缰绳拉着一匹小母马站在里面等着。见公马进来，那小母马立刻挣扎着，要直立起来，又被绳子拉了回来，便乱踢后腿，接着又挣扎着要竖立起来。

“这小母马看上去挺不错的嘛。”沃德评论道。

“是，先生。”

“可它一只眼睛是怎么回事？”

“叫主人用棍子把眼珠给敲掉了。”

沃德牵着眼珠溜溜转的公马，沿着围场边走着。

“拿棍子敲掉了？”他重复着说。

“是，先生。”

“没法再给它装回去了，嗯？”

“是，先生。”

“别急，”沃德对公马说，“先别急。这可是一匹可爱的小母马哦！”

“是，先生，”约翰 · 格雷迪应道，“是的。”

沃德一时高兴，把公马牵着又往前走了。那小母马眼睛跟着公马转，直到眼睛整个儿翻了白，像瞎了一样。杰西和另一个男人也进了围场，随手关上大门。沃德转过身，眼睛越过他们，望着他们后面的围场墙那边。

“不是告诉你们了吗！”他喊道，“别到这儿来。继续往前走，到大屋那边去。”

是两个十六七岁的少女走了过来，听见叫声，便急步穿过院子，到大屋子那边去了。

“奥伦在哪儿？”沃德问。

约翰 · 格雷迪牵着小巧的小母马走回来。他弓着身子，与马保持一定距离，以免被马蹄踩着。

“他到阿拉莫戈多去了。”

“把你的小母马拉好，”沃德说，“拉定，别动。”

公马走近来站住，巨大的阳物在身子底下甩来甩去。

“拉定了！”沃德又叫道。

“我拉好着的。”

“它能找着小母马的那地方的。”

小母马猛烈地蹦跳反抗，蹄子乱踢。公马蹦了三次才搭上了小母马的屁股，两只后蹄在地上踩捣着，使劲弄了上去。约翰·格雷迪就定定站着，手里牵着鼻缰，拉着两匹正在交配的马，就像是《圣经》故事中的小男孩，手里牵着从冥冥中祭出、在现世显灵的狮头羊身吐火兽，暴跳着、折腾着、喘息着……他用一只手握着鼻缰，把脸贴在小母马汗湿的脖子上。他听到它肺里的呼吸声，感觉到它血液的涌流，听到它的心脏像是轮船底舱的引擎，缓慢而又滞重地搏动着。

事完了，他和杰西把小母马赶上运畜拖车。

“怎么样，像是给种上了吧？”

“谁知道。”

“公马没把小母马的腰给压坏吧？”

他们抬起拖车尾门门板关上，从两边闩好。约翰·格雷迪转过身子靠在拖车上，用手帕擦了一把汗，又把帽子戴好。

“怀上没有还不知道呢，马克倒先把小马犊子卖人了。”

“他可别把那钱也花了。”

“怎么？”

“这小母马以前配过两次了，可都没怀上。”

“也是沃德的种马给配的？”

“不是。”

“我打赌，这次沃德的种马准能配上。”

“马克也这么说。”

“好啦，这今天就算完事了？”

“完事了。怎么，到小酒馆去绕一圈？”

“你请客？”

“妈的，”杰西道，“我还想让你去陪我赢点钱呢。上次，也这么干了，事儿倒是招了不少，可就是没赢着钱。”

说着他们爬上卡车。

“你真的一点儿钱也没有？”杰西问。

“连一毛钱也没有。”

他们开动卡车，慢慢驶出车道。后面的拖车发出撞击的哐当声。“我这儿够一人来两杯啤酒的了。”特洛伊在数着他手里的硬币，出声道。

“不错嘛。”

“一共有一元三毛五，我们去把它都花掉！”

“算了，还是直接回家吧！”

约翰·格雷迪看见比利骑着马，出现在远处红色沙丘顶上竖立着篱笆的地方，又看着他沿着篱笆骑了过来。比利来到跟前下了马，望了望被风沙吹蚀得光秃秃的原野，又回头看看约翰·格雷迪。他转身往地上吐了一口唾沫。

"苦地方啊！"他叹道。

"苦地方。"

"以前，这里牧草有齐马镫那么高。"

"我也听说过。你再见到过成群的牛吗？"

"没。都跑散不见，野得跟鹿一样了。在这儿干一天活儿，你非得有三匹马不可。"

"我们今天去贝尔泉吧。"

"上星期你去了吗？"

"没有。"

"那我们走吧。"

他们穿过长满红色蒺藜的平原，沿着一条干涸的小河道走上一片岩石赤红的陡坡。

"一条硬汉子，约翰·格雷迪……"比利信口胡唱了起来。小道穿过山岩，通向一条干河川，河床上的泥土就像红色的云母一般。

"……肚子像公鹿，屁股胖嘟嘟……"

一个钟头后，他们到了目的地，卸了马在泉边休息。看来这里有牛群来过，又走了，沼泽的南头还留着新湿的蹄迹。南边通往山边的小道上也能看到牛群走过留下的泥迹。

"这群牛里至少有两头刚下的牛犊。"比利说。

约翰·格雷迪没答话。泉边饮水的马一个一个抬起头来，嘴边滴着水珠，引颈长嘶了几声，接着又低头继续饮水。干枯的白杨树叶在苍白细瘦的枝干上迎风簌簌抖动。水泉边平地上坐落着一间小土房，因年代久远，已斑驳倾圮了。比利从口袋里掏出烟盒，抖出一支烟，一边俯下身子点着抽了起来，一边说："我以前常想在山里就有这么一块地，养上些牛，杀了自己吃，自给自足，就这么过日子。"

"你现在还可以这么干吗？"

"恐怕不行了。"

"你还别这么说。"

"以前有一次我在新墨西哥的牧场营地过冬，在那里独个儿待了一段时间后，觉得更明白自己了。只要有办法，我以后是再也不愿意过那种日子了。天气太冷，人差点要冻僵在那破棚子里了，待在里面风都能把你头上的帽子吹掉。"

他一边说一边吸着烟。

泉边的马抬起头来四处张望着。

约翰·格雷迪把手中套马索上的绳套拉开重新绑紧。"你愿意过以前那样的日子吗？"他问。

"不。我只是小的时候那么想过。那时我常常想，要是能到一个离家远远的地方，挥舞皮鞭，放上一群骨瘦如柴的牛，那简直美得像上了天堂。可我现在不再那么想了。"

"你觉得以前的牛仔比现在的更能吃苦，更顽强？"

"谁知道是更顽强，还是更愚蠢？"

枯树叶在土地上簌簌作响，暮色降临了。比利迎着冷风扣上外套纽扣。

"我能在这种地方过活。"约翰·格雷迪说。

“你这么年轻，没经过事儿，什么也不怕的，大概真能。”

“我觉得我喜欢这种生活。”

“告诉你我喜欢什么吧。”

“什么？”

“手指一按，电灯就亮，我喜欢这。”

“喔！明白。”

“我做小孩的时候想要的东西，跟我现在想要的东西不是一回事了。我想我那时想要的，其实并不是我真正需要的东西，”比利说，“你准备好了没，我们走吗？”

“好了，走吧。那你现在想要什么？”

比利对马儿说了些什么，勒着缰绳把马身掉转过来。他骑在马背上，回头望了望那座小土屋，望着他们下面灰蓝色冷峻的大地。

“妈的，”他说，“我也不知道我要什么，我自己从来就没弄明白过。”

在暮色中，他们催马回家。一群群牛的黑影在他们面前慢慢地向两边散开，还好像有点不情愿似的。

“这大概是那群牛的尾巴了。”比利说。

“对。”

他们继续奔驰向前。

“一个人小的时候，对将来的事情总有好多想法和打算，”比利说道，“可你每长大一点，你就往后退缩一点。我觉得这其实是为了减少一些痛苦。不管怎么说，这块地方再也不是原来的样子了，什么东西都不是原样儿了！战争把什么都改变了，可人们竟然还不知道这个。”

远处，四五十英里以外城市的上空，悬挂着一片灯火映出的光晕，两边的天空黑沉沉的，阵阵冷风呼呼刮来。

“你该多穿件衣服。”比利说。

“我没事。战争怎么会改变了一切呢？”

“它就是改变了一切。一切都不再是原先的样子了，永远不再会是原先那样了！”

爱德华多站在后门口一边吸着一支细长的烟卷，一边望着外面的雨。房子的后面是一家铁器店，周围除了雨和地上一潭潭黑色的积水外，没有什么可看的。后门口顶上的灯具里一只黄色的灯泡，投射出柔和的灯光，烟在灯光中弥漫。雨不停地落到巷子里，天气很寒冷。一个瘸腿的年轻姑娘抱了一大摞脏床单过来，向大厅走去。过了一会儿，爱德华多关上门，走进过道，回到他的办公室里。

伙计蒂武西奥走过来敲门，爱德华多身子也不转过来，只应道：“进来。”

蒂武西奥进来，站到桌边，数着钱。办公桌是梨木和磨砂玻璃做的，墙边是一张白皮沙发，另一面墙边是一张镀铬的玻璃咖啡槅，再一面墙边则是一个小吧台和四张也是白皮革的吧凳，地上的地毯是奶油色的，又厚又软。那伙计数出钱来，放在桌上。爱德华多转过身来，稀疏的八字胡露着淡淡的笑意，上了油的头发闪着亮光，身上穿着一件黑绸衬衣，上面大概用太烫的熨斗烫过，显出一片片亮斑。

爱德华多用牙叼着烟卷走到桌边，用一只戴满戒指的纤细的手，把钱摊开在玻璃桌面上，又把烟从嘴上拿下，抬头看着蒂武西奥："是那小子？"

"是他。"

他噘起嘴唇，点点头说："行，你走吧。"

等蒂武西奥走了，他开了办公桌的锁，从里面拿出一个吊着链子的长皮夹子。他把钱塞进皮夹，把皮夹子放回，再锁上抽屉。接着他打开账簿，记上一笔，再合上。然后他踱到门口，一边静静地吸着烟，一边望着过道。他双手背在身后，用一种特别的姿势在腰后握在一起，这姿势大概是他特别欣赏的，或者是从别的什么地方学来的，总之，绝不是本地人的姿势。

11 月份过去了，他只又会过她一面。那晚，妓院伙计来到房间门口，叩了叩门又离开。她说他得走了。约翰·格雷迪起来，把她的手握在自己的手里，两人衣服整齐地端坐在那张带顶篷的大床中央。他把脸凑过去，对她非常热烈、非常急切地劝说着，可她说这太危险了。不久，那伙计又来使劲拍门，而且站在门口等着不走了。

"你答应我，"他说，"答应我吧！"

那伙计用拳头捶门了。她攥住他的手，眼睛睁得大大的。"你非走不可了！"她低声说。

“你先答应我。”

“好吧，好吧，我答应你！”

他出来走过客厅时，那里已没客人了。后半夜参加弦乐三重奏的盲人钢琴师还在琴凳上坐着，但没有弹琴。他的小女儿在他的身旁站立着。钢琴上放着他弹琴时女儿给他念的那本书。约翰·格雷迪走出大厅，掏出他的最后一块钱投进了钢琴上放着的大玻璃杯。乐师微笑，轻轻点头致意。“多谢！”他说。

“不用谢。”约翰·格雷迪答道。

盲琴师又微微一笑，说：“我的年轻朋友，你好！一切还好吗？”

“还好，谢谢。您也好吗？”

琴师耸耸肩，瘦瘦的肩膀带着一身黑色西服也耸了起来，继而落下。“我还好，”他说，“我还好。”

“今晚的事都完了吧？”

“没呢。我们这就去吃晚饭。”

“已经很晚了。”

“是啦，很晚了。”

盲琴师说的是一种老式的英语，一种别的地方、别的时代的英语。他镇定了一下，站起身来，像木偶一样转过身子。

“和我们一起去吃吧？”

“哦，不！谢谢您，先生。我得赶紧走了。”

“那你的事儿进展如何？”

约翰·格雷迪拿不准他的意思，在心里把这话掂量了一会儿，才问："您是说那姑娘？"

老盲人肯定地点点头。

"我不知道哩，"约翰·格雷迪说，"我想还行吧。我希望是这样。"

"这种事不容易拿得稳，"老人说，"你得要坚持，坚持就是胜利。"

"是，先生。"

小姑娘从钢琴上取下父亲的礼帽，拿在手里等候着。她牵了父亲的一只手，可他还不动弹，他扬脸面向厅里，那里除了两个妓女和吧台边的一个醉汉外，再没有别人。

"我们是朋友。"他说。

"是，先生。"约翰·格雷迪道，他有点疑惑那老人到底是不是在对他说话。

"我能私下跟你说句话吗？"

"当然。"

"我相信她对你是有心的。"他说着，把一根细瘦发黄的指头竖在嘴唇上，示意保密。

"谢谢您，先生。谢谢您的好意。"

"当然应该是这样了。"他伸出一只手，手掌向上，小姑娘便把帽檐搁上，让他捏住。他两手拿好帽子，转过身，戴好帽子，扬起脸。

"你觉得她人合适吗？"约翰·格雷迪问他。

"哦，"老人叹道，"哦，这可问住我了。"

“我觉得她是个好姑娘。”

“哦，是吧。”老人又说。

约翰 · 格雷迪脸上绽出微笑，说：“我该让你们去吃饭了。”他又向小女孩点点头，然后要转身走开。

“她的情况，”老盲人继续说，“你知道她的情况吗？”

“什么？”约翰 · 格雷迪回转身，问。

“对她的情况我们一点儿都不知道。有各种各样的传言。这地方的姑娘们分成了两大伙。有些人对她抱有善意，另一些人就不是了。情况就是这样。我有我的看法，我想这姑娘最多也就是在这里做一阵客，最多就是这样。她不是属于这里的人，不是和我们一样的人。”

“对，先生。我知道她不是这儿的人。”

“不，”老人说，“我不是指这间屋子。我是指她不属于这个地方，不属于我们。”

约翰 · 格雷迪穿过一条条街道走回去，心里搁着盲乐师说的话。他觉得这些话事关他的前途，就像是未来世界与他签订的合同。

天气很冷了，华雷斯城的人们还聚在各处敞开的门道里，吸着烟，大声喧哗着。赶夜市的小贩们推着车子、赶着驴子在砂石地上熙熙攘攘地叫卖：一会儿有人喊卖木柴了……一会儿有人叫卖煤油喽……此起彼伏，他们在黑下来的街道上，来来往往，寻寻觅觅，高声呼叫，就像是求爱的男人们在寻找自己找不见了的姑娘……

第二章

他在等她，可她还一直没来。他站在窗户边，把镶老式花边的窗帘掖在身后，望着街上的行人。如果有人从街上抬头看，看到满是灰尘的玻璃窗后的他，就会看出他是在等人。到了下午，近傍晚时分，街上的喧闹渐渐静了下来。街对面铁器店的主人关上店门，锁上了铁栅栏。一辆出租汽车开过来停在了这家旅馆前。他向前探出身子，脸贴到冰冷的玻璃窗上，但还是看不到是不是有人下车。他转身跑到门边，开开门，跑到楼梯边，从这里可以看到下面的前厅。没见有人进来，他回到屋子里，又到窗边再往外看时，出租车已开走了。他跌坐到床上，看着地上太阳的影子越来越长，终于，屋里黑了下来，窗外旅馆的绿色霓虹灯招牌亮了起来。他又等了一会儿，然后站起来，从桌子上拿起帽子戴上，向外走。走到门口，又转身看了看屋里，才走了出去，随手拉上了门。要是他再稍微多站一会儿，那他就会正好在狭窄的楼梯道里碰上来找他的妓院老女佣拉提尔达了。可现在，在乱纷纷的前厅里，他只是一个普通住客，她只是一个从街上跑进来的老女人，互不相识，便擦肩而过了。他走出旅馆，走进了外面的冷空气里。而她则费力地爬上楼梯，敲他的房门，等了一会儿，又敲。过道那边的一间屋子门开了，一个男人伸头望过来，对她说他屋里的毛巾用完了。看来，他是把她当成这旅馆的清洁工了。

比利进来时，约翰·格雷迪正躺在架子床上，眼睛望着凹凸不平的天花板出神。

比利站在门道里，有点喝醉了，帽子推到后脑勺上。

“怎么样，牛仔？”比利说。

“嗨，你好。”

“你怎么样？”

“我挺好。你们今天都上哪儿去了？”

“我们到米西拉家跳舞去了。”

“都谁去了？”

“都去了，除了你。”

比利在门道里坐下，一只脚跷起蹬在门框上，帽子摘下扣在膝头，头向后仰着。约翰·格雷迪打量着他，问道：“你跳舞了？”

“腿都快跳断了。”

“不知道你还是个跳舞能手！”

“算不上。”

“可我看你还挺上劲儿的嘛。”

“总还是值得一试的嘛。听奥伦说，你那匹獐头鼠目的马，你那么上心，已经训练得很听话，能说什么做什么了。”

“说得有点太夸张了。”

“你对它们常说些什么呢？”

“对谁啊？”

“对马。”

“我也说不清，就说说道理吧。”

“这是你的职业秘密吧？”

“不。”

“怎么能哄一匹马呢？”他转身，看着约翰·格雷迪问。

“我不知道，”小伙子应道，“你是问怎么哄呢，还是问该不该哄呢？”

“我问的是怎么哄。”

“我不知道，我觉得全凭你心里的感觉了。”

“你以为马能知道你心里的感觉吗？”

“当然，难道你不这样以为吗？”

比利没作声，过了一会儿，才说：“是的，我同意。”

“可我不是很会哄骗。”

“那也许是因为你练习得还不够。”

沉默，从马厩的那头传来一阵阵马在马厩里躁动和喘息的声音。

“你找到一个相好的姑娘了？”

“嗯，”约翰·格雷迪把一只脚搭到另一只脚上说，“在找。”

“杰西说你已经找好了。”

“他怎么知道的？“

“他说从你现在整个儿的样子就能看出来。”

“我的样子？”

“对。”

“什么样子？”

“他没说。你打算什么时候把她带来给大伙儿瞧瞧？”

“嗯，我会带她来的。”

“好。”

比利从膝上拿起帽子戴上，站起身来。

“比利。”

“什么？”

“我以后再对你说那事吧。事儿还挺麻烦的，这会儿我心里真是有点乱糟糟的。”

“明白，小伙子。明天早上见！”

下一个星期他又去了那儿。但他口袋里的钱只够在吧台上买一杯酒，就只好站在那儿，望着镜子里的她。她端坐在黑丝绒的沙发里，两手放在膝盖上，就像一个初入社交界的少女。他轻轻地啜着杯里的威士忌，一边朝镜子里望她，觉得她好像也在一直注视着他。他喝尽了酒，付了钱，转身准备离开。他本不打算再朝她看了，但忍不住又看了一眼，他心里想象不出她的生活到底是什么样的。

他取回帽子，把剩下一点零钱给了管衣服的女子。她向他微笑，并说谢谢。他戴上帽子转身便往外走。他的手刚搭上镶大理石的门柄，一个侍者一步跨上，插在了他面前。

“请等等。”那侍者说。

他停住脚步，朝管衣帽间的女子瞟了一眼，又看着那侍者。

“那位小姐，”那侍者站在他和门之间，说，“她说，你别忘了她。”

他朝舞厅那边望去，但从这里看不到那姑娘。

“你说什么？”他用西班牙语问道。

“她说你别……”

“请你用西班牙语说，她说了什么？”

可那侍者不干，他用英语把话重复了一遍，就转身走了。

第二天，他坐在摩丹诺舞厅里等钢琴师和他的女儿。他等了好久，开始想他们可能已经来过了，或者不会来了。正在这时，那小姑娘推门进来了。看到他，她回头望了望父亲，但没有说话。他们坐到门边的一张桌子边，侍者过来给他们倒上了一杯酒。

他起身，横过屋子走到他们桌边。“先生……”他开口道。

盲琴师转头，扬起脸，对着约翰·格雷迪身边的空当微笑着，好像有谁就站在那儿似的。

“晚上好！”他说。

“您好！”

“噢，”盲琴师说，“是我的年轻朋友。”

“是的。”

“来吧，和我们一起吃。坐下。”

“谢谢。”

他坐下，看了看那女孩。琴师对侍者嘘了一声，侍者应声赶过来。

“你要点什么？”琴师问。

“什么也不要，谢谢！”

“别客气，来点什么吧！”

“我没时间，我得走。”

“给我的朋友来杯葡萄酒。”

侍者点点头，走了。约翰·格雷迪用大拇指把帽子往后推了推，两只胳膊支在桌上，向前俯着身子。“这是个什么地方？”他问。

“你问这摩丹诺？这是个乐师们常来的地方。房子很老了，可一直都是搞音乐的人聚会的地方。你要是哪个星期六来就好了，好多老人都会来这里，你就能见见他们。他们都来这儿跳舞，好老的人都来这里跳。就这儿，这地方，摩丹诺。”

“今天他们会演奏音乐吗？”

“会，会，当然要演奏。现在还早。他们都是我的朋友。”

“每晚他们都在这儿演奏？”

“对，每天晚上。他们马上就要开始了，你就会看到。”

乐师的话刚落，小提琴师开始在里屋里校音了。大提琴师也在弦上拉动弓子，偏着头侧耳倾听。一对坐在墙根桌边的男女站了起来，在拱廊下互相搭着手站着。随着一曲古老的华尔兹声起，他们悠然飘上舞厅光滑的地面。盲乐师前倾着身子听着。

“他们在跳舞吗？”他问，“有人在跳舞吗？”

小姑娘瞅了瞅约翰·格雷迪。

“是的，”约翰·格雷迪答道，“他们在跳。”

老乐师直起身子，点了点头。

“好！”他说，“这就对了。”

他们在富兰克林山中靠着一面峭壁，对着篝火坐着。劲风把火苗吹倒在一边。黑夜中，火光把他们的身影投射到身后的岩壁上，影影幢幢的，在一千多年前猎手们在这里刻下的岩画和铭文上来回晃动。他们倾听着山下远处传来的狗群奔跑的声音。猎狗的吠叫声沿着山边一路远去了，一忽儿又传过来，声音轻多了，继而渐次隐没在黑暗的岩谷里。南边，远处城市里璀璨的灯光散落在平原上，就像珠宝店里黑丝绒上缀满的晶莹钻石一样。

阿彻站在那儿，面向着山下狗跑的地方，仔细地倾听着。过了一会儿，他又蹲下，往火上唾了一口唾沫，说：“那母狮子没往树林子里跑。”

“我料它也不会。”特拉维斯说。

“你们怎么知道是那头山狮？”杰西问。

特拉维斯从口袋里取出烟丝，用手指抚平一片卷烟纸，又卷弯起来。

“以前我们这样追打过一次，现在它一见我们，就远远地躲开了。”

他们坐着听着。过了一会儿，狗吠声更加轻微，终于再也听不见了。比利到山边找柴火去了，过了一会儿他回来，身后拖了一个干枯的西洋杉树桩。他举起树桩，扔到火堆上，一股火星应声蹿起，继而在夜空里徐徐飘散。树桩在火中逐渐通体变黑，枝杈在火苗的吞噬下蜷曲扭转，看起来就好像夜里出来到他们火上取暖的一头怪兽。

“你没找到再大一点儿的木块吗，比利？”

“有，待会儿就拿过来。”

“你把火都快给整灭了。”杰西说。

“最黑最冷的时候是暴风雨来临之前，”比利说，“到时候我就把大木柴搬过来。”

“又能听见狗叫了！”特拉维斯叫道。

“我也听见了。”

“那狮子现在大概正从大沟口截过来了，就在大路拐弯那儿！”

“露西今晚怕是回不来了。”

“露西是只什么狗？”

“奥尔及则种传下来的母狗。原来是李氏兄弟家配出来的品种，可他们没弄好，现在就一个劲儿只知道疯跑。”

“这只狗的爷爷当年是我们最棒的一只狗，”阿彻说，“你还记得那只叫罗斯科的狗吗，特拉维斯？”

“当然记得了，人们都说那狗有点像蓝斑狗，其实它浑身豹斑毛，一只玻璃眼，最爱打架了。我们在纳瑞特把它丢了，一只美洲虎咬住了它，把它几乎撕成了两半。”

“你们再也别去那儿打猎了。”

“是，再不去了。”

“从战争开始我们就再没去过。最后那几次打猎我们不得不走了好远的路。李氏兄弟家那时也不打算再去那儿了。他们还从那块地方搞了好些美洲虎出来。”

杰西坐起来向火堆里唾了一口，火苗沿着木头的四周像蛇一样向上爬着、蹿着。

“你们都不在乎走那么远到墨西哥去？”

“我们跟那儿的老百姓处得还不错。”

“想找麻烦你们也不需要走那么远嘛！”阿彻说。

“你这算是说到点子上了。要找麻烦，过了那条界河就多的是，多得叫你都对付不过来。”

“你过了那条界河，你就到了另一个国家。在边界上你可以和那些上年纪的土著们聊聊，问问他们闹革命时的事情。”

“你还记得墨西哥革命时的情况吗，特拉维斯？”

“你问阿彻吧，他比我知道得多。”

“你那时还穿开裆裤，是不是，特拉维斯？”

“差不多吧。可我确实记得，一天早上我醒来，跑到窗户边往外望，看见有人扛着枪从街上过，人多得就像是国庆节大游行一样。”

“我们那时住在怀俄明街上，”阿彻说，“我爹过世后，我外叔公普勒斯在阿拉梅达城的机械厂干活儿，有人拿来两架大炮上的撞针，问他能不能照着做新的，他替他们做了，一个子儿也没要。那些人都是叛军一边的。外叔公还把旧撞针拿回家，给了我们孩子们玩。还有一家机器厂，他们把铁路上的轮轴做成了炮筒，又用一整队骡子把炮筒拉到河那边去。炮身是用福特牌卡车上的轮轴箱壳改制的，镶在木座上，再装在从运货马车上卸下来的轱辘上。这都是1913年的11月间的事。

“革命军首领维拉凌晨两点钟乘着劫来的火车进了华雷斯城。这场战争真是场不要命的战争。埃尔帕索市这边的好多百姓家里的灯光都叫枪炮扫灭了。不少人中弹而死，他们竟跑到河边站在那里看打仗，好像就在看一场球赛似的。

“维拉在1919年又回来了，这特拉维斯知道。我们那时溜到墨西哥那边去找纪念品，像空弹壳之类的东西。一路上看见街上躺着死马死骡，商店的橱窗被炮火掀掉了。我们还在林荫道上看到一堆堆尸体，有的用毯子盖着，有的就用大车篷布掩着。说实话，看到这些死人，才让我们清醒了过来。后来，美国这边的人逼我们和那边的墨西哥人一起淋浴后，才让我们回来。衣服什么的也都消了毒，说是那边发了斑疹伤寒，人们都是得病死的。”

他们望着远处山谷低处的点点灯火，静静地坐着抽烟。两只猎狗回来了。它们从沉沉的夜色中出现，从猎人们的身后跑过，火光在岩壁上投出它们的影子。它们跑到岩石下有一窝干土的地方趴下，马上就沉沉入睡了。

“这场闹腾对谁都没有好处，”特拉维斯说，“反正我没有听说有什么好处。

“我在墨西哥那边各处都去过了。我那时给斯泼洛克家当牛贩子，就算是吧，其实我还是个小孩。我骑马走遍了墨西哥的北部，妈的，那儿有什么牛啊？根本不值一提，所以我大半是到处逛逛，倒也不错。我蛮喜欢那个国家，喜欢那个国家的老百姓。我走遍了整个奇瓦瓦省，大半个科阿韦拉省和索诺拉省的一部分。有时候我一出去就是几个礼拜。口袋里几乎没有一文钱，可一点儿关系也没有，那儿的人会把你迎进门，给你安顿住处，给你吃喝，喂你的马吃喝，你走时他们还会伤心得直哭。嗨，你简直就可以在那儿永远待下去。他们穷得啥也没有，以前没有，以后也不会有。可在那片干巴巴的不毛之地上，你可以停在随便哪个牧场前，里面的人会像亲人一样欢迎你。你可以看到那场革命没给他们带来任何好处。好多家庭死了儿子，好多家庭死了父亲，好多家庭既死了儿子又死了父亲。我估计所有的家庭都有亲人死去。他们本来没有任何理由对别人，特别是对我这么一个外国来的白人小子表示热情。他们端在你面前的一碗煮豆，对他们来说也是得来不易的。但我也从没有推辞不吃过，一次也没有。”

又有三只狗回来了。它们从篝火边跑过，在崖边找了个地方卧下睡觉。天上的星星偏西了，猎人们还絮絮叨叨地谈着其他的事情。过了一会儿，又一只猎狗回来了。看到它跑动时小心颠着一只前腿，阿彻走过来说，这些狗大概刚打过一场恶仗。

又有几只狗陆续回来了，只差一只没有回来。

“我再等一会儿。你们要回去就先走吧。”阿彻说。

“我们都和你一起等。”

“随你们。”

“大家都再等等。把约翰叫醒。”

“让他睡吧，他这些日子泡妞也够累的。”

篝火渐渐暗下去，身上越发冷起来。大家更凑往火跟前围坐，一边不断把柴棍和岩边死树上折来的枯枝往火里添，一边接着讲着从前西部的种种故事和传闻。年纪大的讲着，年纪轻些的听着。不觉之间，头顶两山之间的间隙已浮现鱼肚白，接着，山下辽阔的荒原便披上了一片朦胧的曙光。

等着的那只狗终于回来了。这是只母狗，腿完全瘸了，还绕着篝火狂奔，特拉维斯喝了一声，才停住了，用一双血红的眼睛瞪着篝火边的猎人们。特拉维斯起身又叫了一声，那狗才跑了过来。特拉维斯抓住项圈把它拉到火光下查看，只见它肚子上四条深深的血沟抓痕，一大块皮给撕了下来，耷拉着，露出下面鲜红的肌肉，鲜血正从一只被撕破的耳朵上慢慢流下，不断滴在身下干涸的沙土上。

“得给它把这缝上。”特拉维斯沉吟道。

阿彻从腰带上挂着的皮条中抽出一根，夹在这狗项圈的 D 形环里。猎人们对这场围猎所能知道的情形，现在就都在这只狗身上。夜里发生过什么事情，也都只能从这狗身上的伤痕来推测、想象了。阿彻碰了碰狗的耳朵，狗急速退缩。他放开时，它向后退了几步，便两只前爪抵在地上，使劲地摇头，血点甩得猎人们一头一脸，洒到篝火里嗞嗞作响。

猎人们站起来，准备回家。

“走吧，伙计们。”比利说。

约翰·格雷迪坐起来，在地上摸索他的帽子。

“妈的，你们打狮子原来就这么回事儿！”

“我们的大骑手醒过来了？”杰西笑道。

“对！大骑手醒来了。”

“你一个整天打狗熊的人，我不信能对打老山狮有什么兴趣。”

“这你说对了。”

“哼，好戏正紧张，你倒睡觉躲清闲去了！几个老家伙这一夜把我和比利全都给镇住了，本来还指望你来帮帮忙哩。他们天南海北地吹牛皮，我们只有可怜巴巴地听着的份儿，简直不是对手，根本插不上嘴。是不是，比利？”

“可不？根本不是对手。”

约翰·格雷迪撑了撑帽子，不说话，独自走到崖边上去了。山下，荒凉的大平原在灰蒙蒙的晨光中一片黛蓝，显得冷峻而肃穆。格兰德大河从北蜿蜒而来，穿过冬日灰色的树林，形如一条在暮霭中白色发亮的大蟒。南边，远处的城市像是冷灰色的棋盘格子，大河那边的旧城就像是印在荒原上的一颗印章。更远处矗立着墨西哥的连山。猎人们在篝火边把狗分别拴起来。那只受伤的狗却跑了过来，站在约翰·格雷迪的身边，也望着山下的平原。约翰坐了下来，把两腿垂在岩石边。那狗也卧了下来，把血迹斑斑的头依在他脚边，约翰伸手环抱着它，人和狗就这么一起静静地坐着，坐着……

比利胳膊肘支在桌上，交叉着两臂坐着，目不转睛地盯着马克和约翰·格雷迪下棋。约翰·格雷迪努着嘴，琢磨了一会儿，把剩下的一只马挪了一步。比利转头看马克,马克琢磨着约翰·格雷迪的这步棋，然后抬头瞧了瞧约翰 · 格雷迪，坐直身子，研究着眼前的棋盘，谁也不说话。

马克提起他的黑棋皇后，举在空中好一会儿，又放了下去，然后又拿起来，走了一步，伸手从烟灰缸里捡起冷灭了的烟卷，放到嘴上噙着。接下来双方又下了五六步，白棋的王便被马克将死了。马克直起身来，点上了他的烟卷。比利直起了身子，隔着桌子长长地嘘了一口气。

约翰 · 格雷迪坐着，眼睛还盯着棋盘。“好棋。”他说。

“我围你好久了，”马克说，“你早就无路可走了。”

约翰 · 格雷迪和比利起身，穿过院子往马厩那边走去。

“说说刚才的棋是怎么回事吧！”比利说。

“行。”

“要跟我说真的。”

“我知道你要问什么。”

“那好，那你说你的答案是什么吧？”

“我的回答是：‘不是那么回事。’”

“你刚才一点儿也没有让马克吗？”

“没有，我从不干那种事。”

他们在马厩过道里走下去，马舍里的马听到他们的声音都骚动起来，大声地打着响鼻。

约翰·格雷迪瞧瞧比利。

“他也没有觉得你在让他，是吧？”

“但愿如此，他可绝对不喜欢别人故意让棋的。”

“对，他绝不喜欢。”

约翰·格雷迪走进当铺，装在皮套里的手枪和皮带搭在他肩头一步一晃。当铺老板是个白发老头儿，正在当铺深处读什么东西，文件、账单之类的东西摊开在陈列橱的玻璃面上。这当铺的一面墙的架子上摆着各种枪支，屋顶上挂着各种吉他，玻璃框子里陈列着刀子、手枪、珠宝和其他工具。约翰·格雷迪把他的枪连同皮带搁到柜台上。那老头儿看了看枪，又抬头看了看约翰，接着从皮套里抽出手枪。他扳起机头，让击铁落回机头半张槽，又拨了一下转轮，然后打开枪机，瞄了瞄枪膛，接着合上枪机，又扳起机头，再用大拇指扳着把击铁退回原位。

老头儿把枪翻过来，查对托木和扳机环上的号码，还有手柄底下的字码。最后把枪插回皮枪套，抬起头来问：“你要当多少？”

“我要四十块钱。”

老头儿噘了噘牙齿，阴阴地摇了摇头。

“有人出五十多要买的，可我不卖，我只想当。”

“我恐怕只能给你二十五块钱。”

约翰·格雷迪瞅了瞅枪，说：“三十块吧。”

当铺老板摇摇头。

“我不是要卖，”约翰·格雷迪分辩说，“我就是要先把它当点钱。”

“连皮套和皮带一起的，对吧？”

“是，一起的。”

“那行，就这样。”

他取出一叠表格，慢吞吞抄下枪的号码，又写下约翰·格雷迪的名字、住址。然后在玻璃桌面上把表格掉转过来，推给约翰·格雷迪，让他读了，签名。接着他把各份表格撕开，把一份递给约翰·格雷迪，然后把枪收起来，藏到店铺里面的箱子里。他回来时，手里拿着钱，摊开在柜台上。

“我会回来赎的。”约翰·格雷迪说。

老头儿点点头。

“这枪是我爷爷留下的。”

老头儿把两手一摊，又合起来，表示理解但又无奈的样子。他向旁边的玻璃橱子扬了扬头。那个橱子里，陈列着六七把老式的科尔特左轮枪，有的是镀镍的，有的是鹿角柄的，还有一把古塔波胶手柄，已经磨得发亮了，还有一把的准星已给锉掉了。

“这些个枪，也都是谁的爷爷们留下来的。”他叹道。

约翰·格雷迪出了当铺，顺着华雷斯大街走着。一个擦皮鞋的小男孩叫住了他。“嗨，牛仔！”他叫道。

“嗨！”

“让我给你擦擦靴子吧！”

“行啊。”

他坐下，坐到一个小折叠凳上，把一只脚搭到那小孩自制的木箱上。擦鞋小孩挽起他的一只裤腿，然后取出擦鞋布、刷子、鞋油盒子，都摆在地上。

“去看女朋友？”

“对。”

“你可别就穿着这么脏的靴子上门。”

“你做得好，把我叫住了。不然，她保不准不让我进门。”

男孩用掸布掸净靴子上的尘土，刷上肥皂水。

“你什么时候结婚？”他边擦边问。

“你怎么知道我要结婚？”

“说不清。你的样子就像是吧。你是要结婚？”

“不知道，也许吧。”

“你是个牛仔吗？”

“是。在一个小牧场。这里人们常叫作依斯坦沙的那种小牧场。”

“当牛仔好吗？”

“嗯，还行。我还喜欢。”

小孩擦干靴子，打开鞋油罐子，用肮脏的手指挖出了鞋油往靴子上涂。“活儿挺苦，是吧？”

“是。有时候。”

“要是叫你干别的，你愿意吗？”

“我也干不了什么别的。”

“比方说你能干点别的什么，你干吗？”

约翰·格雷迪咧嘴笑了笑，摇摇头。

“打仗的时候你去了吗？”

“没有。我那时还小。”

“我哥哥那时也还小，可他瞒了年龄。”

“他是美国人吗？”

“不是。”

“他那时多大？”

“十六岁。”

“我猜他的样子显得比他的年纪大。”

“他的牛皮也比他的年纪大。”

约翰·格雷迪笑了。

小孩把鞋油盖子盖上，操起了鞋刷。

“人家问他是不是墨裔美国人，他告诉人家他认识的墨裔美国人住在埃尔帕索，他不认识任何住在墨西哥这边的墨裔美国人。”

他一边说，一边刷鞋子。约翰·格雷迪饶有趣味地看他刷。

“那他到底是不是墨裔美国人呢？”

“是啊，他当然是。”

他刷完一只鞋子，把刷子扔进箱子，拿出擦布使劲抖了几抖，俯下身子用擦布在靴子上来回打磨起来。

“他加入了海军陆战队，最后还挣了两块紫心勋章。”

“那你呢？”

“什么我呢？”

“你参加了什么？”

小孩抬头瞟了约翰·格雷迪一眼，接着用布打磨鞋后跟。

“我当然没有参加什么海军陆战队。”他回答道。

“那你是墨裔美国人吗？”

“不是。”

“你不是墨裔美国人？”

“不是。”

“那你是个牛皮客？”

“是的，没错。”

“是个大牛皮客？”

“挺大的。好，把另一只脚伸上来。”

“鞋四周不上点墨吗？”

“我最后会做的，不要担心。”

约翰·格雷迪把另一只脚放在木箱上，把裤腿卷了起来。

“女人很看重外表，”那孩子说，“别以为她不在乎你的靴子。”

“你也有女朋友吗？”

“没有！”

“听上去，你好像碰上过什么不顺心的事似的。”

“有谁没碰上过？你糊弄她们，她们也就糊弄你呗！”

“有一天会有一个好姑娘把你的心拴住的。”

“可别！我宁愿不要。”

“你多大了？”

“十四岁。”

“你总瞒你的年龄吧？”

“是，常常。”

“你既然承认，就不算是撒谎了。”

男孩停下手中的刷子，盯着靴子坐了一会儿，又继续开始擦动。“其实，我想要一件东西时，我总是说反话。这有什么不对吗？”

“我不知道。”

“有谁知道呢？”

“没有谁，我想。”

“你说得对，没有谁。”

“你哥结婚了吗？”

“哪个哥？我有三个哥呢。”

“当过海军陆战队队员的那个。”

“噢，他结婚了。三个哥都结了。”

“都结了，那你干吗刚才还问是哪个呢？”

擦鞋男孩晃了晃脑袋：“嘿，你行啊！”

“我猜你是家里最小的。”

“不，不。我还有个十岁的弟弟。他结婚了，有三四个小孩。哈！你信吗？我在跟你开心哪！我当然是最小的，怎么样？”

“你们家的人个个都结了婚，该不是家里的遗传吧？”

“结婚可是不能遗传的。好啦，反正我是个不安分的家伙，西班牙话里叫奥维亚涅格拉。你懂西班牙语吗？”

“是，我懂。”

“奥维亚涅格拉，就是不安分的家伙，恶棍。”

“黑山羊。”

“对，就那个意思。”

“我大概也是个不安分的家伙。”

男孩一边抬头瞅了瞅他，一边伸手从木箱里拿出鞋刷。

“是吗？”他应道。

“是。”

“可我看你不像个不安分的人。”

“怎么就像呢？”

“反正你不像。”

男孩刷完靴子，收起刷子。又拿出擦布，抖了抖，约翰·格雷迪看着他，问："那你呢？要是让你做别的，你愿意干什么呢？"

“我愿意当一个牛仔呗。”

“真的？”

“才不呢！我骗你的，”那男孩抬头白了他一眼，说，“我才不当你那个牛仔呢。我宁愿做一个整日游手好闲的阔人，你觉得怎么样？”

“要是你非得干点什么，你愿意做什么？”

“不知道，兴许去当个开飞机的吧。”

“是吗？”

“当然，那我想飞到哪儿就飞哪儿了。”

“你飞到那儿以后，又做什么呢？”

“再飞到别的地方去呀！”

他结束了打磨，取出黑漆瓶子，用支棉签蘸了蘸，涂抹鞋后跟和鞋底的四周。“那只脚！”他招呼道。

约翰·格雷迪把另一只脚搁上来。男孩又往鞋底四周涂上黑漆，最后他把棉签插回瓶子，拧上瓶盖，把瓶子扔进木箱。

“得，全好了。”他说。

约翰·格雷迪放下两只卷着的裤腿，站起身来。手伸到口袋里，摸出一个硬币，递给那孩子，并说：“谢谢。”

他低头端详自己的靴子，问：“怎么样，还行吧？”

“姑娘会让你进门的。你的花呢？”

“花？”

“是啊，有用的东西都得带着呀。”

“有道理，你！”

“嗨，我要是不告诉你这个就好了。”

“为什么？”

“她蹬了你，你就少受点罪，不是对你更好？”

约翰·格雷迪会心地笑了。“你是哪儿人？”他问。

“就是这儿人。”

“不，你不是。”

“我是在加利福尼亚长大的。”

“那你来这儿做什么？”

“我喜欢这儿。”

“是吗？”

“是的。”

“你喜欢擦皮鞋？”

“擦皮鞋也不错嘛。”

“你就喜欢在大街上逛？”

“对，我不喜欢上学。”

约翰·格雷迪扶了扶头上的帽子，朝街上望了望，又望着男孩。“呃，”他说，“我自己也从来不大愿意上学。”

“都是不守规矩的贼匪。”男孩子说。

“都是贼匪，也许你比我更厉害些。”

“你说得大概不错。”

“我大概算个新手吧。”

“你要是要人指点，就来找我吧。我很愿意教你各种鬼把戏。”

约翰·格雷迪笑笑，说：“好啊，那就希望以后常见面。”

“再见，牛仔。”

“再见，小牛仔。”

男孩满脸的笑容，向他挥手告别。

姑娘站在穿衣镜前，那老女佣叼了满嘴的发卡站在她身后。镜子里的姑娘发髻盘到头顶，身影是那么瘦弱，脸色是那么苍白。老女佣望了望站在旁边的约瑟菲娜。约瑟菲娜一臂抱在胸前，一肘支在上面，拳头支着下巴，说：“不行！这样不行！”

她又摇头，又挥手，好像要驱走她的怒气似的。

那老女佣便把发卡和插子一个个从姑娘的头发里抽出来。长长的黑发便又像瀑布一样地散到肩头、背上。老女佣拿起刷子，一只手从下面托起姑娘像丝绸一样的秀发，开始一下一下地刷动。约瑟菲娜从桌上拿两个银发簪，走上前来，把姑娘的头发向后一拢，一边端详着姑娘在镜子里的样子。老女佣退在一边，双手捧着刷子站着，也和约瑟菲娜一起端详着镜子里的姑娘。她们三人在台灯柔和的灯光里站在镜子前面，影子映在镜子鎏金的边框里，就像是一幅古老油画里的人物。

“看，现在怎么样？”约瑟菲娜说。

她在问姑娘，可姑娘没答话。

“显得更年轻，但……”

“傻傻的。”姑娘说。

约瑟菲娜耸耸肩说：“傻傻的，真的？”

她仔细审视着镜子里姑娘的脸，问：“你不喜欢？”

“挺好，”姑娘声音怯怯的，“我喜欢。”

“挺好！”那女人说着，松开了姑娘的头发，并把银簪子交到老女佣手上，“就这样！”

约瑟菲娜走了后，老女佣把簪子放回桌上，拿起刷子又上前来。“很好。”她说着，一面晃着脑袋，一面啧啧连声。

“好不好不要紧的。”姑娘说。

老女佣使劲地刷姑娘的头发，说：“太漂亮了。”她热心地伺候着姑娘，把姑娘紧身胸衣上的钩子一个个扣上，带子一条条收紧，用手抚平紫罗兰色天鹅绒露胸长裙，一个个托起姑娘的乳房，把下面的胸衣褶边整理停当。接着又用别针把长裙别到衬裙上，然后用刷子刷掉衣服上的绒毛。她手扶着姑娘的腰，把她像玩具一样转来转去，然后又俯身在姑娘的脚前，替她把鞋带系好。末了，她才起身，退后几步站着。

“能走几步看看吗？”她问。

“不行。”姑娘答道。

“不行？这是谎话。你开玩笑。不行？”

“是真的。”姑娘说。

老女佣做了个催促的手势，姑娘便勉强跷着高高的高跟鞋在屋里款款走了一圈。

“难受吗？”老女人问。

“难受。”

姑娘在镜子前站住，老女人站在身后，眨眨眼睛，那只独眼一开一合的，就好像在给人使眼色似的。接着她用手把姑娘身上的头发弹掉，又把袖肩上的花边扯得竖起来。

“简直像个公主！”她轻声赞叹。

“像个妓女。”姑娘漫应着。

老女佣抓着姑娘的一只胳膊，对她絮絮地说话，眼睛在灯光下闪耀着热切的光芒。她对姑娘说，她将来一定会嫁一个有钱的好男人，住上漂亮的房子，生一大群可爱的孩子的。她说她知道很多这类事情。

“有谁？”姑娘说。

“好多呢，”老女佣急切地说，“好多呢！”

她对她说，好多姑娘还没有她漂亮，不如她可爱呢。姑娘不作声，她隔着女佣的肩头望着镜子里自己的眼睛，好像那不是她自己，而是她的哪个姐妹，站在那里默默地听着老女佣的恭维和承诺。镜子里花花绿绿的房间，也只是她闺房的一个俗丽的影像。她在穿衣镜里高傲的样子，完全不像她自己。这似乎正表明了老女佣对她的期许是多么的虚假和不真实。镜子里的她站在那儿，就像一个童话中的少女，正在拒绝一个女巫包藏祸心的供奉。她知道，老女佣的话都是些永远不能兑现的许诺，是实现不了的梦想，是水中月，镜中花。她对镜子里的姑娘说着话，她说："永远也弄不明白，你是怎么走到今天这条路上、变成今天这个样子的。你能明白的，也就是你今天的确是走在这条路上。"

"什么？"老女佣问，"什么路？"

"就是路呗！走的路，你走的路。"

老女佣说有的人的确是没有什么办法，没有什么机会的。她说对穷人来说，任何机会都是很珍贵的。但是好是坏，谁也说不准。

她跪在地上，重新用别针钉姑娘的裙边。她把噙在嘴里的别针都拿了出来，放在地毯上，一个个地取用。姑娘打量着自己在镜子里的身影，老女人满头白发的头就俯在姑娘的脚前。过了一会儿，她又说，机会总会有的，哪怕是危险的机会。

"上帝。"老女佣说。她一边自己默默祷告着，一边麻利地钉着姑娘的裙子。

姑娘打扮好走进大客厅时，一眼看见约翰·格雷迪正站在酒吧边。乐师们正在小舞台上调校乐器。几个音符、几个和弦在寂静的大厅里响起，叫人觉得什么仪式马上就要开始了。舞台旁边壁龛的阴影里，蒂武西奥在站着吸烟。他一会儿瞅瞅那姑娘，一会儿瞅瞅酒吧台旁的小伙子。他看着那小伙子转过身，付了钱，端着酒杯走下台阶，沿着天鹅绒条索圈成的走道走向大厅。他从细瘦的鼻孔里慢慢向外喷烟，随手推开身后的一道门，门里亮光一闪，映出他黑色的侧影，把长长的影子投到大厅的地板上。门再关上，人便不见了，好像从来就没有人在那儿待过似的。

“这样太危险了！”姑娘低声地说。

“怎么？”

“危险。”她说，眼睛环顾着大厅。

“可我非得来见你不可。”他说。

他握起了姑娘的手。她害怕地回头望了望刚才蒂武西奥站的地方，然后抓住约翰的袖子，求他赶快离开。一个侍者悄悄地从黑影里走出，向他们走过来。

“你简直昏了，”她说，“昏了。”

“对，可我非这样不可！”

她抓住他的手，站了起来。她背着身对那侍者悄悄说了些什么。

约翰·格雷迪站起身来，把钱塞到侍者手里，转身向着她。

“赶快走吧，”她说，“要不就麻烦了！”

他说不会，他说以后也不会再有这样的事了。他要她一定来见他，可姑娘说那太危险了，现在再那样做是太危险了。这时，大提琴奏出了一个悠长的低音和弦，音乐开始了。

“他会要了我的命。”她低声说。

“谁？”

姑娘只是摇摇头。

“谁想要你的命？”他说，“谁？”

“爱德华多。”

“爱德华多？”

“是，”她点点头，说，“爱德华多。”

那天夜里，他梦见了好多事，都是她从未对他说过，但他从别处听到的。他梦见在一个大屋子里，里面是那么冷，他哈出的气都一下子凝成白雾了。屋子里波纹铁板的墙上挂着布幔，一层层的梯式木台上铺着廉价的红地毯，上面排着观众坐的胶合板折叠椅。圆木做的舞台装修成了集市上平台车的样子。一根电缆拉到头顶上白铁管做的横杆上，上面装着强光灯，都罩在红、黄、蓝、绿各色的透明赛璐珞片里。闪光天鹅绒的帷幕弯弯地悬垂着，红得像血一般。

游客们脖子上挂着观剧镜坐在座位上，等着侍者为他们送上饮料。灯光暗了下来，仪式主持人快步走上台，脱下帽子向大家鞠躬，并举起一只戴白手套的手向大家致意。魔术师站在舞台边厢里吸着烟，身后站着一群狂欢的人群：浓妆艳抹、袒胸露乳的妓女，手持皮鞭、身着皮衣的肥胖女人，穿着牧师长袍的年轻人，还有一个祭司，一个皮条客，一个戴着紫色绉纱领子的金山羊。

几个脸色苍白、抹着胭脂、涂着眼影的荡妇手里端着蜡烛。三个女人手拉着手，憔悴清瘦得像是贫民窟的犯人，都穿着一样的俗丽衣衫，脸颊涂得苍白得像死人。在这些人的中间，有一个身穿雪白轻纱的女子，睡在一张台子上，像是献祭给上天的处女。她身子四周缀满了假花，浓淡不同的白色和褪了色的绯红，就像是刚从坟墓里出来的一样。接着，音乐奏响了，是一支带点尚武精神的十四行回旋曲。音乐从幕布后面发出，听得见音乐里有唱针刮在黑色胶木唱片上发出的咔嗒声。池座里的灯光慢慢暗下去，最后只有舞台亮着。椅子的挪动声，几声咳嗽声。音乐声隐没了，只剩下唱针的沙沙声和咔嗒声，在不停地响着，听上去就像一座没有调好的节拍器一样。在单调重复的响声之间，那无声的间隔显得格外寂静，使人感到难耐的悠长。

醒来时，他正在做另一个梦。怎么从前一个梦变成后一个梦的，他已记不清了。他只记得他是在荒凉的野外，风不停地刮着，早已死去的亲人们的灵魂在周遭的黑暗中徘徊。他可以听到他们的声音，还有他们声音的回声。他醒了过来，躺着谛听。这时他听见有人在走动，原来是约翰逊老爹，他只穿着睡衣在院子里游荡。约翰·格雷迪侧过身子把腿伸下架子床，伸手找到裤子穿上，站起身扣好腰带，接着伸手找到靴子穿上。他走过去时，见比利也穿着短裤在门道里站着。

“我去把他弄回来。”约翰·格雷迪说。

“太可怜了。”比利说。

他看见老人正要拐过仓房拐角，不知要往什么地方走。老人戴着帽子，蹬着靴子，身上穿着长长的白色夜间睡衣，看上去就像古代武士的幽魂在那里游荡。

约翰·格雷迪抓住他的胳膊，一起往大屋走回来。“你呀，约翰逊老爹，”他说，“你可不能这么在外面待着！”

厨房里灯亮了，索珂洛穿着袍子在窗前站着。老爹在院子里停下脚步，回头望了望身后的黑暗，约翰·格雷迪便也站下，只用手拉着他的胳膊。然后又往前走，往大屋走去。

索珂洛把纱网门大大敞开，瞅了约翰·格雷迪一眼。那老人用手扶住门框定了一下神，然后走进厨房，问索珂洛有没有咖啡，好像这就是他折腾这一阵子所要的东西。

“有，有，”她答道，“我这就给你弄。”

“他没事。”约翰·格雷迪说。

“你也来点咖啡吗？”

“不要了，谢谢。”

“快进来，进来，”她说，“你去把老爹的裤子拿来，好吗？”

“好的，这就去。”

他先扶着老人在桌边椅子上坐下，然后走进过道。马克的灯亮着，人正站在门旁。

“他没什么事吧？”

“是，先生，他没事。”

他走到大厅的尽头，走进左手的一间屋子，从床柱上取下老爹挂在那里的裤子。裤子口袋沉甸甸的，里面装着硬币、小刀和钱包，还有挂着门上钥匙的环子，都忘在那里好久了。

他提着皮带把裤子拿回来。马克还在门道里站着，手里拿着烟在抽。

“他没穿衣服？”

“就只穿了内衣内裤。”

“哪天夜里他说不定会光屁股跑出来的，那索珂洛肯定不再在这里干了。”

“那不会的。”

“我知道。”

“什么时间了，先生？”

“五点多了。该死，又到快起床的时间了。”

“是，先生。”

“你能稍稍陪陪他吗？”

“当然，先生。”

“尽量让他不要太难过。让他觉得他只不过是早起了一阵子就好了。”

“是，先生。”

“你这是被雇到一个闹疯子的牧场了，你原先没想到吧？”

“老爹没疯，他就是年纪大了。”

“我知道。好了，别让他又受凉了。他身上的那旧睡袍大概已是四面透风了。”

“是，先生。”

他和老人一起坐着，喝着咖啡，直到奥伦进来。奥伦瞅了他们一眼，什么也没说。索珂洛做好了早饭，端来了鸡蛋、薄饼和蒜味腊肠。大家伙儿便开始吃饭。约翰·格雷迪吃完，把空盘送回碗柜走到院子里时，天已放亮了。老人还戴着帽子静静地坐在桌旁。他 1867 年出生在得克萨斯州东部，年轻时到这里来的。在他这一辈子的时间里，这个国家从煤油灯和双轮马车的时代转变到了喷气式客机和原子弹的时代。但时代的巨变并没有使他困惑，是他女儿的死，才使他陷入极度的悲伤，无法解脱。

他们坐在露天剧场第一排靠近拍卖人的地方。奥伦不时探过身子，仔细地把唾沫吐在场子的泥地上。马克从衬衣口袋里掏出一个小本子，查了查上面的记录，又装了起来。接着又掏出来，在手里拿着。

“我们看过这匹小马吗？”他问。

“看过的，先生。”约翰·格雷迪说。

马克又研究着他的小本子。

“那人说这是戴维斯家的马，其实不是。”

“是的，不是。先生。”

“比恩，”奥伦说，“是比恩家的马。”

“我知道这是什么马。”马克说。

拍卖人对着麦克风吹了吹，挂在场子尽头灯柱上的扩音器发出震颤的低音，在拍卖仓房里回荡。

“女士们，先生们：更正一下，这匹马不是戴维斯家的，而是比恩先生交来拍卖的。”

拍卖叫价从 500 美元开始。在场子的边上有人举手摸了摸帽檐，监视员立刻转过身来举起一只手，拍卖人看见，便唱道：

“600 了，现在 600，我这儿是 600！谁个给我 700，700，700。好，700 了！“

奥伦欠起身，郑重其事地往地上唾了一口，说：

“你们的朋友在那边。”

“我看见他了。”约翰·格雷迪道。

“谁？”马克问。

“沃尔芬巴杰。”

“他能看见我们吗？”

“嗯，”奥伦说，“他能看见我们。”

“你知道他是谁吗，约翰·格雷迪？”

“是，先生。有天下午他来过我们这儿。”

“我以为你不会跟他说话的。”

“我没有跟他说话。”

“我们就装不知道他在这儿好了。”

“是，先生。”

“他什么时候去我们那儿的？”

“上个礼拜，大概是星期三吧，记不清了。”

“不要看着他。”

“是，先生，我没看。”

“780，780，”拍卖人唱道，“你要吗？少了不卖。”

骑手骑着那匹马在场子里跑着，斜着穿过场子，停下，又往回跑。

“干活儿行，骑乘也行，真是匹好马！”拍卖人叫喊着，“足值1000块钱。好了，有了，我这儿有800了。800了，800了。现在是800了，850，850，850，谁要……”

这马最后卖了825元。接着牵进来的是一匹阿拉伯马，卖了1700元。马克盯着他们把这匹马牵出场子去，嘴里说道：

“我才不要这么怪的马呢。”

一匹淡褐色银鬃毛的帕洛米诺阉马拍卖了1300元。

马克查看他的小本子，口中念道：“这些家伙哪儿来的这么多钱？”

奥伦不住地晃着头。

“沃尔芬巴杰叫价了吗？”

“你不是叫我们不要看他吗！”

“我知道，可他叫价了没有？”

“叫了。”

“但他到底没买，对吧？”

“是。”

“你不是没往他那边看吗？”

“我不看也知道。他使劲地挥手，就像他那儿着了火似的。”

马克摇摇头，又坐着查看他的小笔记本。

“下面他们就该把那几匹劣马牵来了。”奥伦说。

“你猜这些马大概要什么价？”

“要我说，这些马大概就能卖 100 元一匹吧。”

“要是你，那另外三匹马怎么办呢？就地再卖掉？”

“对，就地再卖。要么带回牧场后再脱手更好。”

马克点点头，说：“该是了。”他往木台上望了望，又说：“我真烦那小子，他要学得比我还精了。”

“我明白。”他点上一支烟，看着马童又牵进一匹马。

“我看，这回他该买了。”奥伦说。

“我也看他要买。”

“每匹雷得家的马他都会出价的，就瞧着吧，不出价才怪。”

“我知道，我们该给他哄抬哄抬价钱。”

奥伦没作声。

“笨蛋一个，又有钱！”马克说，“约翰 · 格雷迪，这马有什么毛病吗？”

“我不知道有什么毛病。”

“我记得你说过这马是什么混血马，马丁种的，还是什么的？”

“这马或许有一点儿冷血凶狠吧。”

奥伦望台外啐了一口，龇了龇牙。

“冷血凶狠？”马克说。

“是的，先生。”

这马起价 300 元。

“这马几岁口了，记得吗？”

“那时候是十一岁口。”

“对，”奥伦道，“五六年前是十一岁口。”

投标价涨到了 450 元，马克一边拽了拽自己的耳朵，表示加 50，一边说：“对买马我可真是个门外汉。”

监视员向拍卖人做了个手势，拍卖人立即唱道：“有人出 500 元了！ 500 了，500 了。”

“我原以为你不喜欢搞这个。”奥伦对马克说。

“我搞什么啦？”马克装不明白。

这时叫价涨到 600 元，接着 650 元。

“你们不张嘴，不摇头，什么也不表示，”拍卖人数叨着，“可这马值的总比这多吧，伙计们。”

最后，这马以 700 元成交。沃尔芬巴杰却一直也没有叫价。奥伦瞟了瞟马克。

“是个贼小子，是不是？”马克说。

“我可以说几句吗？”

“说吧。”

“我们干吗不按我们原先说好的办法买卖马，就当他不在场一样？”

“扯淡！这本来就是我的主意，倒要你来教我了！”

“是个圈套，是吧？”

“差不多吧，对他这个蠢货，这就是最好的办法了。”

这时，马童牵进一匹马克肯尼家的四岁口的花毛马，起价600元。

“刚才那四匹马呢？”马克问。

“不知道。”

“好了，不管别的了，让我们正经来看这一匹吧！”

马克把一个指头按在耳朵上，拍卖监视员看见，立刻举手，扬声器里便传出了拍卖人的声音：“有人出600了，600了，600了！有叫700的吗？谁叫700？现在是700。700，700，700！”

“看，沃尔芬巴杰那儿举手了。”

“我看见了。”

叫价涨到700，涨到750，800，最后涨到了850元。

“看来，这里满是买主，是不？”奥伦说。

“满屋子的人都出价了。”

“嗯，有啥办法！这马值多少？”

“我不知道,看能卖多少吧。约翰·格雷迪,你看这马怎么样？”

“我早相中这匹马了。”

“他们要是先把那四匹嫩马卖了就好了。”

“我知道你心里有个数。”

“我是有过，但现在的叫价已超过我想的价码儿了。”

“这就是刚才我们在围场里见到的那匹马。”

“用着你大先生提醒吗！”

叫价在850元上停住了。拍卖人停下来喝了口水，又说：“这是匹好马，伙计们，你们出价差得太远了。”

骑手把马骑到头，转身又骑回来。那马嘴里没勒马勒，骑手就靠套在马脖子上的绳子骑着。他把马转过来，站定，说："这匹马不是我的，可这的确是匹好马啊！"

"一匹这样的马，光配种就得花 1000 块钱，"拍卖人说，"想想吧，伙计们！"

监视员举手了。

"好，我这儿有 900 了。900 了，900 了！现在谁加 50，加 50。950，950，950 啦！"

"可以跟你说句话吗？"约翰·格雷迪问马克。

"当然，说吧。"

"你不是打算买了再卖吧？"

"不，我不会卖的。"

"那你就该买你真想要的马。"

"你认为这是一匹好马？"

"是的，先生。"

奥伦摇了摇头，直起身子啐了一口。马克坐着又查看他的小本子。

"仔细想想，不管我怎么做，这都要破费我不少钱。"

"你是说那马？"

"不，我说的不光是这马。"

叫价到了 950，又到了 1000。

约翰·格雷迪瞅了瞅马克，又望着场子外面。

"我认识那穿花格衬衫的老小伙子。"马克说。

“我也认识。”奥伦说。

“我倒希望看着他们把自己的马再买回去。”

“我也是。”

最后，马克用 1100 元买下了这匹马：“这简直叫我破产了！”

“可这真是匹棒马。”约翰 · 格雷迪说。

“我知道它有多好。别再哄我、安慰我了。”

“你别听他，孩子，”奥伦对约翰 · 格雷迪说，“他这是自己不好意思，倒要你来夸他买的这匹马罢了。”

“你觉得我让那有钱汉搅得多花了多少钱？”

“这匹马上你大概没多花钱，”奥伦说，“可他肯定要叫你买下一匹的时候多破费。”

一个马夫用水管子往马厩的土地上洒水，然后又把那四匹马拉进来了。马克也全买下来了。

“真是卖得太便宜了，像叫人偷了似的，”拍卖人叫道，“104 号马才卖了 525 块钱！”

“这真比我想的还便宜。”马克说。

“过雨不湿身，叫你偷了巧！”

“可不！”

马克瞅着马夫把一匹马牵了进来，便说：“你该记得这一匹的，约翰 · 格雷迪。”

“是的，先生。这几匹马我都记得。”

马克翻着他的小本子：“真是的，我总把什么都写下来，可过不多久，我就又什么都记不得了。”

“本来就是因为你什么都记不住了，你才往本子上写的。”奥伦说。

“我认识这匹小马，”马克说，“该把它卖给沃尔芬巴杰才好哩！”

“我还以为你要留着它哩。”

“用这马耍马戏，大概还凑合。”

“看，这匹马，牙口齐，八岁口，”拍卖人开叫了，“干活儿也好，放牛也好，好马一匹！可比开价要值得多多了。”

“让沃尔芬巴杰买了这匹马吧。这马除了不会跑以外，什么都好，对他真是再合适不过了。”

那骑手策马在站台前跑来跑去，然后勒起缰绳折回。

“500，500，500了，”拍卖人吆喝着，“多好的马，伙计们！包好！跑起来灵活得像只猫。好，现在该550了。550，550！”

马克用手拽拽自己的耳朵。那拍卖人马上喝道：“好，有了，550了。下面该600了，600了！”

奥伦脸上显出难看的样子。

“娘的，”马克说，“我们就这么跟那老小子开玩笑，怎么样？”

拍卖叫价涨到了700块。这时，马的主人在台子上站了起来。“听着，”他声言道，“我说，谁能把笼头套到这马上，我就把马白送他！”

叫价到了750，又到了800块。

“约翰·格雷迪，你听说过神甫把匹瞎马卖给那个老小子的事儿没有？”

“没听过，先生。”

“那神甫做什么事情都引证《圣经》。人们找上门责问他怎么能对人家老小子做那样的事。他却厚脸皮地回答说 ：‘我不认识他，所以我让他上当。’”

“我记得你对我讲过这事。”

马克点点头，又埋头翻他的笔记本。

“沃尔芬巴杰不懂得怎么对一组马投标，他完全给弄糊涂了。”

“是的，先生。”

“他今天大概准备要买一匹马。”

“很可能。”

“你打扑克吗，孩子？”

“是的，打过一两次。先生。”

“你说这匹马 1000 块能买下来吗？”

“不能，先生，不可能。”

“要是过了 1000，能超过多少？”

“我不知道。”

“我也估摸不清。”

马的出价到了 850，又出到 950，便涨停板了。奥伦又探起身，啐了一口。

“那笨小子口袋里的钱越多，我买这匹马就得花越多的钱。奥伦连这点道理都不明白。”

“我奥伦明白！”奥伦反唇道，“我只是认为你要是能，就按现在这个价买下这马。要是再涨，就别拼，别冒险啦。要知道，那小子口袋里有的是钱。”

这时，监视员举起了手。

“我有 1000 的了，1000 了，1000 了！”招标人唱道，“现在该是 1100 了，1100！”

叫价涨到了 1100 块。这时沃尔芬巴杰叫到 1200，马克跟着叫了 1300 块。

“这么高，可别怪我！”奥伦急忙说。

“你还是个买马的人呢！”

“你记得这马开始价多少吗？”

“当然记得。”

“那好，你就继续吧！”

“嗨，你这个老奥伦！”马克叹道。

最后沃尔芬巴杰出到 1700 块钱买下了这匹马。

“真是匹好马，”马克得意地说，“该是正合他的心意喽！”

他说着，伸手从口袋里掏出一块钱：“约翰 · 格雷迪，怎么样，你快去给咱们买几罐可口可乐吧？”

“好的，先生。”

奥伦看着约翰 · 格雷迪爬下站台走了，才说：“看起来，他听你随便使唤，你叫他干啥，他就干啥？”

“是，差不多吧。”

“我要是有几个像他这样儿的小伙子就好了。”

“你晓得，有些马的事儿，他只能用西班牙语说哩。”

“那没关系，哪怕他只能用希腊语说话呢。怎么啦？”

“没什么，我只是觉得好奇。你觉得他是圣安吉洛人吗？”

“谁知道，他说是哪儿就是哪儿人吧！”

“我觉得他是圣安吉洛人。”

“他对于马的知识都是从一本书上学的。”

“从一本书上？”

“华金说他能说出马身上每一块骨头的名字。”

奥伦点点头说：”是啊，可能。我知道还有些事他不是从书本上学的。”

“对，没错儿。”马克道。

又一匹马牵出来了。拍卖人读了一篇长长的说明文件。

“这肯定是一匹有身份的马。”马克调侃道。

“说对了。”

这马起价 1000 块，然后一直升到 1850 块，还没成交。

奥伦又直起身，往地上啐了口唾沫，说：“看来，这卖主很看重自己的马。”

“没错，每个人都是。”马克应道。

人们又牵进一匹威尔本马，马克花了 1400 元买了下来。

“孩子们，”马克说，“行了，今天买得差不多了。我们回家吧！”

“你不想再待一会儿，让沃尔芬巴杰再多破费点钱了？”

“沃尔芬巴杰？这是什么人？”马克佯装糊涂。

索珂洛把毛巾叠起来挂好，脱下围裙也挂起来，走到门边转过身说：“晚安！”

“晚安！”马克应道。

她出去关上了门。马克听见她在上那个旧铁皮钟的发条。过了一会儿，又传来他的老岳父在过道里上大座钟发条的声响，接着是座钟玻璃门轻轻关上的声音，然后便是一片沉寂。整座屋子没有声响，外面也是一片宁静。他静静坐着，抽着烟。屋后深山里传来一声声山狗的号叫。他记得很久以前，在牧场东头的老房子里过冬的日子，夜里入睡之前，总听到火车从埃尔帕索向东开出的呼啸声。火车在夜里驶过蓝色的大草原，驶过谢拉布兰卡，驶过范霍恩，又驶过马尔法、阿尔派恩和马拉松，一直向兰特里和德尔里奥约开去。车头上探照灯的巨大光柱劈开漆黑的夜空，照亮荒野上的丛丛灌木。铁道两旁地里，牛群的眼睛在黑暗里就像煤火一样到处浮动闪亮。这时分，山里的牧人们总裹着他们的大披肩，伫立在夜色里张望山下奔驰的火车。列车驶过后，小山狐们便都跑来围聚到被煤烟熏黑的路基上，用鼻子嗅着还在嗡嗡作响的发烫的钢轨。牧区生活的这种情景，现在大多已经一去不复返了，剩下的不多久也会逐渐消失。马克喝尽杯子里剩下的冷咖啡，点上睡觉前的最后一支烟，从椅子上起身，关掉灯，又回到椅子上，在黑暗里坐着抽烟。下午的时候，雨云就在北方蓄积了起来，天也变冷了，可现在还没下雨。也许东面，在萨克拉门托一带正在下吧？人们总想着只要熬过一场旱灾，就会有几年风调雨顺，就能有好年景把荒年补回来。可这只是像赢掷骰子一样的一厢情愿，谁也不知道这一次旱灾什么时候过去，而下一次旱灾又什么时候再来。他的牧场眼看就要破产了。他慢悠悠地抽着烟，烟头在黑暗里一明一灭。到2月份他的妻子就死了整整三年了。她死在圣烛节，大概是个与圣母马利亚有关的什么节吧。在墨西哥，人们不信上帝，只相信圣母马利亚。马克摁灭烟头，站着望了望灯光昏暗的马厩，发出一声叹息："哦！我的玛格丽特……"

杰西把卡车停到莫德家酒店门前，下车把门拍上，和约翰·格雷迪一起向店里走去。

"瞧，又来了两个。"特洛伊看见他们说。

他们都聚在吧台前。

"小伙子们要点什么？"特拉维斯问。

"来两瓶'蓝带'吧。"

特拉维斯从冰盒里拿出两瓶蓝带啤酒，拧开瓶盖，搁在他们前面吧台上。

"我来付钱。"约翰·格雷迪说。

"我来付。"杰西说。

他拿出四毛钱放在吧台上，提起瓶子咕咚咕咚大口灌下去，用手背抹了抹嘴，倚在吧台上站着。

"在马背上辛苦了一天，你们？"特洛伊问。

"我大半是夜里骑马干活儿。"杰西说。

比利俯在台式保龄球游戏机上，用手按着击子在台面上前后滑来滑去。他抬头望了望特洛伊，望了望杰西，然后把击子使劲抛出。击子在硬木台面上飞快滑向前去，击中了那头的一排小立柱，打得它们四散开来。记分牌上的灯亮了，一排小铃铛响起来记录分数。特洛伊咧嘴一笑，把雪茄放到嘴角上叼着，踱过来拿起击子，趴在球台上。

“你要玩吗？”比利问道。

“杰西要玩。”

“你要玩吗，杰西？”

“嗯，我玩。我们赌什么？”

特洛伊在保龄机上打中了一次，后退几步，把手指捏得叭叭响。

“我和杰西对你和阿斯金斯。”

阿斯金斯站在游戏机旁，一手插在屁股口袋里，一手端着啤酒。

“不，我和杰西对你和特洛伊。”他说。

比利点上一支烟，望了望阿斯金斯，又望了望杰西，才说：“你和特洛伊跟他们打吧。”

“好，开始吧。”

“你和特洛伊先打，动手吧。”

“我们赢什么？”杰西问。

“随便。”

“还是输赢小一点儿对你好。”

“赌多少，特洛伊？”

“看他们要赌多少就多少。”

“我们就一次输赢一块钱吧！”

“那还是不少啊！把零钱都拿出来，杰西。你来不来？”

“我来。”杰西答道。

比利在吧台前约翰·格雷迪旁边的凳子上坐下，看着他们把硬币摆在游戏机上，把记分牌复原，把铃铛停住。特洛伊把一些蜡粉撒在台面上，用手在上面来回磨了磨，然后开始射打。嘴里嚷道：“看着，保龄学校开学了！”

“露一手嘛！”

“瞧着点！看你们从我这老手身上能学多少东西！”说着便把击子沿台面扔出，登时铃声大作。他退后几步，捏着响指，得意地说：“有些东西，你学了会受用一辈子。”

“我想跟你说点事。”约翰·格雷迪对比利悄声说。

比利往空中喷了一口烟，应道：“可以。”

“我们到后边去吧。”

“行。”

他们端了啤酒，走到后边有桌椅的地方。那儿有一个乐池和水磨石的小舞池。他们用脚踢开两张椅子，在一张桌子旁坐下，啤酒瓶搁在桌上。这地方灯光暗淡，有一股霉味。

“我大概猜得到你要说什么。”比利说。

“嗯，我知道。”

比利坐着，一边听，一边用指甲撕着瓶上的标签，连抬头看约翰·格雷迪也不看。约翰·格雷迪就这么对他讲了那个姑娘，讲了白湖妓院，讲了爱德华多，还讲了那个音乐师对他说过的话。说完了，比利还是不抬头，只是手停下，不剥酒瓶商标了。

他一声也不吭，过了好一会儿，才从口袋里掏出香烟点上一支，又把烟盒和打火机搁在桌上。

“你这是跟我开玩笑，是不是？”他才开口道。

“不，我没这个意思。”

“那你他妈的这是怎么啦？你是喝了闹药了，还是怎么的？”

约翰·格雷迪把帽子往后推了推，往远处瞥了一眼，说：“不，没有。”

“好，让我理理清楚：你要我到墨西哥的华雷斯城里一家妓院去，拿钱把这个妓女赎出来，然后把她带到河这边来，带回我们牧场。是不是这么回事？”

约翰·格雷迪点点头。

“扯淡！”比利嚷道，“你还能笑呢？真是活见鬼！你是不是整个儿发疯了？”

“我没有。”

“妈的，你还没有！”

“我是真的爱上她了，比利。”

比利往后一倒，倒在椅背上，双手无奈地垂在两旁。

“荒唐，”他叫道，“真他妈荒唐！”

“不管怎么，我也没办法不这样了。”

“唉，这都是我作的孽！我本来不该带你到这儿，到这鬼地方来。这都是我的错，该死！我现在都不知道该怨谁去了！”

他欠身从烟灰缸上拿起香烟，深深吸了一口，把烟喷了一桌子，接着摇摇头，说：

“那我问你……”

“问吧。”

“就算你把她弄到这边来，然后究竟打算再拿她怎么办？”

“娶她。”

比利往嘴里送烟的手在半空僵住了，接着又把手放下来。

“明白了，”他说，“你真是疯了！”

“我是当真的，比利。”

比利仰靠到椅背上。过了一会儿，他扬起一只手说：“他妈的！我简直不相信我的耳朵。这到底是你昏了，还是我昏了？你是狗娘养的，还是我是狗娘养的？好哇！我这一辈子还没听过像你这样的事！”

“我知道。可我拿自己也没办法了。”

“狗屁，你没办法了！”

“你能帮助我吗？”

“不，决不！你知道他们会怎么整你吗？他们会把你的头挂到电椅上，大电闸一合，就叫你脑子清醒清醒，再不干这种蠢事了！”

“我还是认真要办成这事，比利。”

“那我不是认真的？我还要帮他们拉电线呢！”

“我自己不能去那边，爱德华多认识我。”

“看着我，兄弟。你真是昏了！他妈的，你知道那家伙是干什么吃的吗？你以为你就能这么去那儿，跟那妓院老板公开交易？那墨西哥鬼是个买卖人口的土匪，你以为这就像到街上买卖一把小刀一样轻松、容易？”

“我没法子不干。”

“你闭嘴，妈的！你说没法子，这是什么意思？”

“别揪住我这句话不放。就行了吧！”

“什么就行了？狗屁！”

比利瘫坐在椅子上。

“给你再来瓶啤酒？”

“不，不要。我他妈的要一夸脱威士忌。”

“你就是不帮忙，我也不会怨你的。”

“哼，这还像句人话！”

说着，比利从烟盒里又抖出一支烟。

“你那支烟还没灭呢！”约翰·格雷迪提醒他。

比利没听见，继续说：“你又没钱，我不知道你到底打算拿什么去赎那窑姐儿。”

“我会弄到钱的。”

“从哪儿？”

“反正总会弄到的。”

“你打算出多少给他？”

“两千块。”

“两千块！”

“对

“嗬！你可真是疯了，你已经整个儿疯了！还有什么好说的，是不是？”

“不知道。”

“我知道！我就看你是疯了，他妈的，你能从什么鬼地方弄到两千块钱呢？”

“我不知道，可我一定会弄到的。”

“花一整年你也凑不了那么多！”

“这我知道。”

“你现在情迷意乱，危险啊，兄弟！你知道吗？”

“可能是吧。”

“我以前也见过你这种情况。你知道，自从你搞上了那个骚货以后，你就变得不正常了。你自己觉得吗？看着我的眼睛！我是认真对你这么说的。”

“可我并没发昏，比利。”

“哼，反正我们俩中间有一个是昏了头了。去他妈的！我该骂我自己，就这么回事，该骂我自己。”

“这不是你的事，怎么能怨你。”

“对，关我什么闲事！”

“好了，好了。不谈这个了。”

比利靠到椅背上，眼睛盯着烟灰缸里两支都点燃着的烟。过了一会儿，他把头上的帽子往后一推，一只手抹过眼睛，抹到嘴上，又把帽子拉回来。他往房间里瞅了瞅，远处游戏机上铃声正响。他看着约翰·格雷迪，问：“你怎么会惹上这一大堆麻烦呢？”

“我也不知道。”

“怎么会搞到这种地步？”

“我不知道。我好像觉得我也没有做什么特别的事，事情就自然是这样的了。好像从来就是这样子的。”

“这就更昏了！”比利阴沉地摇摇头，说，“不过，你要知道，要改变这一切还不晚。”

“恐怕已经太晚了。”

“干什么都不会太晚，就看你能不能下决心。”

“我决心早已下了。”

“那就重下决心，改过再来！”

“要是早两个月我可能听你的，可现在我心里是更明白了。世上有些事，其实不是你自己能决定的，不用你做决定，事情就已经定在那儿了。”

他们俩对坐了很久。比利望望约翰，望望屋子那边，又望着落满灰尘的舞场，空空的乐池和蒙着罩布的鼓、钹。接着他推开椅子站起来，又把椅子仔细地放回原先的地方，然后走过酒吧，穿过屋子走到门外去了。

那天深夜，他在黑暗中躺在房间里，外面传来厨房门开关的声响和铁纱门的声响。静静地，他躺着。接着，他坐起来，腿伸下床铺，找到靴子，又拿过裤子穿上，然后戴上帽子，走了出去。外面冷飕飕的，天上挂着一轮满月。夜深了，厨房烟囱口上不见一丝青烟。约翰逊老爹一个人在房背后的台阶上坐着，身上穿着他的猎装，在那里吸烟。他抬眼看见约翰·格雷迪，向他点点头，约翰·格雷迪便在他身边门阶上坐下。

“您坐在这外边干吗呢？也不戴帽子。”他问道。

“不知道。”

“您没事吧？”

“嗯，我好着呢。有时候，人就想夜里在外面待会儿。要抽支烟吗？”

“不，谢谢。”

“你也睡不着？”

“是，老爹。有点睡不着。”

“新买的马怎么样？”

“还行。”

“我见那边圈栏里圈着好几匹小破马。”

“是，马克大概会卖掉几匹的。”

“买马卖马。”老人家自言自语。他摇摇头，又吸烟。

“你以前也驯过马吗，约翰逊老爹？”

“干过一点儿，大多都是人家要我干才干的。要说，我从来也算不上一个驯马师。有一次我自己还伤得很厉害。你受过一次伤就害怕马了，自己还不知道。有时候就那么一点点怕，可能连自己都没有注意到。”

“可你还是爱骑马？”

“那是，可玛格丽特以前比我骑得好得多，我再没有见过比她更会骑马的女人了，比我好多了。本来骑马这事儿上，男人很难夸奖一个女人，可这是事实，不由我不夸她。”

“你给马达多家干过活儿，是吗？”

“是，干过。”

“怎么样？”

“苦活儿，那时活儿挺苦的。”

“大概现在还是一样，没变。”

“也可能变了一点儿，好一些了吧。其实，我从来就不喜欢跟牲口打交道。可我又只会这个。”

他继续吸着烟。

“我能问你点事儿吗？”约翰·格雷迪说。

“问吧。”

“你多大年纪结的婚？”

“我从来没有结过婚。从来没找到一个愿意嫁我的人。”

他瞅了瞅约翰·格雷迪，接着说：

“玛格丽特是我哥哥的女儿。他和他老婆都在 1918 年那场瘟疫中死了。”

“啊，我不知道这个。”

“她差不多完全记不得她父母，她那时还很小，大概五岁吧。你怎么没穿外套？”

“我没事，没关系。”

“那时我正在科罗拉多州的柯林斯堡。他们来人找我，我就把我的马托运了，跟他们一起搭火车回来了……你可别着凉了啊！”

“不，老爹，不会的，我不冷。”

“我倒有心找，可我总也没能找到一个对玛格丽特也合适的。”

“一个什么？”

“女人，一个女人。最后我也就死心了。也许，我这是干了一件错事，我说不清。后来玛格丽特主要是索珂洛拉扯大的。她后来西班牙话说得比索珂洛还好。她这一死，可让大家难过坏了。索珂洛差点活不成了，到现在还没缓过劲儿来，怕是永远也缓不过来了。”

“是，老爹。”

“大家对玛格丽特是百般呵护，千方百计地宠她惯她。可结果这孩子并没有给宠坏，真不知道她后来怎么出落得那么好。你大概会说这是个奇迹。我并没有什么功劳，老实对你说。”

“我明白，老爹。”

“你瞧。”老人向天上的月亮扬了扬头。

“什么？”

“一群鸟儿刚从月亮前面飞过去了，大概是天鹅。说不准。”

“我没看见，往哪边飞去了？”

“往北飞了，大概是往森林那边的沼泽飞去了。”

“哦，是了。”

“我以前特别喜欢夜里出去骑马。”

“我也是。”

“夜里，在荒原上能遇见好多奇怪的东西，马儿也能看见。马头一次看见有些东西会惊起来，以后它就不再受惊了，可你还是能感觉到它看见了东西。”

“什么东西？”

“我不知道。”

“你是说是鬼魂之类的东西？”

“不，我不知道是什么。你只知道它看见什么了，那些东西就在周围什么地方。”

“不是什么野兽吗？”

“不，是只有马才知道的什么东西。”

“而你不知道？”

“而我不知道的，是的。”

老人吸着烟，望着月亮。再没有鸟飞过来。停了一会儿，他又说：“我不是在说鬼魂什么的，我只是说情况就是那样的。我要是能明白就好了。”

“对，老爹。”

“有一天夜里，我在奥卡拉拉城外普莱特河边，裹着毯子睡在营地外面远处。那天就像今天一样，是个有月亮的晚上，刚刚打春，天很冷。我好像在睡梦里听见了什么东西，醒了过来，就听见周围都是很响的沙沙声。原来是上千只天鹅正往河那边飞去，它们飞到那边去寻找它们的欢乐。天鹅把月亮整个遮黑了。我想我们的牛可能要炸群，要被惊起来，到处狂奔了。我便起身走过去，站在牛群旁守着。还有几个年轻牛仔也起来了。我们都穿着睡衣睡裤站在那里守着牛群。四周还是那种沙沙低语声，那声音在天上，不很响，也不很大，很难想象我们就是被这声音吵醒的。我的马里有一匹叫布泽的夜行马。那时，布泽跑到我跟前，我觉得它也感觉到牛要炸群了。还好，牛群到底没乱。你遇上过牲口炸群的事儿吗？

“我遇上过一次。那是1885年，我们往阿比林赶牛的时候。我那时还是个小不点儿。我们搞得牲口炸了群，全是因为一个流浪汉。他跟着我们到了雷德河边，大家正准备在多安纳家铺子那儿渡河，到印第安人居住地去。他知道我们把牛赶到那儿已经够难的了，可还故意惹祸。后来我们抓住了那个坏蛋，我们知道是他干的，因为他身上有一股油烟味。那小子夜里钻过来，把只猫架在火上烧着以后，弄到了我们的牛群里。他是扔进去的。沃尔特·德弗罗当时正好值中班要完了，听见响声，回头一看，看见好像一颗流星从天上落下，然后就是一片牛的号叫。老天，牛群一下子就炸了窝。我们费了三天时间才勉强把牛群聚拢到一起。到我们再走的时候还差四十多头牛、两匹马。有的丢了，有的残了，还有的被偷了。”

“把那小子怎么样了？”

“哪个小子？”

“扔死猫的那个。”

“噢，我记不太清了，总归是没给他好受的。”

“活该。”

“人们真是什么都干得出来。”

“是，老爹，可是了。”

“你要活得再长一些，你就更知道了。”

“是，老爹。我已经知道了。”

约翰逊老爹没作声，他轻轻一弹，手中的烟屁股在黑暗中划了一个红色的弧线，跌落到院子里。

“那儿可别有什么会着火的东西。记得以前这儿总会有引火草什么的。”

“我刚才的意思不是说我什么都知道……”约翰·格雷迪解释说。

“我知道你不是那个意思。”

“我是想说，我但愿没有见过那些东西。”

“我知道，这世上常会有很痛心的教训的。”

“那最痛心的教训是什么？”

“我也说不清。失去的东西就永远没有了，再也回不来了，这大概就是最痛心的吧。”

“是的，老爹。”

他们继续坐着，过了一会儿，老人又开口了：“那是1917年3月，我五十岁生日后的第二天，我骑马到怀尔德泉边的老营房去了。在那儿看见五六个死狼挂在篱笆上。我沿着篱笆骑过去，用手划过那些死狼的身子，一个个看着它们的眼睛。一个为政府捕狼的人头一晚上买下了这些狼，它们大概是被用毒药毒死的。用的马钱子碱，还有别的什么药，就在萨克拉门托山那边。一个星期后那人又买了几只。从那以后我就再没有听说过这一带有狼出没了。这大概也是好事吧，狼是牲畜的克星嘛。可我觉得我总有点那个——你大概会叫作迷信吧。我很清楚自己是不信神的，可我总觉得有些东西会生，会死，但就是死了，魂灵还仍然在那儿。我不信你能把它的魂灵也毒死。三十多年了，我再也没有听见过一声狼嗥，也不知道到哪儿才能听到，大概是再也没有这样的地方了。”

约翰·格雷迪顺着马厩过道走回去，碰到比利正站在门口。

“老爹回去睡了吗？”

“嗯，回去了。”

“他干吗起来？”

“他说他睡不着。你怎么了？”

“也一样。你呢？”

“一样。”

“好像这儿有什么事儿似的，叫人睡不着觉。”

“说不清。”

“你们都说什么来着？”

“都是些闲事儿。”

“到底说了些什么？”

“大概就说了些什么牛群、飞着的天鹅和火上的野猫之类的事。”

“你还是不要老跟他泡那么久才好。”

“好吧。”

“你们俩都有点一样了，都神经兮兮的。”

“他没疯，比利。”

“也许。可还轮不到你来告诉我这个，你自己也不对劲儿了。”

"我去睡了。"

"晚安。"

"晚安。"

比利用西班牙语对管衣帽的女人说他要自己拿着帽子，便提着帽子跨上台阶走到酒吧前，又重新把帽子戴在头上。酒吧前围着几个墨西哥商人。他一边走过去，一边冲他们点点头。对方也敷衍地点点头。酒吧侍者在他面前铺下一张纸巾，问道："先生，要点什么？"

"老爷牌威士忌，外加一杯水。"

侍者走开了。比利掏出烟盒和打火机，放在吧台上。他朝吧台背后的大镜子里望去，看见后面有几个妓女斜倚在休息厅的沙发上，看上去就像刚从化装舞会上下来的一样。吧台侍者回来，端了一杯威士忌和一杯水，都放在吧台上。比利端起威士忌慢慢转圈子晃了晃，然后举起来喝下，接着一边伸手去拿香烟，一边向吧台侍者点点头说："再来一杯。"

吧台侍者拿着酒瓶走过来，又给他斟上。

"爱德华多在哪儿？"

"谁？"

"爱德华多。"

酒吧侍者一边倒酒一边想，然后摇摇头。

"你们老板。"比利说。

"老板不在。"

“他什么时候回来？”

“不知道，”侍者拿着酒瓶站着，“出什么事了？”他又问道。

比利从烟盒里弹出一支烟，叼在嘴上，伸手去拿打火机。

“没有，”他说，“没出什么事儿。我是要和他谈点生意。”

“什么生意？”

比利点上烟，把打火机放到烟盒上，往吧台嘘了一口烟，抬起头来说：“我觉得我们在这儿谈不会有什么结果吧？”

吧台侍者耸耸肩膀。

比利从衬衣口袋里掏出钱，放一张十元的在吧台上。

“这不是酒钱。”

吧台侍者朝另一头站着的商人们瞟了瞟，又望了望比利，说：“你知道我这份工作值多少吗？”

“什么？”

“我问你，知道买我这一份工作得花多少钱吗？”

“我还没听说过谁拿钱买工作的。”

“你在墨西哥做大生意吗？”

“不，不大。”

吧台侍者拿着酒瓶继续站着。比利又掏出钱来，抽出两张五元的票子，添在那十元上面。吧台侍者伸出手把钱划过去，装进他的口袋，这才说：

“一会儿，稍等。”

比利端起威士忌，晃了晃，一口喝尽，放下杯子用袖口抹了抹嘴。

他抬眼再往吧台后面的镜子里看时，发现那个妓院伙计蒂武西奥站在他的左手肘边，样子凶恶得像魔鬼一样。

“有事吗？先生。”那伙计问。

比利转过身，看着他：“你是爱德华多？”

“不是。你有什么事？”

“我要见爱德华多。”

“你见他有什么事？”

“我有事跟他谈。”

“那好，就跟我谈吧。”

比利转身找酒吧侍者，可那侍者已走开招呼别的客人去了。

“就是些私事，”比利说，“妈的！躲什么，我又不会伤他的。”

“那就好，”那伙计眉毛翘了翘说，“你有什么不高兴的事儿吗？”

“我有件生意，他也许有兴趣。”

“谁是管生意的人？”

“什么？”

“谁是管生意的人？”

“我，我就是管生意的人。”

蒂武西奥把比利仔细看了好久，才说道：“我知道你是做什么的。”

“你知道我是做什么的？”

“对。”

“那我是做什么的？你说。”

“你是个掮客。”

“那是什么意思？”

“你不懂西班牙话？”

“我懂西班牙话。”

“带上佣金来吧。”

比利掏出身上的钱摊在吧台上。

“我这儿有十八块钱，只有这么多，还没付酒钱呢。”

“你先付酒钱吧。”

“什么？”

“你付酒钱吧。”

比利留了五块钱在吧台上，把剩下的十三块钱和烟盒、打火机一起装到口袋里，站着等着。

“跟我来。”比利跟着他往外走。他们穿过大厅，从穿着华丽服装的妓女们面前经过，从头顶大吊灯投射下来的花花绿绿的光斑碎影下走过，又走过空荡荡的乐池，一直走到后面的一个门口。这门上蒙着玫瑰色的粗花呢，门上没有手柄，可那伙计不知怎么一下就打开了门。里面是一条两边是蓝色墙壁，头顶装着一盏蓝色电灯的走廊。伙计扶着门，比利跨了进去。伙计关好门，转过身，向里面走去，身后飘着一股呛鼻的香水麝香味。走到走廊的尽头，伙计在一扇有银箔浮雕的门前停下，举手轻轻叩了两下，然后转身，在小腹前握着手腕，等着。

门上传来一阵蜂鸣器的嗡嗡声，伙计立即推开门，回头说：“你在这儿等着。”比利在门外等着，一个独眼老女人顺走廊走了过来，在一扇门上敲了敲。当她看见比利，便在自己胸前画了个十字。门开了，老女人隐没在里面，门又关上，走廊又复归于空落，只有蓝色的灯光幽幽地亮着。

饰银的门再开时，伙计把手指往回勾了勾，示意比利进去。比利跨进门去，站住，然后脱下他的帽子。爱德华多坐在他的办公桌后，吸着一支细长的黑色雪茄。他侧着身子坐着，两只脚架在桌子下层一个打开的抽屉里，好像正在欣赏他那双锃亮的蜥蜴皮靴子。

“我能为你效劳吗？”他说道。

比利回头看了看伙计蒂武西奥，又转回来看着爱德华多。爱德华多把脚从抽屉里拿出，坐在转椅子里慢悠悠地左右晃动着。他穿一件黑色的西服，里面是一件领口敞开的淡绿色衬衫，一只胳膊支在面前桌子的玻璃台面上，手里擎着他的雪茄，看上去心里一点事儿也没有的样子。

“我来是向你提一件生意……”比利开口说。

爱德华多举起他手里的小雪茄，仔细端详了一会儿，然后又望着比利。

“……可能是一件你感兴趣的生意。”比利继续说。

爱德华多冷冷一笑，眼光越过比利，落在他身后的伙计蒂武西奥脸上，旋即又收回来落在比利脸上，

“哦？看上去我这就要交好运了，”他调侃道，“这很棒嘛！”

他慢吞吞地深深吸了口烟。他拿烟的手姿势很特别、俏皮：手向里弯成一个弧形，烟拿在掌心里，好像用手拱着什么看不

见的东西，习惯性地拱着。

“要是可以，我们单独谈谈好吗？”比利说。

爱德华多点了点头，伙计立刻退出，关上了门。他走了以后，爱德华多往椅背上一靠，又把椅子转过来，两只脚交叉起来搁在抽屉里，他抬起眼皮望着比利，等着。

“我想要做的，”比利开始说，“是想买你这儿的一个姑娘。”

“买？”爱德华多说。

“是的，先生。”

“你是什么意思，这个‘买’？”

“我给你钱，然后把姑娘带走。”

“那你认为这些姑娘都是被迫待在这里的？”

“我不知道她们是不是。”

“可你就是这么认为的！”

“我什么也没有认为。”

“你当然是这么认为的，不然，还说什么‘买’呢？”

“这我不知道。”

爱德华多噘着嘴唇，眼睛看着手里的雪茄头。

“你不知道？”他冷笑道。

“那么，你这是说：这些姑娘只要愿意，就有随时离开的自由吗？”

“问得好！是个好问题。”

“那么，你怎么回答呢？”

“我可以说她们的人身是自由的。”

"她们的什么？"

"她们的人身。她们的人身是自由的。可她们这儿自由不自由？"他说着，用手指指着太阳穴，"这，有谁说得清？"

"那要是她们谁要走，就可以走？"

"她们都是妓女，她们还能到哪儿去？"

"要是有谁要嫁人呢？"

爱德华多耸耸肩，眼睛瞧着比利，说："我问你……"

"问吧。"

"你是当事人还是代理人？"

"我是什么？"

"是你自己要买那个姑娘的？"

"是的。"

"你常来我们白湖吗？"

"来过一次。"

"你在哪儿认识这姑娘的？"

"在拉维纳达妓院。"

"你现在想娶她？"

比利没回答。

爱德华多深深吸了口烟，把烟气慢慢喷向自己的靴子。

"我看你是个代理人。"他断言。

"我不是什么代理人。我在新墨西哥奥罗格兰德的克罗斯佛斯牧场给马克·麦戈文干活儿。这你可以向任何人打听。"

"我看你到这不是为了自己。"

“我来这儿就是为了和你谈这桩交易。”

爱德华多吸了口烟。

“现金交易。”比利说。

“这姑娘有病，你的朋友知道吗？”

“你怎么知道我说的是哪个姑娘？”

“我知道，她叫玛格达莱娜。”

比利仔细看着他：“我刚才说了拉维纳达妓院，所以你才知道的。”

“这个姑娘不能离开这儿，也许你的那个朋友以为她能，可她不能的。可能她自己也以为她可以走，她太年轻无知了。好，我再问你。”

“什么？”

“你的朋友是吃了什么药了，怎么会真的爱上窑姐儿了？”

“我不知道。”

“他以为她不是个妓女？”

“这我没法说。”

“你不能开导开导他？”

“没法子。”

“她骨子里就是个妓女，这我了解。”

“我希望你是真了解。”

“你那个朋友很有钱？”

“不。”

“那他能给这个姑娘什么呢，她为什么要跟他走？”

“不知道，我想他认为姑娘也爱他吧。”

“老天！”爱德华多叹道，“你信这样的事儿？”

“天晓得。”

“你相信会有这样的事儿？”

“不信，不会。”

“那你打算怎么办？”

“不知道，你要我对他怎么说？”

“没什么要对他说的。他酒喝得很多，是吗？”

“不，不怎么。”

“我这是在想法儿帮你呢。”

比利拿帽子轻轻拍着大腿。他瞅瞅爱德华多，又环顾这间办公室：远处墙角里是一个小酒吧，一张白色沙发，一张玻璃台面的咖啡台。

“你不信我。”爱德华多道。

“我不信你没在这姑娘身上下本钱。”

“我这么说了吗？”

“我想你说了。”

“她是欠我一笔钱，是预付的服装费，还有首饰之类的。”

“一共是多少钱？”

“我问你付钱的事了吗？”

“不知道。我想我既然来了，就会有这个问题。”

“你以为我是个人贩子？”

“我没这么说。”

“可你心里就是这么想的！”

“你要我怎么对他说？”

“说什么又有什么关系？”

“我觉得对他还是有点用的。”

“你的朋友鬼迷心窍了，你对他说什么都没用。他脑子里编好了美妙的故事：将来他会如何，他会很幸福的，等等。可他知道这个故事错在哪里吗？”

“你说说看。”

“错就错在它是个不能实现的故事。男人们在心里总有一个未来会怎么样的幻想，他们未来会是怎么样、怎么样的。是的，未来的事可能是各种各样的，可恰恰绝不是他们梦想的那样。你相信吗？”

比利戴上帽子，起身说：“好了，我谢谢你花了这么多时间。”

“不用谢。”

比利转身要走。“你还没有回答我的问题。”爱德华多说。

比利转过身来，瞧着妓院老板，瞧着他手里灵巧地捧着的雪茄，他华丽的靴子，还有没有窗户的屋子，以及屋子里像是专门搬进来迎接他来访的家具。他开口道：“我想我也算是回答了你吧，我只是不想明白说出来。”

“为什么？”

“那就有点背叛朋友了。”

“说真话怎么能算背叛呢？”

“有时也算。不管怎么样，总还是有人能达到他们自己的目的的。”

“没有人能！最多就是刚达到一会儿，接着又再失去。或者当梦想实现了的时候，他们却发现那其实并不是他们真正需要的东西。”

“哦。”

“你相信我的话了吧？”

“我说……”

“说吧。”

“让我慢慢想想吧。”

爱德华多点点头。“送客人走。”他唤道。门无声无息地开了，蒂武西奥站在门口等候着。比利又转身往回看：“你也还没有回答我的问题。”

“没有？”

“没有。”

“那你再问吧。”

“不问了，我倒想问另外一个问题。”

“行。”

“他会惹上麻烦，是吗？”

爱德华多阴险地笑了笑，把一口烟喷过玻璃桌面说：“这还用得着问吗？”

比利回到家里已经很晚了。厨房里的灯还亮着。他在车里又坐了一会儿才把引擎关掉，钥匙就留在点火插孔里，下了车穿过院子向大屋走去。索珂洛已经睡觉了。火炉上的保温箱里留着玉米饼和一盘青豆加土豆，还有两块炸鸡。他把盘子端到桌子上，回头从洗碗机里取了刀叉，又拿下杯子，倒了咖啡，把咖啡壶坐到煤火微红的火炉上，然后端着咖啡到桌子边，坐下来吃饭。吃完饭，他把空盘子端回去放进水槽，打开冰箱，弯着身子在里面找甜食吃。最后找到一盆布丁，就拿了出来，端到碗柜边取下一个小碟，舀满一碟布丁，再把布丁盆放回冰箱，又倒了些咖啡，才坐下一边吃布丁，一边看奥伦留下的报纸。

走廊里的座钟滴答滴答地走着。冷却中的火炉发出轻微的噼啪声。约翰·格雷迪进来，到火炉边倒了一杯咖啡，端到桌边坐下，把头上的帽子往后推了推。

“你已经起来准备干活儿了？”比利问。

“还没睡呢，干什么活儿？”

“什么时间了？”

“不知道。”

比利啜着咖啡，伸手到口袋里掏他的烟盒。

“刚回来？”约翰·格雷迪探问。

“嗯。”

“我猜回答……是‘不行’吧？”

“你猜对了，兄弟。”

“哦。”

“你也估摸着会是这样，是吧？”

“嗯。你说要给他钱的事了吗？”

“哼,整个儿说,这次去还是有点收获。”比利不愿正面回答。

“他怎么说来着？”

比利点上一支香烟，把打火机放到烟盒上。

“他说她不愿意离开他那儿。”

“这可是胡说。”

“也许吧。可他说她不会离开。”

“不，她会的。”

比利轻轻地把烟嘘过桌面。约翰 · 格雷迪盯着他，说 :

“你认定我是发昏了，是不是？”

“你清楚我是怎么想的。”

“嗬，你！”

“你干吗不好好看看你自己，看看这事儿已经把你搞成什么样儿了？还说什么要卖了你的马！这种故事我们听得太多了 :就为一丁点事儿昏了头了。而你这事儿更是一点点值得的地方都没有！”

“在你眼里大概是吧。”

“对，我是这样看，所有的人也都这样看。”

他向前俯着身子,开始一个一个伸开拿着烟的手指头说:“她不是美国人 ; 她没有公民身份 ; 她也不能说英语 ; 她还在妓院里干活儿……别急，听我说完！最后，也是最要紧的。”他竖起大拇指 :“她还归妓院老板那狗娘养的管着。我敢打包票，你要是跟他捣乱，他会要了你的命，叫你死无葬身之地！兄弟，难道他妈的在我们河这边就再没有好姑娘了吗？”

“没有跟她一样的。”

“你要这么说，我也没话说了。”

比利说着，使劲把烟头摁灭了：“好了，要跟你说的话我都说了，我现在睡觉去了。”

“好吧。”

“我认为你是发疯了吗？”比利往后推开椅子站了起来，他站着又说道，“不，你比疯了还糟糕！如果你这才算是疯了的话，那些关在疯人院里，吃饭也得从门下递进去的可怜虫们，倒应该都放了出去，因为他们还比你正常得多。”

他说着，把烟盒和打火机装回衬衣口袋，端起杯子和碗走到水槽边放进去，然后走到门口又停住，回头说：“明天早晨见。”

“比利？”

“嗯？”

“谢谢你！我感谢你的帮助。”

“哼！我如果说不用谢，倒不是真话了。”

“我明白，不管怎么，我感谢你。”

“你打算要卖了那匹小公马吗？”

“我还不知道，可能吧。”

“也许沃尔芬巴杰会买它。”

“我也这么想。”

“该是了。好吧，明天早晨见。”

约翰·格雷迪看着比利穿过院子向马厩走去。他靠近窗户，用袖子抹掉窗玻璃上的水珠，向外望着。他看着比利走着，投在院子里的身影越来越短，直到他从马厩大门顶上的黄色电灯下穿过，跨进黑暗的马厩，消失不见。

约翰·格雷迪松开手让窗帘落下。他盯着面前的空杯子，木然坐着。杯底上还有点咖啡，他端起来晃了晃，看着，接着又向反方向晃悠，像是要把它恢复到先前的样子一样。

他背着河站在杨柳树丛里，望着大路和小路上的车辆。路上没有几辆汽车，车开过去后，扬起的尘土久久地悬在干热的空气里。他下到河边，盘腿坐下，望着混浊的河水在眼前流过。他扔一块石头到河里，接着又扔了一块，然后转身又望着大路。

一辆出租车开过来，在大路拐弯分叉的地方停下，往后退了退，掉头颠颠簸簸地开上满是车辙的泥泞道路，向这边开过来，开到一片空地上停住了。玛格达莱娜从车的那头下了车，给司机付了钱，跟他说了几句话，司机点点头，她便离开车向他走来。出租汽车司机换了挡，转身一只胳膊搭在椅背上，向后倒车，掉头，向河里望了望，接着把车开到大路上，向城里开回去了。

他迎上前去一把握住姑娘的手，说："我一直担心你不来了呢。"

她没有回答，只是把身子倚到他胸前。她乌黑的头发散落到肩上，他可以闻见她头上香皂的清香，感触到她衣服下面鲜活的身躯。

"你爱我吗？"他急切地问。

"爱，我爱你。"

他坐到一截白杨树木桩上，看着她跳进底上满是碎石的水潭。她衣服高高地卷起露出晒黑的双腿，转回身子朝他微笑。他也努力地想以笑回报，可喉咙里一阵抽搐，连忙掉开眼睛望着别处。

姑娘坐到他身旁的木桩上。他用双手捧起姑娘的脚，用自己的手帕一只只地擦干，然后替她穿上鞋，扣好鞋上的小扣子。她依偎着他，头靠在他肩上。他便亲吻她，用手上上下下抚摸她的头发、脸颊和胸脯，就好像一个瞎子一样。

"你答应我吧！"他喃喃道。

姑娘攫住他的一只手，纵情地热吻着，然后按在自己的心房上。她说她是他的人了，她愿做他说的一切事，哪怕是死了也心甘。她告诉他：她是贾帕斯州人，十三岁时就被卖进妓院抵赌债。她没有父母。在别普拉的时候她逃跑了，进了一个妇女庇护所，可第二天早晨那个妓院龟头就出现在庇护所的台阶上，在光天化日之下使了点钱，买通了那里的管事嬷嬷，又把她带了回来。

这个龟头剥光了她的衣服，用车内胎做的皮鞭抽打她，然后抱起她来，对她说他爱她。她又一次逃跑了，逃到了警察局。在那里，三个警察把她弄到一间地下室里，就在地上一张肮脏的床垫上轮奸了她。完事后，又把她卖给了别的警察。然后又被这些警察以几个比索、几盒香烟换给了监狱里的犯人。最后犯人们又把那个龟头找来，把她又卖给了他。

那龟头用拳头打她，把她的头使劲往墙上撞，把她打倒在地下，用脚又踢又踹，还说如果她再跑就杀了她。她静静地闭住双眼，伸出脖子要他杀。那龟头气得暴跳如雷，一把抓住她的胳膊把她提了起来，只听到噼啪一声，像一截干木柴一样，她的胳膊就断了。她痛得尖声大叫，气喘得几乎昏过去。

“噢，噢……”她失声哭叫道，“你要干什么啊！”

后来，那胳膊算是找了一个串乡郎中接上了，可再也伸不直了。她给约翰·格雷迪看了这只胳膊：“你看，就成这样儿了。”那家妓院叫拉·伊斯派兰扎。在那里，后来人们总能看到一个穿着杂色长袍，脸抹得花花绿绿的，胳膊吊在绷带里的小女孩，她总在悄悄地独自饮泣，要不就为不到两块钱默默无言地跟着男人到后面一间屋子里去卖身。这就是她。

他佝偻着身子，双手搂着她，听着，眼里一直默默地流着泪。他抬起手堵住她的嘴，可她用手拿开它。“我还没说完。”她说。

“不，不要再说下去了！……”

她还想说下去，但他又把手堵在她嘴唇上，他说他现在只想知道一件事。

“你尽管说吧。”她说。

“你愿意嫁给我吗？”

“哦！亲爱的，”她说，“愿意，愿意，我愿意嫁给你！”

约翰·格雷迪走进厨房时，奥伦、特洛伊和杰西正在桌边坐着。他朝大家点点头，径直走到炉边，端了早餐和咖啡来到桌边。特洛伊移移椅子给他让了点地方，说：“小伙子，你这么辛苦地泡女朋友，不会累垮吧？”

“扯淡！”杰西道，“你想跟他比一比吗？别想！”

“我跟克劳福德说了你的马的事了。”奥伦插话说。

“他怎么说？”

“他说如果你能接受他的数儿，他大概就能给你找到一个买主。”

“还是原来的数儿？”

“原来的数儿。”

“那我想不行。”

“他也可能再添点儿，但不会很多了。”

约翰·格雷迪点点头，埋头吃饭。

“你要上拍卖会也许会卖得好点儿。”

“拍卖会还得三个礼拜呢。”

“两个礼拜。”

“告诉他，325 块我就卖了。”

杰西站起身，把他的盘子端到水槽里。奥伦点上一支烟。

“你什么时候再见他？”约翰·格雷迪问。

“你要的话，我今天就跟他谈。”

“行。”

他又埋头吃饭。特洛伊也站起身，把杯盘拿到水槽那边，然后和杰西一起出去了。约翰·格雷迪用最后一口薄饼擦净盘子吃了下去，然后往后挪挪椅子，站起身来。

“每天就这几分钟的早饭时间，倒要让你跟大伙儿都闹冲突了。”奥伦说。

“我得找老头儿说几句话。”

他把杯盘拿到水槽里，把手在裤子两边抹了抹，穿过屋子走进了过道。在办公室的门框上他敲了敲，伸头往里看了看，见屋里没人，便向过道里面走去。走到马克卧室，敲了敲开着的门。马克脖子上搭着毛巾，头上戴着浴帽从浴室里出来。

“早上好，孩子。”他说。

“早上好，先生。不知道能不能和您说几句话？”

“进来吧。”

说着，他把毛巾搭到椅背上，走到老式衣橱前，从里面取出一件衬衣，开始解上面的扣子。约翰 · 格雷迪还在门口站着。

“快进来吧！”马克说，“把帽子也戴上吧。”

“是，先生。”约翰·格雷迪几步跨进屋子，戴上帽子，又站着。他迎面的墙上挂着几幅装在画框里的马。梳妆台上有一个漂亮的银相框，里面嵌着玛格丽特的照片。

马克穿上衬衣一边站着系纽扣，一边说：“坐吧，孩子。”

“我站着就行了。”

“坐下吧，你好像满肚子心事似的。”

床的那头是一张沉甸甸的黑皮橡木椅子，椅子一边扶手上搭着马克散乱的衣物，约翰走过去坐到上面，把胳膊支在另一边扶手上。马克拉平衬衣，把前摆塞进裤子，系上裤扣，扎好皮带，从梳妆台上拿回他的钥匙、零钱和钱包装起来，然后拎着袜子走到床边坐下，开始穿袜子。

“看来，”他开口道，“这个说话机会很难得啊！”

约翰·格雷迪又想伸手摘下头上的帽子，半道又放下手搁在腿上。接着便两肘支在膝上，向前俯着身子坐着。

“就快说吧！就当是大热天见了凉水塘，就往里跳吧！”马克开玩笑地说。

“是，先生……是这样的：我打算结婚。”

马克穿了一半的袜子，停住了，接着又动手穿好，然后拿起靴子。

“要结婚！”他念道。

“是，先生。”

“好啊！”

“我打算结婚，可我想着一件事，就是你要觉得可以，我想把我那匹马卖了。”

马克穿上手里的一只靴子，提起另外一只，拿在手里坐着。

“孩子，”他说，“男人想结婚，我理解。我结婚的时候还差两个月才二十岁呢，也就那么相互扶持着长大了。我那时的日子大概比你好一点儿。可你，你觉得你有钱结婚吗？”

“我不知道，我想卖了马大概就可以了吧。”

“你盘算这事儿有多久了？”

“有一阵子了。”

“你这也不是不得不结婚，是吧？”

“是，不是那个情况。”

“那，你干吗不稍微拖一拖，看看这事儿能不能长？”

“我的确没法儿拖。”

“我不懂你的意思。”

“因为我有些麻烦。”

“是吗？我倒有时间听听，如果你愿意告诉我的话。”

“好，先生。就是，首先，她是个墨西哥人。”

“这个问题不算大，我知道。”马克点点头，他说着，把靴子穿上。

“可把她弄到这边来就是件事儿。”

马克把脚放到地下，手搭在膝上，抬眼瞅着小伙子。

“到这边来？”他询问。

“是，先生。”

“你是说从界河那边弄过来？”

“是的，先生。”

“就是说，她是个在墨西哥那边的墨西哥姑娘？”

“是，先生。”

“麻烦！孩子。”

他往屋子里望了望，早晨的太阳刚刚从马厩后面升起来。他望望窗户上的白色织花窗帘，又回头看看面前僵坐在椅子上的小伙子。“这，”他开口道，“是有点麻烦。不过，还不算最坏。她多大了？”

“十六岁。”

马克咬着下嘴唇坐着：“这又麻烦一点儿了，是不是？她说英语吗？”

“不，先生。”

“一点儿也不会？”

“不会，先生。”

马克轻轻摇摇头。从屋外传来路边牛叫的哞哞声。马克望着约翰·格雷迪，道：“孩子，这事儿你好好想过吗？”

“是，先生，我的确好好想过。”

“那我猜，你大概是已经下了决心了？”

“是的，先生。”

“没下决心你也不会到我这儿来的，是吧？”

“是，先生。”

“那你们打算住在哪儿？”

“这个，先生，正是我想跟您说的。我想着，要是您觉得可以，我就想着能不能把贝尔泉那间旧房修一修来住。”

“嗬！那破房子连屋顶都没了，不是吗？”

“差不多没了。不过，我看过的，大概可以修好。”

“可得花些功夫。”

“我能把它修好。”

“也许你能，也许。可你钱从哪儿来？我没法给你加工钱，你知道的。”

“我不要求加工钱。”

“不然，我就得给比利和杰西也加工钱，哦，大概还有奥伦。”

“我明白，先生。”

马克两手交叉着指头坐着。

“孩子，我觉得你该等一等。不过，你要是已下了决心，那你就办吧！我会尽力帮助你的。”

“谢谢您，先生。”

马克手搭在膝上站起身来，约翰·格雷迪也起身。马克摇摇头，半露着笑容，望着小伙子说：“她漂亮吗？”

“是，先生。很漂亮。”

“我估摸着也是。带她来这儿吧，给我看看。”

“好的，先生。”

“你说她不会说英语？”

“不会，先生。”

“不好。”他又摇摇头。“好了，”他接着又说，“去吧，你可以走人了。”

“是，先生。”

他穿过屋子走到门口，又转回头来：“谢谢你，先生。”

“行了，走吧。”

他和比利骑马往锡德泉去放牛。他们上到坡顶，又从山沟里下来，把牛群赶散到下面低地四处。在那里，他们用绳索圈套有毛病的牛。他们用套索一头套住牛头，一头套住牛后腿，两头一拉，把小牛扯倒在地，然后让自己的马紧紧拉住套绳，他们则把狂叫的牛按倒在地上，打上记号，治好伤病。几头刚出生的小牛犊被拉倒在地上，有的肚脐中已生了蛆，他们便用无敌牌杀虫水洗擦消毒，用棉签把死蛆掏出来，再消毒后，再把它们放开。

向晚时，他们到了贝尔泉，约翰·格雷迪下马了，他把马交给比利去饮水，自己便穿过长满野草的洼地，走到那座破旧的土房子前，推开门走了进去。

他静静地站着，一抹夕阳从墙上的窗框投射进来。地上积满了尘土，到处都是破砖、碎瓦、破布、空罐头盒。还有一个个锥形的小泥柱在地上竖着，像旧时白蚁打的土堆一样。这是从泥屋顶上渗下来的雨水一滴滴滴下来，日久天长形成的。屋角里是一张空铁床架子，弹簧上散乱钉着空啤酒罐。后墙上挂着一张 1928 年克莱·罗宾逊公司的年历，上面是一个夜间放牧的牛仔，站在一轮正在冉冉升起的圆月前。他走到屋子中间，一股尘土立刻升腾起来，在阳光中飞舞。他继续走，穿过没有门的门框，走进另一间屋子。对面墙下是一个双火眼的木柴炉子，原先的烟囱已锈坏成碎片，堆在炉子后面。两个咖啡盒钉在墙上，还一个在地上躺着。地上还有几罐家制的腌青豆、西红柿和几罐沙士酱，以及碎玻璃片和一张战前的旧报纸。厨房门边墙上挂着一件已经朽烂的费西牌雨衣，还有几件破旧的马具皮件。

他转过身来，发现比利站在门口，注视着他。

“这就是你的蜜月洞房？”

“就是吧，你都看见了。”

比利倚着门框，从口袋里掏出香烟，用嘴叼出一支点上。

“你这儿就差地上再有一匹死驴了！”

约翰·格雷迪走到门口，从那里向外张望着。

“你能把汽车开到这儿？”

“我想我们大概可以从这一边开上来。”

“少扯我，什么‘我们’！谁是‘我们’？你怀里还掖着什么别的鬼花样？”

约翰·格雷迪笑了笑，没说话。从厨房门看出去，西沉的夕阳正挂在亚瑞拉斯山光裸的悬崖上。他把门关上，回头望了比利一眼，走到火炉边，打开一个铁炉盖，往火眼里看了看，又把盖子盖上。

“我也许不对，”比利说，“可是人们一旦习惯了电灯和自来水，要他们再过原先的生活就太难太难了。”

“可总得从现有的东西开始啊！”

“就让她在这上面做饭？”

约翰·格雷迪微笑了。他擦过比利身边往另一个屋子走，比利在门道里挺直身子给他让路，眼睛随着他走过去。

“但愿她是个乡下出生的姑娘。”他说。

“我们从这后面下去，看看那条旧路成什么样子了。好吗？”

“怎么都可以，可我们回家就要迟了。”

约翰·格雷迪站在门道里朝外望着。

“这倒是，”他说，“那行，我星期天再上来看吧。”

比利望着他，走出门道站到屋子中间。

“那就这么办吧，”他说，“不管怎么，我们现在都得摸黑回去了。”

“比利！”

“嗯？”

“其实，你知道：你就做你的事，甭管别人怎么想，怎么说。”

“是的，我早知道。”

“瞧，那边的景色多好啊！是吧！”

他说着，望着远处小溪边的马。两匹身影朦胧的马站在水里，不停地踏着步。它们的头向屋子这边高高昂起，身后是一棵棵白杨、远山和一抹血红的夕阳。

“你觉得我以后会好起来，变得稳当一些吗？”

“不，我不指望。我以前以为你会，可我现在不再这么想了。”

“我搞得太过了，是不是？”

“不光是这，你这个人就够戗。多数人有时也会出点格，可过一段时间自己就慢慢知道了，清醒了。可你不是。你真是越来越叫我想起我弟弟博伊德了：你越不让他干的事，他越要干。结果，你如果想叫他干一件事，唯一的办法就是告诉他‘别干这个’。”

“我记得，以前从山上的水泉到这屋子有一条水管子。”

“是。你现在也还可以再铺一条嘛！”

“对。”

“我想那水还是好的，这儿上面再没有什么人家了。”

比利踱到院子里，深深地吸了口烟，站在那里看着外面的马。

约翰·格雷迪把门拉上，比利看了看他，道：“你还没有告诉我马克怎么说的。”

“他没多说什么。他是太客气了，就是认为我发昏，也不会说的。”

“要是他知道她是白湖妓院的，他会怎么说？”

“我不知道。”

“哼，你不知道！”

“你要不说，他不会知道的。”

“我想过这事儿。”

“怎么？”

“他会气死的。”

比利往院子里弹着烟灰，天已经暗了，烟灰在昏暗中划出一道道红光，一道又一道。

“我们该走了。”他说。

约翰·格雷迪没把他的马卖给沃尔芬巴杰。星期六那天，麦戈文家的两个朋友到牧场上来了。约翰·格雷迪准备好鞍子把马拉出来的时候，他们正靠在卡车挡板上抽烟聊天，他们见了马都直起身子来看。约翰·格雷迪向他们点点头，牵着马向驯马围栏走去。

马克从厨房出来，向那两人点头打招呼：“早上好。”

他穿过院子走过来。克劳福德把他介绍给另一个人，然后二人一起向围栏走去。

“那像是查维斯先生以前骑过的那匹马！”那人叫道。

“据我所知，这一点儿关系也没有。”

“那匹马的事倒挺有意思的。”

“的确是。”

“你真相信一匹马会为死了主人而伤心吗？”

“不信。你信？”

“我也不信。不过传说的那事儿倒也的确挺新鲜的。”

“的确。”

那人绕着约翰·格雷迪拉着的马走了一圈。他伸手摸了摸马前腿的背后，又看了看马的眼睛，然后他背靠着马身，抬起马的一条后腿，又放了下来。他既没有察看马蹄子，也没有望望马嘴里。

“你说这马是三岁口？”

“是，先生。”

“骑上走走看。”

约翰·格雷迪骑着马前前后后走着，又转过马身往后倒退，然后绕着围栏信马由缰慢跑。别的人站着瞧着。

“小伙子为什么要卖这马呢？”

马克没吭声。大家继续瞧着马。过了一会儿他才说：“他就是需要用钱。马是好马。”

“你看怎么样，久涅？”

“你可别问我。我说了，马克可要不乐意了。”

“这又不是我的马！”马克道。

“说说你看怎么样？”

克劳福德吐了口唾沫，说：“看上去是匹漂亮马。”

“他打算怎么卖？”

“就他要的那价儿。”

“我也许能出到 250 块。”

马克摇摇头。

“是他的马，还是你的马啊？”那人不满地问。

“没错，”马克点点头说，“是他的。可要是他 250 就卖，那我就把他解雇了。我这儿不留任何笨蛋，不愿他们在我这儿上当、吃亏。”

那人用脚踢着地上的泥土。他瞅瞅克劳福德，仔细看着那马，又回头看着马克：

“他 300 块钱卖吗？”

“你愿出 300？”

“是，先生。”

“约翰·格雷迪！”马克喊他。

“什么，先生？”

“你把马卸了鞍子，牵过来。这马卖给他了。”

“是，先生。”约翰·格雷迪应道。

那天夜里他回来的时候，奥伦和特洛伊还坐在桌边喝咖啡。他从保温箱里端上饭，倒了杯咖啡，过来和他们坐到一起。

“听说你就要没马骑了！”奥伦对他说。

“差不多吧。”

“你总算明白那匹混账马太野了，没法成一匹好马了吧？”

“不是那个。就是因为我要用钱。”

“马克说那买主连骑也没骑一下那马。”

“是，他没骑。”

“许是他事先听到了那疯马的坏名声。”

“也许。”

“他要不满意，还会来找麻烦的。”

“也许吧。”

大家看着他吃饭。

“这小子认为马都是明白的，而发昏的却总是人。”特洛伊说。

“也许有道理。”

“你们这么说，许是因为你们和我见过的马不一样。”

“也许是别人见过的人不一样。”

“说不清，”特洛伊说，“我的确见过一些很怪的人。”

“你们相处得不容易吧？”

约翰·格雷迪抬起头，脸上笑着。奥伦正从烟盒里叼出一支烟。

“所有的马多少都是有点疯狂的。要说它们好的话，是因为它们就总是那副狂样子，并不藏着掖着什么。”

说着，他手伸下去，在椅子底上划着一根火柴，点上烟，又把火柴弄熄，放到烟灰缸里。

“你为什么认为它们都是疯的？”约翰·格雷迪问他。

“你是问我怎么知道的，还是问它们怎么疯了？”

“我问它们怎么疯了？”

“它们天生就是那样的。每匹马都有两个脑子，因为它两只眼睛看见的东西是不一样的，一边的眼睛只看一边的东西。”

“那鱼也是这样的。”特洛伊说。

“对，你说得对。”

“那鱼也有两个脑子了？”

“这我不知道。要说，我连鱼到底有没有脑子还不知道呢。”

“可能鱼不够聪明，所以不会发疯发狂吧。”

“我看你说得不错。马可一点儿都不蠢呢！”

“它们够蠢的了，连躲阴凉都不知道。可心眼笨的牛都会。”

“鱼也会，还有蛇也会。”

“你觉得蛇比鱼笨吗？”

“这我怎么知道，天晓得有谁知道。我看它们都是一样笨。”

“别生气，我可没想惹你。”

“我没生气。”

“那好，往下讲你的故事吧。”

“这不是故事，只是对马的一些看法罢了。”

“哪些看法呢？”

“我不知道，我忘了。”

“得了，你没忘。”

“你刚才正在讲马有两个脑子的事。”约翰·格雷迪插嘴道。

奥伦吸了口烟，看了约翰·格雷迪一眼，直起身往烟灰缸里弹了弹烟灰，说：“马是一种与许多人想象完全不同的动物，这就是我刚才说的意思。好多人因为无知而对马的看法不对，实际上是把左半边马和右半边马混在一起了。比方说，你在这边给马备好了鞍子，然后却绕到马的另一边去踩镫上马，好了，谁都明白这会有什么结果。”

“那还用说，肯定闹个人仰马翻！”

“没错，因为那半边的马连见都没见过你嘛。”

奥伦一边说，一边比画：忽地抬起两肘，吃惊地把一边身子猛往回一缩。“‘混蛋，’”他学着马的样子说，“‘这是谁呀！’”

约翰·格雷迪拿起杯子喝了一口又放到桌上，特洛伊被逗笑了。

“也可能不过是马不习惯人从另一边上来吧？”他说。

“说得对。可问题是，如果骑手事先让那半边马看见他，和它商量好，它还是会让你从它那边上来的。”

“依我看，要是左右两半马互相连话都不通，那麻烦就大了。那整个儿马都没法向同一个方向起步了。我说得对吧？”

奥伦吸着烟，望了特洛伊一眼，说：“对于马的脑子，我不是行家。我只是说说我这个牛仔自己的经验。一匹马是分成两边的，这就是我的经验。你做什么都要总在它的同一边做，别管另一边。”

“嗯，我认识有些人就是这么做的，好多个。”

“对，有些人是。可我觉得这是他们有意养成的习惯。马原本两边还是一样的。”

“你认为不可能把马的两边都训练得完全一样？”

“你可问倒我了。”

“怎么会，这是个很自然的问题嘛。”

“也可能吧，也许。不过很难，大概必须有两个一模一样的人才行。”

“那，要是一对双胞胎兄弟该就行了吧？”

“从道理上说，也许就能行了。我不知道。可你那么做，要干什么呢？”

“那我就会有一匹两边平衡的马了。”

“不，你还是不会有。你只不过有一匹觉得世上有两个你的马。想一想，要是有一天，它看见你们双胞胎兄弟都在它的同一边，怎么办？”

“那，它大概会想着我们这是四胞胎了吧。”

“不，”奥伦摁灭他的烟头，断言，“它的想法还是和所有其他的马一样的。”

“什么想法？”

“它会想：你真是个呆头呆脑的大傻瓜！”

说着，他往后推开椅子，站了起来。“好了，明天早上见。”

厨房门在他身后关上了，特洛伊头摇摇，说：“我们的老奥伦越来越糊涂了。”

约翰·格雷迪笑了笑，把面前的空盘子推到桌子当中，往后靠着椅背坐着。隔着窗户可以看见奥伦，他正了正帽子，正顺着车道向他和他的猫所住的小屋子走去。奥伦以前并不是个牛仔。他在北墨西哥做过矿工，在二战和墨西哥革命中打过仗，又在帕米亚盆地油田做过杂工，还在几个不同国籍的海轮上当过水手。这当中，他还结过一次婚。所有这些，现在对奥伦来说，都总勾起无穷的伤感，从而不堪回首了。

约翰·格雷迪喝尽杯底的剩咖啡，把杯子放到桌上。“奥伦没事，他挺好的。”他说。

第三章

约翰·格雷迪骑着马到山沟里去巡察牛群。当马走到沟顶上时，他闻到了点什么气味，他的马也好像早就闻到这气味了。这是一股腐烂尸体的气味，正随着傍晚渐凉的气流弥漫过来。他勒住马，在鞍子上转过身子用鼻子仔细嗅着，可那气味又消失了。他拨转马头，催马往下面一条很窄的牛道走去。坐下的马眼睛盯着前面向矮树丛四散开去的牛群，耳朵支棱着，转动着，踌躇不前。

“走吧，马上你就知道该干什么了。”他对马说。

往山沟的下头走了大约百来米，又闻到那气味了。他便勒住了马。马站住，等着。

“你该给我找到这头死牛了，能吗？”他问。

马驻足不前。他又催动它往前走。那马不管远处的牛群，步伐不变地走着。往下大约半英里路左右，他勒住马，又用鼻子四下嗅着，接着拨转马头，又回头向来路上骑回去。

他前后仔细寻找，终于在薄暮时分又闻到一股强烈刺鼻的恶臭。他跳下马，马上看见地上一具生满了苍蝇蛆的小牛尸体。这是一头刚生下来的牛犊，不知怎么给拖到这里这块开阔地的蒺藜丛中来了。这里有两个星期没下雨了，旁边沙砾地上小牛拖过的痕迹很清楚。他顺着痕迹往回走，想找到有泥土或细沙的地方，看看有什么脚印留下来。可什么也没找到。他又走回来，拾起缰绳，跳上马背，往四周张望一下，记住了这块地方，便策马回头往沟下面走去。

他和比利站在死小牛跟前。比利顺着地上蹭出来的拖痕往前走了几步，站住往远处看了一阵。

“你往这边走了多远？”他问。

“没多远。”

“这家伙一定很有蛮劲的，不然拖不动这么重的小牛。”

“你说是只山狮？”

“不会。山狮会把猎物藏起来，至少要想办法盖一盖的。”

他们又上马，跟着地上的印记往前骑。印记在一块硬地上不见了，然后又出现了。比利一会儿仰起头，一会儿俯下身，从不同的光线角度看着地面，一边跟着地上的印记走过沙石路，一边说：“拖过小牛的地方总多少有点不一样的。”约翰·格雷迪后来也学会看了。天气很凉快，又是早晨，两匹马走得很有劲，神采奕奕，无忧无虑的。

“我们这样，就像是护林人吧？”比利说。

“可能吧。”

“或是像侦探？”

“私家侦探！”

走到一块开阔的地方，一块石头上满是血迹，已经晒成黑色了。看来，那小牛是被从牛群中截了出来，在这儿被弄死的。比利跳下马，走了过去。

“这不像是土狼干的吧？”约翰·格雷迪说。

“不会是。”

“那是什么呢？”

“我想我知道了。”

“是什么？”

“狗。”

“狗？”

“对。”

“我从来没在这儿见过什么野狗。”

“我也没见过，可这里是有野狗。”

接下来的几天里，他们又发现了两头死了的小牛。他们骑马去锡达泉草场，穿过草场下面的冲积地，到处查访。他们还查看了周围山崖边的捕兽阱，又去过向东延伸到旧矿场那里的平顶山。他们看到过狗的踪迹，但并没有看到什么野狗。到了周末，他们又发现了一头刚被咬死的小牛，死了还不到一天。

回到牧场，比利在储藏室的架子上找到几个双簧捕兽夹，是奥涅达牌的，很旧了。他拿下来，用热水洗了，又打了蜡。第二天便带了三个埋在了那头小死牛的周围。第二天破晓前，他们骑马去看设下的夹子。到了小死牛那儿，却看到夹子全给拖了出来，扔在地上，有一个连弹簧也还没跳起来。而旁边的小死牛被吃得也就差不多只剩一张皮和骨头了。

“我不信野狗有这么能干！”

“我也不信，它们大概也不信我们有这么蠢吧！”

“你以前夹住过野狗吗？”

“没有。”

“那现在该怎么办？”

比利拾起还没跳簧的那只夹子，大拇指从角铁后面伸进去压动扳机，弹簧跳起来，夹子“啪”的一下打了下来，发出一声钝钝的金属撞击声，在早晨的寂静中嗡嗡作响。他剪了几段铁丝把几个夹子从环子上穿到一起，挂在马鞍的突柱上，然后登上马，瞅着约翰·格雷迪：“就是不知道这些野狗在哪儿，只能指望它们自己撞进我们的夹子里了。”

“你想特拉维斯家的猎狗能降住这群野狗吗？”

比利骑在马上望着远处平顶山头岩石上一抹长长的晨光。

“不知道，”他说，“你问住我了。”

晚上，他们带了一匹驮马，驮着炊具和被毯，到平顶山里去宿营。他们坐在地上，用洋铁皮杯子喝着咖啡，眼睛瞅着炉子里的煤火，瞅着被风刮得忽忽闪闪的火焰。山下远处平原上的大河像一条黑蟒，蜿蜒而来，在两个城市间穿过。城里棋盘状的街市静静的，只有星星点点的灯火明灭不定，闪闪烁烁。

“我想你还有其他的事情要办？”比利说。

“是的。”

“事儿急不急？”

“可以稍稍等等吧。可眼下这事是等不得的。”

“还好，你还没把你的正事儿给忘了。”

“我啥事儿也没忘。”

“我老管你的事，老盯着你，你没烦吧！”

“你该管管我。”

他们慢慢喝着咖啡。山风使劲吹着，他们把肩上的毛毯裹紧。

“我并不是眼红你。”

“我也没那么说过。”

“我知道，可你也许那么想过。其实，我是绝不会像你那么莽撞的。”

“我知道。”

比利从火里捡出一块燃木把烟点上，又把燃木放回去，坐着吸烟。

“这地方从上面看，要比从下面看好多了，是不是？”

“嗯，的确。”

“好些事情，从远处看时，都要显得好得多。”

“是吗？”

“我觉得是。”

“大概是吧，比方我们过的这日子就是。”

“对，我们向往的那种日子大概也是。”

星期六他们待在野外没回牧场。星期天一早他们骑马到山崖下面去了。中午时分，他们在一块冲积沙砾滩上又发现一只刚被杀死的小牛犊。小牛的妈妈就守在跟前，用哀伤的眼睛看着死去的小牛。他们扬手把母牛赶开，母牛哀哀地叫着往远处走了几步，又站住，回头定定地望着。

“以前的老母牛们可不会让一头小牛就这么给活活弄死的，”比利说，“你看这母牛身上一点儿伤都没有！”

“看来大概是没有。”约翰 · 格雷迪说着。

“你别的什么也不会，就知道吃了拉，拉了吃，是不是？”比利冲那头母牛叱骂道，那母牛就呆呆地瞅着他。

“你知道，那些野狗可能就在山崖边什么地方的洞里窝着。”

“嗯，知道。可要去那儿，骑马也得费好大工夫，更别说走着去了，我可不去。”

约翰·格雷迪又看了看地上的小死牛，转身吐了口唾沫，说：“我们该怎么办？”

“我们干脆收拾行李回去，找特拉维斯，看他怎么说。”

“好吧，要是他今晚能来这儿，我们就可以在这儿等着抓那些野狗了。”

“哼，他才不会今晚来的，我告诉你吧。”

“为什么？”

“妈的，”比利说，“那老小子才不在星期天出来打猎呢。”

约翰·格雷迪笑了笑："要是我们的哪头牛掉到沟里了呢？"

"他才不会理睬呢，就是整个牛群掉进沟里，连你、连我、连马克都掉进去，他也不会管你半点闲事的。"

"也许他能把狗借给我们。"

"不会的。他的狗星期天也不放出来打猎的。都算是信教的狗！"

"信教的狗？"

"可不？信教的狗！"

"对，就养成那德行了。"

他们骑着马沿着冲积平原的北部边缘走着，忽然又听到有声牛的哀号。两人勒住马头，循声四顾。

"你听见了吗？"比利问。

"听见了，就在那边。"

"还是刚才那头？"

"不是。"

"哼，"比利侧身啐了一口，说，"你知道这是什么意思吗？我们骑过去看看？"

"大概去也没什么用了。"

星期二早晨，大伙儿在黎明前的黑暗中出发。他们驱车策马越过山谷里一片长满蒺藜的宽阔平川。里奥牌卡车拉着阿彻弄来的六七个狗笼子，一路缓缓地颠簸着向前开行。车灯淡黄的光柱一上一下地在黑暗里晃动，一忽儿投在车前黑暗里骑马的人身上，一忽儿照亮一丛丛蒺藜，一忽儿又照红了车前面回过头来的马的眼睛。车上狗笼里的狗挤在一起，一路上闷声不响。骑马的人们吸着烟低声交谈着。他们把帽子扣得低低的，防水猎服的灯芯绒衣领竖得高高的，在卡车前慢慢地骑行，顺着开阔的山谷平地向山上走去。

到了山谷口，卡车开到一片开阔的砾石滩上停下。骑手们也都下马，把缰绳搭在马背上，走过来帮特拉维斯和阿彻往下卸狗，然后把狗一只只扣到粗大的拴狗皮带上。这群狗挣扎着，狂跳着，哀叫着，还有几只仰起头放声号叫，叫声在山崖间回荡不息。特拉维斯把第一拨狗拴到卡车前头站着，狗哈出的气在车灯前凝成一团团的白雾。站在旁边的几匹马跺着脚，打着响鼻，不时还把鼻嘴伸到车灯的黄色灯光里。他们把另一拨狗也拎着项圈从笼子里提起来，从车厢的另一边放下来，用皮带串到一起串好。这时，东边天际的星星开始一个个黯淡了下去，天快亮了。

大家把一路吠叫着的狗顺着沙滩赶了出去。比利和约翰·格雷迪骑着马，赶前赶后地跑着，直到找到了那头小死牛在水口上躺着的地方。小牛已经被吃得只剩下骨头了，骨头被拖得散乱在地上到处都是，整个一个胸腔骨抛在沙地上，在荒凉的早晨，两排肋骨朝天弯着，像是一株硕大的食虫草。

人们高声喊叫后面的驯狗人，特拉维斯又回头招呼其他人。人们牵着高大的猎狗走了过来，有蓝点犬、沃克犬。狗绳上拴着的猎狗向前突奔、挣扎，用鼻子在空气里乱嗅着。当它们看见小牛尸体的残骸时，又立刻向后退缩，鼻子急急嗅着地上，回头望着特拉维斯。

“骑马的都往后站，”特拉维斯叫道，“让狗来试试看。”

他解开绳子，纵狗向前。一群狗轻捷地跑出去，在地上四下嗅着。阿彻带着的一群狗呜呜地叫着。阿彻也放开它们，这群狗一下子就向山沟里冲了下去。

比利骑在马上站着。特拉维斯走了过来，一边把狗绳辫在一起搭在肩上，一边朝远处倾听着。

“情况怎么样？”比利问他。

“我不知道。”

“我估计那些吃了小牛的野狗刚从这里跑了不久。”

“大概是。”

“你看情况怎么样？”

“我说不清，要是斯摩克还制服不了它们，就没有谁能制服它们了。”

“斯摩克？是你最好的狗吗？”

“不是最好的，可它正是一只干这事的狗。”

“为什么？”

“它以前就撵过野狗。”

“它那次感觉如何？”比利逗着问。

“我怎么知道，它又没告诉我。”

可以听见，猎狗们在黑暗里到处搜寻着，折转了回来，又冲了出去。

“好像它们向四面跑了。你觉得这面有几只？”

“说不上，三四只吧。”

“肯定比那多。”

“也可能你对。”

“听，一只狗在那边叫！”

一只猎狗找到了野狗的踪迹，放声叫了起来。顷刻间其他猎狗都从蒺藜丛里奔突而出，八只猎犬齐声叫了起来。

“听上去，南面激烈地打起来了！”特拉维斯叫道。

“我的马呢？”

“在杰西那儿，可他大概已经走了。”

“知道他们去哪儿了吗？”

“我猜是到那面平顶山下的岩石堆里去了。”

阿彻牵着马笼头把特拉维斯的马拉了过来。特拉维斯提腿上马，坐在鞍子上，举目向东边一望：“马上天就亮了，能看见东西了。”

“狗在岩石堆那边可要打一场恶仗了。”

“没错。走吧，伙计们。”

阿彻和比利骑过来的时候，约翰·格雷迪和杰西正骑着马在沙滩头旁站着。

“特洛伊和华金呢？”

“去追野狗了。”

“那我们走吧。”

“听！听见了吗？”

“什么？”

“再听！”

远处冲积平原西面边缘的岩石堆里传来了狗的叫声。在猎狗的叫声之外，可以听到另一种短促的狗叫声，然后一阵悲鸣。

“龟孙子野狗们也咬起来了。”比利道。

“这群野狗大概也想来凑凑热闹，”阿彻说，“它们不知道，这番热闹正是要它们的小命的。”

“我看它们现在大概要急着逃跑了，”阿彻说，“傻蛋们竟还不知道要逃命。”

他们到达崖边的时候，猎狗们已经把野狗们赶出了岩石堆。可以听见它们一边跑一边咬打的声音。过后，从碎石堆那边传来一声声长长的悲鸣。这时，天已蒙蒙亮了。他们的马一个跟着一个在山崖下一条蜿蜒的小道上跑着。特拉维斯赶上来与约翰·格雷迪并排，伸手搭在约翰·格雷迪的马脖子上，约翰·格雷迪的马慢了下来。

“听！”特拉维斯叫道。

大家勒住马，谛听着。比利的马也赶了上来。

“把套绳准备好，伙计们。”特拉维斯说。

“能看清楚吗？”

“待会儿就知道了。”

他们把拴着套索的细绳解开。

“大家先不要急，”特拉维斯吩咐道，“野狗们肯定要从这儿突围。让它们突出来，到开阔的地方再动手。注意！别套了我们自己的猎狗。”

他们荡开绳圈，催马前进。

“弄小点儿，”特拉维斯叫道，“把绳圈弄小点。不然野狗就像猫拉稀一样滑出去溜掉了。”

小路在几块坍塌的巨大岩石后面拐了弯，然后伸往山上。大家跑到这儿时，突然从头顶上方传来了猎狗的叫声。接着便见三条野狗影子一闪，从一块岩石纵跳到了另一块岩石。紧接着又是两条。约翰·格雷迪骑着一匹沃特逊种蓝斑马，他两脚往马肋下一夹，只见马身往后一矬，像箭一样向前射了出去。比利在身后紧紧跟了上去。

几只猎狗出现在他们头顶的岩石上，大声狂吠着。约翰·格雷迪跟着拨马往右转，和比利一起在马鞍上伸直身子四面寻找逃走的野狗。骑到小路上面时，约翰·格雷迪回身看看后面，只见比利手里拿着小小的套绳圈，上上下下地甩打着。几十米后面，特拉维斯的一群猎狗正转过岩石堆奋力扑过来。约翰·格雷迪身子俯到马脖子上，对马说了几句鼓励的话，然后直起身子。只见三只黄色的野狗在前面不远的沙滩上排成一列朝前跑着。他又俯下身对马说，可那马自己已经看见野狗了。约翰·格雷迪往后瞥了一眼，看比利上来没有。再回头时，见最后面那只野狗已跟另外两只分开了。他促马冲向坡下，马蹄重重地践踏着泥土，冲过了山坡后面的平地。

他觉得手中的套绳太小没有分量，便打了个双折，在头上挥舞着试了试，收回来，又打了一个双折。他的马看到空中的套绳从它耳朵经过，耳朵往后一收，张大嘴，像报仇似的向逃跑的野狗冲了过去。

那只野狗大概以前不曾被追撵过，缺少经验；它既不往后看，也不往两边逃。约翰·格雷迪向前俯身，使劲在头上抡着绳圈，等着那野狗折转身子来。那家伙大概以为它能跑过后面的马，就径直朝前奔跑着。约翰·格雷迪撒出套绳，绳圈在空中飞旋着伸展开来，直奔野狗，一下子就套住了。蓝斑马扬起头，两个前蹄撑在沙砾地上，屁股向后坐着。约翰·格雷迪急速把怀里的绳头往鞍鞒上一绕，套绳“嗡”的一声跳起来绷直了，野狗猛地被勒住，身体飞将起来，在空中无声地倒旋了个跟斗，“吧嗒”一声闷闷地落到了砂石地上。

这时，另外三只野狗正要逃过下面的平川，特拉维斯和华金在它们后面紧追着，他们跑过三四十米了。约翰·格雷迪把他的马用脚跟一刺，跟着他们往前奔去。身后三十多英尺长的套绳拖着那条套住了的黄色野狗，在岩石间、刺藤丛间一路前行，拉得蹦蹦跳跳。这时其他骑手和猎狗们已经从岩石堆的西面出来，在那片冲积地上排成一线。约翰·格雷迪拖着狗又往前跑了一阵，勒住马，跳下来，跑到后面把绳子从野狗身上解开。那狗已经散了架儿，浑身是血，躺在砂石地上眼睛半开半闭地出气。约翰·格雷迪一只脚踩住狗，把绳子拽出来，一边甩荡着一边走回马身边。这当儿，天已大亮了。前面四五个骑手骑着马拉开距离跑在平滩上。他便也上马，把盘起来的套绳搭在肩上，促马跟在他们后面慢跑起来。

他跑过华金身边时，华金冲着他后背喊了几声，可他没听清是什么。他继续用套绳梢当鞭子赶着马，跟着特拉维斯、杰西和他们的猎狗向前跑去。跑着跑着，他脚下差一点儿踩上一只野狗：这狗偷偷地爬上来躲在这里的黑刺藤丛里。要不是它最后一分钟沉不住气跳出来的话，约翰·格雷迪也就从它头上越过去了。看见这狗，约翰·格雷迪马上使劲勒转马头，脚都差点从马镫中脱出了。比利从他右边上来，跑到了前面。那野狗扭回头斜切过来，从他的马前窜过。就在此时，比利冲过来，俯身一甩套绳，套住了那野狗，紧接着他马身向后一坐，马蹄往前一滑，马在腾起的一团尘土中停住，那狗身子飞起来，又掼在地上，四爪扒划了几下，站起来悻悻地向四周张望。比利掉转马头再把它拉倒，那狗又挣扎起来，随着绳子狂奔不止。约翰·格雷迪骑马奔过来，那狗又站住，拖着绳子又扭又跳。比利脚后跟把马肋一刺，狗便又被拽翻了。远处冲积地上华金勒马打着转，口里叱骂着，狗四散在他周围，咬着，叫着。特拉维斯甩动着套绳骑了过来。约翰·格雷迪又拨马向另一边，另一只被追赶着的野狗往回一拐，跑到了他的面前，他便催马跟了上去。那狗想要掉头回窜，约翰·格雷迪及时甩出套索，接着往回一收，猛地拨马往右一纵，那狗便腾到了空中。再跌回地上时，它就地一滚翻身想跑，又被绳子拖翻，被约翰·格雷迪的马拖在沙砾地面上，又蹦又磕，摔摔打打地画了一个大圈子，直到拖过树丛，拖过砾石地面，狗没了声息，他才回马收绳子，一边收一边把绳子绕了起来。特拉维斯、华金和比利三人骑着马站着，一边让他们的马喘喘气，一边看着他。这时，第二拨猎狗正在平原的另一边追赶另一批野狗，把它们撵到了小山坡边石头滩里，在那里开仗了。华金高兴地咧嘴狞笑着。

“我把你们的野狗先给抓住了。”约翰 · 格雷迪说。

“还多着呢！”华金道。

“注意杰西，”比利说，“看着他，他好像是没了主意，不知要打哪个才好。”

“这儿到底有多少野狗啊？”

“不知道。阿彻这才开始在那边打另一拨野狗呢，就在那一大片水漫坡地那儿。”

“他们逮住几只没有？”

“大概还没有。特洛伊还正在往岩石那边走呢。”

两只猎狗从灌木丛里跑了出来，嗅着地面，打了几个转，茫然地站住了。

“嗨！”特拉维斯呼喊着，“打野狗去！”

“我说，伙计，要是你的马还没累翻，我们干吗不也过去凑凑热闹呢？”

比利用靴子踢马动身，说：“你还等着？”

“你们先走吧，”特拉维斯说，“我会赶上你们的。”

“套狗手们，”比利喊叫道，“我早就知道，最后弄得连我们也要去逮狗的。”

华金咧嘴一乐，一边催马大步开跑，一边把拳头举起来呼叫：“前进，伙计们！猎狗们，前进！前进！”

特拉维斯望着他们跑远了，他摇摇头，侧身啐了一口，然后掉转马头向刚才看见阿彻的地方跑去。

约翰·格雷迪和比利爬过一片树林稀疏的草地，走到山上坍塌下的卵石滩上。两人驱马在卵石堆中往山坡上爬。忽然，约翰·格雷迪在前面停住马，举起了一只手，两人便站下来侧耳倾听，约翰·格雷迪站在马镫上巡查着上面的山坡，比利赶上来。

“我猜那几只野狗跑到这平台顶上去了。”

“嗯，我猜也是。”

“它们能上去吗？”

“不知道，能吧。看起来它们自己认为行。”

“你能看见它们吗？”

“看不太清，那边有一只该死的大黄狗，另一边也有一只带斑点的。大概一共有三四只吧。”

“它们已经把后面的猎狗甩掉了，是吧？”

“看来是。”

“你看我们能上得去吗？”

“我想大概能找到上去的路。”

比利斜眼瞅着上面竖立的石壁，侧转身往地上啐了一口，道：“要是把马拉进这沟里一半，弄得上不去也下不来，就糟透了。”

“那可是。”

“再说，没有猎狗，光我们去撵那些狗能有什么结果，对不？”

“我们得在它们离开前赶到那儿。山顶上挺平的。”

“好吧，那你就领路吧！”

“好的。”

“别走得太急了。”

“行。”

“我们就搜查眼前走过的地方吧，别贪得太多了。”

“行。”

比利跟着约翰·格雷迪退回他们来的路上，然后往上骑。走了大约半英里后，开始顺着一片冲积坡向上爬了。路越来越陡，越来越窄。他们只好下了马，牵着马往前走。他们走过一条从以前的宿营地冲积下来夹带着骨头、陶片的灰暗垃圾土，又从石崖畔的古代岩画下经过。岩画上有猎人、巫师、营火和山羊之类的图像，都是一千多年前刻在那里的。他们又经过另一块岩画，上面是手牵着手跳舞的人形，就像是剪纸拓印到岩石上去的一样。接着他们走进头顶上悬着大石头的一条岩路。这时，他们回头望了望山下的荒野，见特洛伊正骑着马朝特拉维斯、杰西和阿彻跑去，然后他们一起向拉着野狗的卡车走过去。但没有看到华金。更远处十多英里的地方，一条公路从山间蜿蜒而出。

他们的马站下来，喘着气。

“现在往哪儿走，牛仔？”比利问。

约翰·格雷迪往上面的地方扬扬头，牵着马又往前走了。

岩板路越走越窄，最后到了一个岩石断层，再向前走就是一条岩石夹道了。这夹道太窄了，比利的马吓得驻足不前，挣着马笼头向后倒退，蹄子在泥石板上打滑，几乎要摔倒。比利抬头望了望这条通道，只见两边壁立的岩墙一直伸向了天空。

“嗨，真是这条路吗，老弟？”

约翰·格雷迪把手里的缰绳撂在马背上，一边从自己身上剥下外衣，一边向比利这边走回来。“你拉我的马！”他说。

“什么？”

“你去拉上我的马，我的马以前走过这条路。”

他从比利手里拿过缰绳，拍拍比利的马，用他的上衣把马眼睛蒙上，用衣袖绑好，然后整个身子紧依着这马往前拉。比利也上前走到蓝斑马那儿，拾起缰绳拉着它往岩道里走。马蹄在泥岩板上打着滑，挣扎着，比利靴子上吊着的马刺铁在石头上磕碰得叮当作响。快到尽头时，两匹马一个冲刺，跳出夹道，跃上了平顶，站在平坦的顶上，浑身颤抖，大口喘着气。约翰·格雷迪从马头上扯下他的外衣，那马喘着大气，四下张望。这时，山顶上大约一英里外，三条野狗正在逃走，还不时回头张望。

“你就骑那匹好点的马？”约翰·格雷迪问。

“好，我骑这好的吧。”

“瞧，野狗从那儿跑出来了！”

“好，追这些家伙吧！”

他们甩响手中的绳索，口里呼啸着，纵马在开阔的平地上向野狗追了过去。他们身子低低地俯在马背上，并排向前驰骋。跑了一英里远时，快追上一半了。那几只野狗顺着山顶狂奔，山顶的平野在前面越来越开阔。要是它们往两边拐弯的话，就可能找到马没法追的地方往山下跑掉。可它们好像以为自己能跑过后面的马，所以就一直顺着平台往前猛跑，两只并排，一只殿后。太阳穿过稀疏的荒草，把它们长长的身影投在地上，影子飞速向前移动着。

比利骑着蓝斑马在三只狗还没来得及散开时追上了它们。他撒出套绳套住了最后面的一只野狗。他没有往马鞍上绕绳索，只是在手腕上绕了两圈，往后猛一拉，那狗便给勒住，腾到空中，接着他便一只手拉着，拖着那狗，继续向前飞奔。

他很快就追上了剩下的那两只野狗，纵马跑在了它们的前头。两只野狗抬头看他，舌头垂得长长的，眼神绝望：它们的死去的伙伴被绳子拖着就在它们身旁的地上蹭着。比利回头望了一眼，拨马往右去，把那条死狗拖了一条长长的弧线，拖到那两条狗的前面，继续跑着。约翰·格雷迪奋力赶了上来。比利的马蹦跳了几下，停了下来，他翻身下马，把绳圈从死狗身上解下，一边跑着一边收起绳子，又登上了马。

比利又追上前边那两只野狗，抛出绳索套住了跑在前面的大黄狗。后面的花狗见势不妙，猛地折回头，从马的胯下溜了过去，冲着山崖边逃掉了。那大黄狗被拖在地上连滚带蹦，又翻身起来，脖子上戴着套圈继续跟着马向前狂奔。约翰·格雷迪追了上来，也跟在后面跑。他扬起手里的套索一扔，搭上了黄狗的后身，他用手里的绳头打着马一边跑着，一边把套绳兜了兜，绳子就套紧了黄狗的后腿。只见比利拖在地上发出嘶嘶响声的绳子猛地一紧，大黄狗就被两头的绳子拉到了空中。接着，只听见像琴弦一样绷紧的绳子发出轻轻“嗡”的一声，那狗就在空中爆开花了。

太阳刚有一竿高，在掠射在山顶的晨光中，空中迸溅的血花像一朵红云，鲜亮而壮观，简直是一幅凭空而生、无法形容的幻景。狗头在天上翻滚，套绳在空中卷起，接着，半截狗身沉闷地跌落在地上。

“我的天！”比利惊叹道。

山下传来长长一声欢呼，华金骑着马带着三只蓝点猎狗向他们跑过来，他看见了他们把狗撕成两半的情景，正向他们挥舞着帽子欢笑、致敬。三只猎狗在他身边从容地奔跑着，它们还没发现那只往崖边逃走的花狗。

“太棒了！”华金喊叫道。他欢笑着，呼啸着，一边从马上俯下身子，用手中的帽子逗弄着旁边跟着跑的猎狗。

“妈的，”比利对约翰·格雷迪说，“我不知道你要这么干。”

“我也没这么打算。”

“狗娘养的！”比利往回拽绳索，一边收，一边盘起来。约翰·格雷迪走到血迹斑斑的无头死狗躺着的地方看了又看，便又跨上马。那几只猎狗也窜过来，绕着死狗打转转，狗脖子的毛竖立着，不停地嗅着地上的血迹。一只猎狗跑过来围着约翰·格雷迪的马转了一圈，然后往后退了几步，朝他吠叫。约翰·格雷迪不理睬它，他盘起套绳，掉转马头，两脚跟往马肋上猛一夹，纵马在平顶山上向剩下的那只花狗追去了。这时，华金也看见了那只狗，也用套索双折起来的绳头鞭打着坐骑，吆喝着猎狗，催马追了过来。比利驻马看着他们跑远了，他盘起套绳，捆扎停当，把手上的血迹擦到牛仔裤腿上，继续骑在马上看他们在平顶山的边缘上奔突追逐。那花狗在山沿上跑着，看上去力气快尽了。好像也知道大概无路可逃了，听到后面的猎狗声音时，它转身窜回华金身后，又向高处奔跑。华金提缰转马，奋力追赶，跑了不到一英里的时候赶上了那野狗，用套索套住了它。比利促马走到崖边，下了马，点上一支烟，坐在地上，遥望南边远远的地方。

大家骑着马回身横穿平顶山顶。猎狗们随在后面奔跑着。华金用套绳把那条死了的野狗在草地上拖着跑。那狗浑身是血，身体半僵，双眼像玻璃珠一样无神，拖着的长舌上沾满了谷壳和草茎。跑到石崖边，华金下了马，从死狗身上取回他的套绳。

“这里该有不少小狗崽子。”他说。

比利走过来，驻足看着那死狗。那狗奶头胀胀的，是只母狗。他走回去骑到马上，回头望着约翰·格雷迪，说：“我们绕远路回家吧，再走一遍那石头山路我可受不了。”

约翰·格雷迪把帽子摘下来扣在面前马鞍的突起上。他脸上是一道道的血迹，衬衣上也溅着狗血。他伸手用袖口擦了擦前额，拿起手中的帽子戴到头上。“行，没问题，”他回答说，“你呢，华金？”

“没问题，”华金望了望太阳说，“我们回去正好赶上吃午饭。”

“我们大概把野狗都打完了吧？”

“难说。”

“要我说啊，我们这算是给它们了点教训。”

"我说也是。"

"你带了几只阿彻的猎狗来的？"

"三只。"

"可这儿现在只有两只。"

大家在马上转身巡视平顶山上四周。

"还有一只哪去了？"

"不知道。"华金答道。

"可能跑到那边下面去了。"

华金侧过身子啐了一口，又拨转马头。"我们走吧，"他说，"谁知道它在哪儿，每回总会有一两只狗不愿回家的。"

约翰·格雷迪叫醒比利的时候天还黑着。比利哼哼着，翻过身去把枕头蒙在头上。

"醒来，伙计！"

"妈的！啥时候了？"

"五点三十了。"

"才五点三十！你是有毛病还是怎么的？"

"我们不是说要找狗去吗？"

"狗？什么狗？你说的是什么呀？"

"我说的是那里的小狗崽子。"

"去他妈的！"比利嘲骂道。

约翰·格雷迪在门口坐下，一只脚架在门框上。

"比利！"他又唤道。

“又怎么了？妈的！”

“我们可以骑马到那里去看一看嘛！”

比利翻过身来，看着黑暗里坐在门口的约翰·格雷迪。

“你真是要把人烦死了！”他嘟囔道。

“保准能找着狗崽子。”

“找不到的。”

“我们可以从特拉维斯那儿借几只猎犬带上。”

“特拉维斯不会借给你的，我们以前就试过的。”

“你寻思狗窝在什么地方？”

“你还让不让人睡了？”

“我们吃饭的时候准能回来，我向你保证！”

“求你别再打扰我了好不好，兄弟？我求你了！”

“记得第一次发现那野狗咬死小牛的地方吗？就在那个大沙坡下面？我估计我们那一次已经走到狗窝跟前了，最多离着几十步远。它们就在那些大石头堆里。”

他们在鞍韂上带了长柄铁锹、锄头和长铁棒准备出发。出发前，两人进了厨房，想找点东西吃。索珂洛穿着睡袍，头上满扎着卷发纸圈进了厨房。她赶他们到桌子边坐下，然后迅速地煎好鸡蛋、腊肠，煮好咖啡。他们吃饭的当儿，她包好了他们的午饭。

比利望着窗外，备好鞍子的马就在厨房门口。

“我们吃了就走，”他说，“别对她说我们去哪儿。”

“行。”

“我不想弄得人人都知道。”

他们骑马出发，太阳出来前到了瓦伦西纳草场，接着又过了老水井。晨光熹微中，牛群在他们面前四散跑开。比利骑在马上，肩上扛着铁锹。“我告诉你一件事。”他开口道。

“什么事？”

“山上岩石堆里有些地方，狗做了窝。我们没法把它们挖出来。”

“是，我知道。”

他们走到那块冲积平原西边的小路上的时候，太阳刚从平顶山后面爬上来。晨光扫过平原，照到高处的岩石堆上，下面的低地里弥漫着厚重的蓝色雾霭。他们向上骑行着，一步步走出了这残留的夜色。

比利仔细查看这两边的地面。

“你是个追踪的老手吧？”约翰·格雷迪问他。

“我是个追踪的外行，我大概只能看见飞着的鸟啊什么的。”

“你现在看到什么没有？”

“屁也没有。”

太阳升起来了，照到岩石堆和崎岖的地面，照到了他们身上。他们跨在马上站着。

“这帮野狗一直在这几条牛道附近祸害，”比利说，“我猜它们不会把窝都做在一块儿，大概分了两拨儿。”

“可能。”

“你看那边有点像吧？”

“是吗？”

“石头上到处都是狗毛。让我们绕上去仔细瞧瞧。”

他们紧贴着卵石和沙滩的石壁回到山沟上面，绕着大石块转着仔细查看。已经有好几个礼拜没下过雨了，野狗留在岩石下面的足迹已被走过的牛群踹掉了，干硬的地面上野狗一点儿痕迹也没留下。

“我们回上面去吧。”比利无奈地说。

他们紧贴着悬崖骑马爬上坡，走过一片从山上滑坡下来的碎石，又走过刻着老巫师形象和神秘象形文字的一片崖石。

“我知道它们在什么地方了！”比利说。

他拨转马头向一条很窄的小道走去，下到岩石堆中，约翰·格雷迪催马跟在后头。比利勒住马，撇下缰绳，下了马徒步穿过一个石堆夹缝，然后又走回来，手指着小山下说：“它们从三个方向来到了这儿，你看，就在下面那儿。牛群也来到过那堆岩石跟前，可没法进去，那儿草特别深，看见了吗？”

“看见了。”

“草那么深，是因为牛没法进去吃。”

约翰·格雷迪跳下马，跟着比利走进岩石堆。他们两人前前后后仔细看着地面，他们的马就留在远处望着他们。

“我们坐一会儿吧。”比利建议。

他们席地而坐。岩石堆里一片清凉，地面也冰凉冰凉的。比利掏出烟点上抽起来。

“我听见它们的声音了！”约翰·格雷迪出声道。

“我也听见了。”

他们跳起来仔细听，小狗崽的咪呜声停住了，过一阵又响了起来。

一个狗窝就在岩石堆的角上，洞口侧开在一块大岩石下面。比利和约翰·格雷迪爬到草地上，仔细听着。

“我闻到它们的味儿了。”比利说。

“我也闻到了。”

两人又仔细听着。

“怎么把它们搞出来？”约翰·格雷迪出声道。

比利瞟了他一眼，说：“没法儿。”

“也许能叫它们自己跑出来。”

“怎么能？”

“可以弄点牛奶来，放在外面诱它们。”

“我才不信它们会出来。听听声音就知道它们有多小，大概连眼睛还都没睁开呢。我不明白，你要它们干吗呢？”

“我不知道，就是不想让它们待在这儿。”

“或许能用一根长长的刺荆条把它们捅出来。”

约翰·格雷迪趴在地上往石头下面黑黑的狗洞里瞄着。

“把你的香烟递给我。”他对比利说。

比利把烟递给他。

“看，还有另一个洞口！”约翰·格雷迪叹道，“有风从这个洞口往外吹。看这烟飘的。”

“是，”比利伸手接回香烟，说，“可这狗窝藏在石头底下，而这石头比马克家的厨房还大。”

“找个小孩就能爬进去。”

“你从哪儿找这么个小孩？要是卡在里面出不来怎么办？”

“可以在小孩腿上拴条绳子。”

“哼！小孩要有三长两短，就得在你脖子上拴条绳子了！把你的刀子给我一下。”

约翰·格雷迪把小折刀递给比利，比利拿着起身走了。过了一会儿他拿了一根刺荆条回来。这刺荆条足有十英尺长。比利坐下，把刺荆条下面的芒刺用刀削掉，以便用手抓握，然后他和约翰·格雷迪两人趴在地上，轮流把刺荆条伸进狗窝，拧着转着，想把狗崽子的毛钩缠在枝头的芒刺上。“还不知道这杆子够不够长。”折腾了半小时后，比利说。

“我想可能是洞底太大了，要把头儿插到狗崽子身子下面挂住，完全是碰运气。”

“有一会儿没听见它们叫了。”

“可能躲到哪个角落里去了。”

比利坐起来，把刺荆条从狗洞里抽出来，仔细检查荆条的前端。

“上面有毛吗？”

“嗯，有一点儿。可洞里大概到处都是狗毛。”

“哦，你估摸这块大岩石有多重？”

“扯淡！”比利鄙夷地说。

“只要把它掀翻，一切问题就都解决了。”

“这石头足足有十吨重，你怎么把它掀翻？”

“我不信这有多难。”

“再说你把它往哪儿翻？”

“就翻到我们这边来。”

“那不正好压在洞口上了吗？”

“那又怎么了，小狗本来就在那一头。”

“你怎么搞的，这么固执！别说你没法把马拉进来，就是你能，那它们一拉，石头过来不正砸到马身上了吗？”

“不用把马拉进来，在石堆外面就行。”

“绳子没那么长。”

“两根绳索接起来就够了。”

“那还是够不着，光在石头上绕一圈就得用一根绳子。”

“我有办法叫它够得着。”

“哦，你有什么法宝，能把绳子变长？再说，两匹马说什么也拉不动这么大的石头。”

“想办法再撬一下，就行了。”

“你真是头犟驴！”比利骂道，“没见过你这样的。”

“沙滩那边有好些树苗，有碗口粗了。可以用锄头剁一根来当撬棍。然后把绳索拴在棍顶头，就省了要绕石头一大圈了。这不一举两得、一石两鸟吗？”

“一石两鸟？我看搞不好，倒可能弄个一石打死两匹马，或一石打死咱们两个牛仔吧！”

“我们要是带把斧子来就好了。”

“好了，你自己搞吧。等你搞完回去的时候再叫我，我现在可是要想办法睡一觉了。”

“行。”

约翰·格雷迪骑上马，马鞍上搭着锄头，到水冲过的沙滩那边去了。比利躺下来，一只脚跷在另一只上，帽子扣到脸上，睡了。四周静悄悄的，没有风吹，没有鸟飞，也听不到牛叫。远处传来第一声锄头剁在木头上的响声时，比利正好要入睡，他在扣在脸上的帽子里偷偷一笑，便沉入了梦乡。

约翰·格雷迪回来的时候，马后面拖了一根白杨树干，树叶和侧枝都已修剪干净。这树约二十英尺长，大头有六英寸粗。吊着树干的绳子绑在鞍鞒上，沉重的树干把马鞍都拉歪了。约翰·格雷迪一只脚站在拉歪了的马镫上，另一只腿搭在白杨树干上，小心翼翼地驱马走着。到了岩石堆跟前，他下了马，解开绳子把树干放到地上，然后走进岩石堆，踢了踢比利的鞋底。

“嗨，嗨，醒来撒泡尿吧，”他叫道，“着大火了。”

“那就他妈的烧吧！”

“起来，起来，帮我一把。”

比利把脸上的帽子搡开，朝上看着他。“好吧！”他懒懒地说。

他们把约翰·格雷迪的套绳绑到白杨树干头上，把树干立在大岩石背后做撬杆，又在撬杆和后面坡上的另一块大岩石之间垫了一大堆石块，抵得紧紧的。然后约翰·格雷迪把两根套绳的手把柄一头用细绳紧紧扎在一起，另一头的套圈扩成一个能套到两匹马的鞍鞒上的倒三角形。他们先让两匹马并排站好，把套圈套到两边的鞍韂突柱上。然后望了望从撬杆一直拖下来的整条绳子，互相对望了一眼，便牵着马的颊带往前走。绳子一下子绷紧了，撬杆弯了，他们吆喝着马继续往前，马躬身奋力拉着，比利回头望了绳子一眼，说："这玩意儿要断了，可就麻烦了。"这时，撬杆突然猛地往旁边一滑，又停住，剧烈地颤抖着。"老天！"比利叫道。

"这杆子要给拔出来，那就麻烦更大了。"

"那我们就等人来收尸吧。"

"怎么办？"

"你问我？这可是你的戏哟！"

约翰·格雷迪走过去检查了一下撬杆，又走了回来。

"把马稍稍往右边拉拉。"他说。

"好的。"

他们松了松马，又赶马再往前走。绳子又拉紧了，绷得紧紧的慢慢旋转着。他们对视了一眼，接着，大石头动弹了，它抬起身来，慢慢离开了它稳坐了千年的地窝，向前倾过来，摇晃着，迟疑着。接着，"轰"的一声，翻落到前面的一个岩坑里，他们的脚底板都感到了地面的震动。马拉着撬杆在岩石间撞得乱响，然后收住蹄，站住了。

"我的妈呀！"比利叹道。

他们马上动手挖大石头翻出后留下的生土，没一会儿就挖开了下面的狗窝。小狗崽们躲在最里面的角落里，缩成一团。约翰·格雷迪趴到地上伸手掏出一只小狗，举在亮光里看。小狗刚有他的手心那么大，胖嘟嘟的，眨着淡蓝色的小眼睛，鼻嘴向四处探着，尖声哀叫着。

“拿住它。”他对比利说。

“一共有几只？”

“还不清楚。”

他说着把胳膊伸进洞，又掏出一只。比利坐在地上把掏出来的狗崽子一只只放在他的腿弯里堆成一团。一共掏出了四只狗崽子。

“这些小王八蛋大概都饿了，”比利说，“就这些了吗？”

约翰·格雷迪把耳朵贴在地面上听着，过了一会儿说：“大概就这几个了。”

小狗崽子们扭着身子，想钻到比利的膝盖下面去。比利抓着脖子提起一只，那狗崽就像只袜子似的吊着，水泡泡的眼睛在外面白日的亮光里羞闪着。

“等等，你听！”约翰·格雷迪拉住比利。

两人继续坐下仔细听。

“里面还有一只。”

他躺在地上又把胳膊伸进洞，闭着眼睛在黑黑的狗洞里面摸着。“找到了。”他高兴地叫出来，可掏出来一看，手里的小狗已经死了。

“好，这可是给你的宝贝。”比利嘲弄着。

这小狗身子蜷着，小爪子凑在脸上，已经僵了。约翰·格雷迪放下小狗，把胳膊往洞里更深处伸了进去。

"找到了吗？"

"没呢。"

比利站起身，说："我来试试，我的胳膊比你的长。"

"行，你来。"

比利趴在地上，胳膊伸进狗洞。

"过来吧，你这小崽子。"他自言自语道。

"捉住了吗？"

"捉住了。妈的，没想到它还会咬人。"

比利从洞里收回胳膊，一只小狗在他手里扭动着，尖叫着。

"这只不是死的。"他说。

"让我看看。"

"肥得像团奶油。"

约翰·格雷迪接过小狗，捧在手心里。

"想不出，它独个儿躲在最里面做什么？"

"大概在给那死崽子做伴儿吧。"

约翰·格雷迪举起手，端详着小狗缩成一团的小脸，高兴地说："这才是一只该给我留着的小狗！"

整个12月，约翰·格雷迪都在为他那座小屋忙活着。他用马驮着工具从贝尔泉小道骑上去，把锄头、铁锹卸在路边。晚上天凉时便动手修路、填水坑、砍灌木，又平整地面，开挖水沟，将来好让雨水流走。三个星期后，垃圾堆了一大堆，他便放火烧了。他又动手刷了炉灶，补了房顶，把卡车在那条修好的路上一直开到小土屋跟前。车里拉着一节节蓝铁皮的烟筒，一罐罐油漆，石灰水和一张厨房里用的松木厨架。

隔天，他去了阿拉梅达的旧货市场，在堆满一叠窗框的夹道里前前后后地找寻，用手里的钢卷尺量门框的尺寸，对照他记在小笔记本里的数字。他把挑好的几个窗子拉了出来靠在货物夹道里，出去开车过来，慢慢倒到门口。然后和货场主人一起把窗子装到卡车上。他还向货场主买了一些玻璃，用来换破窗玻璃。那人还做给他看怎么用玻璃刀划玻璃，怎么把玻璃掰开，末了还把玻璃刀也送给了他。

他还买了一张松木做的旧饭桌。那人也帮他抬了出来，装到卡车上，还教他把抽屉都抽出来，立在车厢里。“要不然，汽车拐弯的时候，抽屉就会甩出来的。”

“明白，先生。”

“事儿做得保险一些，总归不会错的。”

“是的，先生。”

“你再把那些玻璃搬过来，放在驾驶室你旁边的座位上，要不然它们会给颠碎的。”

“好的。”

“好了，那就明天见。”

“再见，先生。”

约翰·格雷迪每天都干活儿干到半夜。每天夜里回到牧场，便在灯光昏暗的马厩过道里卸下马具，洗刷马身。然后走进厨房，从保温炉里取出给他留着的晚饭，端到餐桌边，在罩着灯罩的台灯边，一边独个儿坐着慢慢吃，一边听着外面过道里那座老钟不徐不疾、孜孜不倦的滴答声，听着屋外漆黑草原无边无际的永恒寂静。有时候他就坐在椅子上睡着了，醒来时懵然不知是什么时候了，便起来蹒跚地穿过院子走到马厩那边去，走进自己的小屋，找出那只小狗，抱起来放到架子床边的一个盒子里。然后他自己便脸朝下趴在床上，一只胳膊从床边吊下来，手伸在盒子里逗弄着小狗，就这样又和衣进入梦乡。

圣诞节到了，又过去了。1月里的第一个星期天下午，比利骑马过来。他跨过那条小溪，来到小屋喊门，接着下马站着等候，约翰·格雷迪来到门口。

“你在干什么？”比利招呼道。

“漆窗户呢。”

比利点点头，往屋里望望：“怎么，你不请我进去？”

约翰·格雷迪用袖口在鼻子上擦了一擦，他两手都是蓝色，一只手还捏着一把油漆刷。“我没想着你还要请，”他笑着说，“那，快进来吧！”

比利进屋站下，从口袋里掏出一根烟点上，打量着四周。他走到另一间屋子看了看，又走了回来。土坯墙已用石灰刷过了，小屋里面简单朴素而亮堂。泥土地也填平扫过，还用自制的木槌夯实了。

“这破地方看上去好多了。是不是应该弄座圣像放在那个角上？”

“对，应该。”

比利也点点头。

“要有人来帮忙我最欢迎了。”约翰·格雷迪说。

“我明白，”比利一边应道，一边看着蓝色的窗框，“他们没有颜色深点的油漆吗？”

“人家说这颜色就最配了。”

“你打算把门也漆成这色儿？”

“对。”

“还有一把刷子吗？”

“有，还有一把。”

比利摘下帽子挂在门边一个钉桩上。

“好，”他问，“在哪儿？”

约翰·格雷迪从他的油漆桶里往另一个空桶里倒了些漆，比利蹲着一只腿，用刷子在漆里搅和了搅和，把刷子仔细地在筒口缘上平着抹了抹，提起来一挥，门中央的框条上便出现了一条淡蓝色。

他回头望着约翰·格雷迪，问：“你怎么还正好有多的一把刷子？”

“大概就是准备着，万一有哪个傻瓜正好想要来刷油漆吧！”

天黑前他们歇手了。从加特拉斯山口那边吹过来一阵阵凉风，他们站在卡车旁，比利抽着烟，俩人望着西边远处的群山，那里山火正燃烧着，火光融入了黑暗的天空。

“冬天这儿会很冷的，兄弟。”比利说。

“我知道。”

“又冷又孤单。”

“不会觉得孤单的。”

“我是说她会。”

“马克说，要是她愿意，可以到牧场去，还可以帮索珂洛干活儿。”

“那真不错。她要来了，我们那饭桌边的椅子可大概就要不够用了。”

约翰·格雷迪微笑了：“你说得大概不错。”

“你最近见她了吗？”

“有一阵子没见了。”

“这一阵子是多久啊？”

“记不清，有三个星期了吧。”

比利摇摇头。

“她还在那儿。”约翰·格雷迪说。

“看起来你对她很放心。”

“是的，很放心。”

“她和索珂洛一起干活儿，会有什么问题吗？”

“她不是个搬弄是非的人。”

“你说她，还是索珂洛？”

“都是。”

“但愿你说得对。”

“大家不会烦她的，比利，她不光长得漂亮，人也挺好的。”

比利往院子里弹了弹烟灰，说：“我们该回去了。”

“要愿意，你就把车子开回去吧。”

“算了吧。”

“你开走吧，我骑你的老破马。”

比利点点头：“你摸黑骑着穿过那边的小树林，就能赶在我前头。小心点，别让蛇咬了，或者出别的什么事儿。”

“你走吧，我就跟在车后头。”

“得是把好手才能在黑夜里骑这种马。”

“大概是吧。”

“骑手得能够把信心传给马才行。”

约翰·格雷迪笑笑，摇了摇头。

“骑手还得熟悉在夜间骑马放牛的习惯和要求。比如在宿营地马要慢慢骑，用鼻子轻轻哼着歌，还不能晚上划火柴，等等。”

“我都明白。”

“你爷爷以前常给你讲骑马上远路的事吗？”

“讲过一些，讲过。”

“你还会回老家那边去吗？”

“大概不会了。”

“你会回去的，总有一天。我断定，只要你不死，你总归要回去的。”

“你到底开不开卡车回去？”

“不，还是你开吧，我骑马跟着就来了。”

“那好吧。”

“别把家里的甜食都吃完了。”

“不会的。谢谢你来山里帮我。”

“我也没别的事可干。”

“哦，是吗？”

“要有，我也早早做完了。”

“好，回家见。”

“回家见。”

约瑟菲娜站在门外看着，老女佣站在屋子里面，用一只手把姑娘沉甸甸的黑头发捧起来，转过身子让她瞧。

“真好，”约瑟菲娜说，“真漂亮。”

老女佣淡淡一笑，她嘴上衔满了发卡。约瑟菲娜回头往大厅看了一眼，转身探进门里。

“他来了。”她悄声说，转身赶快朝过道里跑走了。老女佣把那姑娘拨转过来，仔细端详、抚摸了几下姑娘的头，后退两步，用手把嘴上的发卡汇到一起拿下。

“像普埃布拉市的中国姑娘一样漂亮，”她说道，“太漂亮了！”

“普埃布拉的中国姑娘漂亮吗？”姑娘说。

老女佣竖起了眉毛，满是皱纹的眼皮在那只瞎了的白眼珠上不住地颤抖着。

“当然，”她说，“当然，所有的人都知道。”

爱德华多出现在门口。老女佣注意到姑娘的眼神，转过身来。

爱德华多冲她往外一扬下巴，老女佣立刻走过去，把头发刷子放在梳妆台上，发卡放进瓷盘，转身从他身边走过，到门外去了。

爱德华多走进来，随手把门关上。姑娘一声不出，站在屋子当间。

“转过来！”他一边说，一边用食指做了一个画圈儿的动作。

姑娘转了一圈。

“过来。”

姑娘慢慢走向前来，站住。他伸手捏着姑娘的下巴抬起她的脸，往她的眼睛里盯着看。姑娘垂下了头。他伸手揪住她脖子上的头发，使劲把她的头往后拉。姑娘的眼珠翻向天花板，苍白的脖子露着，脖子两侧的动脉血管搏动着，嘴角微微颤抖。爱德华多要姑娘看着他，她就依了，但她好像使了什么法术一样，一双原本深沉而迷惘的眼睛顷刻间变得昏暗死板，黯然无神，看进去空洞洞的，看出来也是空洞洞的。对这双眼睛来说，整个外部世界都已隐没，不复存在了。爱德华多气得又使劲揪她的头发，姑娘颧骨上光洁的皮肤立时绷紧，两眼也圆睁突出了。爱德华多又强逼姑娘看着他，可她不说话，就那么白眼瞪着他。

“你在向谁祈祷吗？”他厉声尖叫道。

“向上帝。”

“有谁回应你吗？”

“没有人。”

“没有人？”他悻悻地说。

当天夜里，当她光着身子躺到床上的时候，忽然觉得浑身一阵寒战。她翻过身，急忙喊叫站在屋里的那个客人。

“我马上就来。”客人应道。

那男人钻进被子凑到她身旁时，她大叫一声，身子僵挺，眼睛也翻了白。屋里灯光暗淡，那人看不清她，就伸手到她身上去摸。发现她的身子反弓了起来，紧绷绷的像一张鼓面，在他手掌下不住地颤抖着，又好像是有电流流过她身子，骨头在嗡嗡作响。

“怎么了？”男人惊叫道，“怎么了？”

他吓得连忙往身上套拉衣服，半裸着跑到外面过道上。蒂武西奥不知从哪儿冒了出来。他把那客人一把拨到旁边，冲了进来。他上床跪着，解开自己腰间的皮带，抽了出来，叠成双折，然后捏住姑娘的下巴，使劲撬开牙关，把皮带塞进她嘴里。“我什么也没干！”那客人站在门道里瞧着，他急急辩白，“我连碰还没碰她一下呢！”

“她不知怎么就那样了。”客人继续辩白。

“别对任何人说！”蒂武西奥对他吼道，“听清了？”

“听清了，大哥。可你能让我取回我的鞋子吗？”

蒂武西奥在身后带上门走了。姑娘嘴里含着皮带粗喘着气。那客人过来坐到床上，掀开她身上的被子，细细察看着她的身子，脸上一点儿表情也没有。这人身穿一件黑丝绸衬衫，他在姑娘身上俯下身时，衣服发出耳语一样的窸窣声。他的样子就像是一个嗜看女人裸体的病态色情狂，又像是殡仪馆为死人整容的化妆师；既像一个捉摸不定的梦中恶魔，又像是一个刚从大街上进来的花花公子。他用一双白皙的瘦手在那姑娘身上笨拙地忙乱，徒然地用他想到、听到的种种办法，想帮她恢复知觉。最后，他失望地对着眼前无知觉的姑娘喃喃地说："你算是什么呢？什么也不是。"

他推开门，跨进外面的围廊，只见约翰逊老爹坐在围廊边上，两肘支在膝头，望着西天的日落。那边富兰克林山上的天空正一点一点地暗下来，远处荒漠上空一群群天鹅正悠悠地朝河的下游飞去。它们离得太远了，在黛红色的天际好像一串串小黑点，也听不到它们的叫声。

"你这是要去哪儿啊？"老爹发问。

约翰·格雷迪走到围廊边，一边剔牙，一边和老爹一起望着外面的山野。"你怎么知道我要出去？"他反问。

"头发梳得光得像鼬鼠一样，"老爹说，"还有你这靴子。"

约翰·格雷迪在老爹旁边的台子上坐下。"我要进城去。"他说。

"进城，"老头儿点点头，念道，"城里还那样吧！"

"是，老爹。"

"我好久没去，也不知道是什么样子了。"

"你最后一次去埃尔帕索，是什么时候？"

"记不清了，有一年了吧，我想。也可能更久。"

"你老待在这里，不觉得闷吗？"

“也闷，有时候。”

“你也从来不想进个城，看看怎么样了？”

“没什么意思，也就是那么回事。”

“你以前常去华雷斯城吗？”

“常去。那会儿，我可是嗜酒成性啊！我最后一次去墨西哥的华雷斯城，还是 1929 年的事了。就那一次，我在一酒馆碰上一个人给杀了。那人就在吧台站着喝啤酒，另一个人进来，走到他背后从皮带上掏出 45 号手枪，冲他后脑勺就是一枪。然后把枪插进马裤，转身走了出去，不慌不忙，没事一样。”

“打死了？”

“打死了，还站着就没气了。我还记得，他一下子倒了下去，就像一口袋沉甸甸的麦子倒在地上，跟电影上演的情况一点儿也不像。”

“当时你在哪儿？”

“我差不多就站在那人旁边。从吧台后面的镜子里看见了整个过程。就因为那一枪，我这只耳朵到现在还是半聋的。那人的脑壳差不多全给打飞了，到处是鲜血、脑浆。我那天恰好穿着一件崭新的华达呢衬衫，戴了一顶很好的斯特森牌礼帽，结果一身上下除了靴子，全都得给烧了。浑身上下洗了八九次澡，信不信由你。”

他望着外面，望着西面渐渐暗下来的天空。“西部的老故事了。”他结束道。

“是的，老爹。”

“那时候好多人有枪，乱打乱杀。”

“为了什么呢？”

“为什么？”约翰逊老爹用几个指头摸着下巴，沉吟道，“这些人大都是从田纳西州和肯塔基州来的，还有南卡罗来纳州的埃奇菲尔德区和密苏里州南部来的。都是些山里人。他们在老家就是山民，见人动不动就开枪打，不光在这儿。他们一直往西走，到我们这儿的时候，正是萨姆·科尔特发明了六连发手枪的前后。这枪他们都能买得起，便都买了，挎在皮带上到处张狂。就是这么回事！这跟在什么地方完全没有关系，整个西部！他们撞到什么地方，什么地方就出乱子。我一直琢磨这事，我能琢磨出来的唯一理由就是这个。”

“你以前喝酒喝得很厉害吗，约翰逊老爹？要是你不在意我问的话。”

“很厉害。也许不像有些人说得那么厉害，可的确也不是想改就能改的毛病。”

“明白，老爹。”

“你想问什么尽管问吧。”

“好的，老爹。”

“你要到我的年纪，你就不会再这么客气了。有的事可能马克会觉得不好意思，不过对我，你还是什么都放心问吧。”

“好的，老爹。你什么时候戒了酒的？”

“噢，没那么容易，我毛病大了。我戒了，又喝上，又戒了，又喝上。好久，最后总算戒掉了，大概也是老得喝不动了吧。

这事儿啊，一点儿好处也没有。”

“你是说喝酒，还是戒酒？”

“都是。本来你喝不动了才戒掉，这又算什么本事？嗨，你看，真漂亮，是不是？”他朝渐渐下沉的夕阳点点头。

天边一抹深红，慢慢降临的暮色中带着一丝凉意，笼罩着山野，笼罩着大地。

“是的，老爹，”约翰·格雷迪应道，“真美！”

老人从口袋里掏出一包香烟。约翰·格雷迪笑了：“你这也还是没有戒掉啊！”

“进坟墓的时候我还想带一包呢。”

“你寻思到了阴间能抽烟吗？”

“没真那么以为，但总可以那么指望嘛！”

老人望着天，问道：“冬天蝙蝠都到哪儿去了呢？总得吃东西吧。”

“大概迁徙到南方去了吧。”

“也许是。”

“老爹，你觉得我该不该结婚？”

“嗬！这我怎么知道呢？”

“你从没结过婚？”

“也曾经想结过。”

“后来呢？”

“人家不愿意跟我。”

“为什么？”

“我太穷了，要么就是她爹嫌我太穷。我也不清楚。”

“那她后来呢？”

“说来也怪，她嫁了人，可不久就在生孩子的时候死了。这种事在那时候是很平常的。她是个特别漂亮的姑娘，还不到二十岁。我到现在有时还想她呢。”

西天最后的彩霞也消失了，天空一片深蓝，然后变成了黑色。他们身后厨房窗户里的灯也亮了起来。

“我想念有些人，想知道他们后来怎么样了，他们在哪儿，过得怎么样；死了的话，是死在哪儿了。我常想着老比尔·里德，我常常对自己说，我说：‘不晓得老比尔后来怎么样了？’这，我想我永远也不会知道了。我和他以前是老朋友啊。”

“还有什么？”

“什么还有什么？”

“你还怀念别的什么？”

老人摇摇头说：“你可别惹起我的话头儿来啊！”

“还有好多？”

“并不是所有的旧事都怀念。比如，那时候拔牙齿就用一把鞋钳子拽，用凉井水来止痛。这想起来都害怕，谁还想念它？但我怀念那时候牧场里的日子。我那时候出去长途贩牛，去过四次。那真是我这一辈子最好的日子，最好的了！海阔天空，周游四方，世上再没有比这更舒心的事儿了，以后再不会有了。那时候，一到晚上，牛群安静地睡了，一丝风也没有，大家便围坐在篝火旁，盛上一杯咖啡，听老家伙们讲他们的故事。都是多好的故事啊！给自己卷上一支烟，抽着抽着，就睡着了。再没有那么舒服的觉了，再也没有了……”

他一边说，一边往黑地里弹了弹烟灰。索珂洛推开门，往外看了看。

“约翰逊老爹，”她招呼道，“你还是进来吧，外头太冷了。”

“我这就进来。”

“我也该走了。”约翰·格雷迪说。

“别让人家等，”老人说，“人家会不耐烦的。”

“是，老爹。”

“快走吧。”

他站了起来，索珂洛已回厨房了。他看着还坐着的老人，问道：“你还是觉得那不是个好主意，是吧？”

“你说的什么？”

“我想结婚的事。”

“我可没说过那不是好主意的话。”

“那你到底怎么想？”

“我觉得，你应该顺着自己的心走，”老人慢慢地说，“要说，对任何事情我都是这个想法。”

他随着一群游客在华雷斯大街上往前走着，忽然看见那个擦皮鞋的小孩在街角上向他招手，

“我猜你是要去看你的姑娘吧？”男孩招呼他。

“不，我去找一个朋友。”

"她还是你的未婚妻吗？"

"对，还是。"

"你什么时候结婚呢？"

"快了。"

"你问她了吗？"

"问了。"

"她说'愿意'了？"

"对，她说了。"

男孩咧嘴笑了。"唉，又一个小伙子完蛋啦！"他寻开心地说。

"对，完蛋啦！"

"你走吧，"擦皮鞋的男孩又说，"我现在可就没法再帮你的忙了。"

他走进摩丹诺酒馆，摘下帽子，挂在门边墙上的长架子上一大堆帽子和乐器中间。然后走到留给盲乐师的桌子旁的另一张桌子上坐下。屋子那头的酒吧侍者向他点点头，举起一只手叫道："晚上好！"

"晚上好！"约翰·格雷迪答道。

他两手抱拳搁在桌子上。角落里一张桌子上坐着两个穿老式黑色演出服的老乐师。他们知道他是盲乐师的朋友，便彬彬有礼地向他点点头，他也点点头回答。一个穿白围裙的侍者从舞池那边走了过来，向他问候。他说要特奎拉酒，侍者深深鞠了一躬，像是领受了什么重大任务似的走了。他坐着，从街上传来孩子们的欢呼和小贩们的吆喝。一束太阳光从他身后高处的铁栅窗斜射进来，落在地上成一方白色耀眼的光亮。在光亮的中心卧着一只淡黄的大家猫，正在舔洗着自己。它一会儿摇头打呵欠，一会儿又转头盯着他看。过了一会儿，侍者把他的酒送来了。

他用舌头把手背舔湿，从桌上拿起盐罐往上撒了点盐，端起杯子喝了一口酒，然后从盘子里取了一瓣柠檬，放在嘴里挤着咂了咂，又拿出来放回小盘，接着再舔一口手背上的盐，又喝一口特奎拉酒。旁边桌上的乐师们坐着，都静静地看着他。

喝完了特奎拉，他又要了一杯。那只猫不见了，地上的那块光亮也往里头移了，过了一会儿，又移上了对面墙根。侍者开亮了旁边屋子的灯。又有一个乐师进来，跟先来的两个乐师坐到了一起。又过了一会儿，盲乐师和他的女儿进来了。

侍者快步迎上去，接过他的外衣，帮他拉开椅子。他们说了几句话，那侍者点点头，朝小姑娘笑了笑，拿着盲乐师的外衣走过去，挂了起来。小姑娘在椅子上稍稍转过身向着约翰·格雷迪。“您好吗？”她问候道。

“还好。你呢？”

“也挺好，谢谢。”

盲乐师坐在椅子上侧身听着，然后说：“晚上好！你来跟我们一起坐吧？”

“谢谢，行，那倒好。”

“那就赶快过来吧。”

他推开椅子站起身。盲乐师觉得他走近了，朝他微笑，向他旁边的黑地里伸出手。

“你好吗？”

“挺好，谢谢你。”

乐师对女儿用西班牙语说了些什么，接着，他摇摇头，说：“玛丽亚太害羞了。就因为不会用英语和我们的朋友说话，是吧？”

“您瞧，她不说话，这真没法！侍者呢？你要喝点什么？”

侍者把他们要的酒水端来了，乐师又给客人要了酒。他把手按在女孩的胳膊上，示意她，要等到大家的饮料上齐了再动。侍者走开后，他转身向着约翰·格雷迪。

“好了，现在说说，”他说，“有什么新情况？”

“我向她求婚了。”

“她拒绝了吗？”

“没有。她答应了。”

“那你干吗这么严肃？吓了我们一跳。”

那小女孩眼珠骨碌碌往上翻，又转开看着别处。约翰·格雷迪不明白那是什么意思。

“我今天来，是想请你帮个忙。”

“没问题，”乐师道，“尽一切可能。”

“那姑娘没有家，也没有担保人，所以我想请你做她的教父。”

“哦。”乐师沉吟着，双手握起支着下巴，接着又放到桌子上。

大家都无话，等着。

“当然，我觉得很荣幸。可是，你明白，这可不是件随便的事儿。”

“是，我明白。”

“你们将来要在美国生活？”

“是的。”

“美国，”乐师自言自语着，“是的。”

大家静坐着。盲人乐师静默的时候气氛显得格外静默难耐，连角落里坐着的三个乐师也盯着他看。他们根本听不见乐师在说什么，但好像也在等他接着说下去。

“教父的责任不仅仅是件礼仪上的事，”他深思地说，“这不光是为了加强朋友间的关系或者表示某种亲密。”

“对，我明白。”

“这是件很严肃、非同小可的事。所以要是对方有正当的理由而回绝的话，你应该不觉得有什么丢面子才好。”

“是的，先生。”

“在这样的事上，不能感情用事。”

盲乐师伸出一只手，伸开指头举着，好像是为了引起注意，或要挡开什么似的。他要是眼睛能看见的话，就像是正在端详自己的指甲似的。

“我的身体很差，”他开口说，“即使不是这样，你的姑娘也仍然应当在美国找人做担保或监护。因为她是要在那里开始她的新生活啊！你不觉得那样更好吗？”

“我不知道，我觉得能有更多的人帮助她就最好了。”

“是的，那当然。”

“是不是因为你觉得你看东西不方便？”

“不，”盲乐师放下手，答道，“这和我的眼睛没有关系。”约翰·格雷迪等着他说下去，可他再没话了。

“是不是有话不方便在你女儿面前说？”

“我女儿？”乐师说。他脸上露出了盲人才有的那种微笑，摇摇头。

“老天，”他叹道，“没有，不会。我们没有什么秘密。一个有秘密的瞎眼父亲？不，没有这种事！”

“你知道，我们在美国是没有教父的。”约翰·格雷迪说。

侍者过来把约翰·格雷迪的酒放在他面前。盲乐师一边向他说谢谢，一边用手指在木头桌面上摸索着，直到触到他自己的酒杯。

“祝贺你的婚事！”他举杯对约翰·格雷迪说。

“谢谢。”

他们各饮了一口。小女孩也把麦管插进饮料瓶，低下头吸啜起来。

“要是能找到一个合适的人，”盲乐师继续说，“既明白，又善良，那就可以向他讲明做教父的职责。你觉得怎么样？”

“我觉得你就是这个人。”

乐师喝了一口酒，把杯子放回到桌上原来的地方，沉思着握起两手。

“让我对你这么说吧。”他开始说道。

“说吧，先生。”

“像这种事情，一旦你对一个人说了，那他马上就有了责任，即使他拒绝了也是。”

“我只是在为她着想。”

“我也是。”

“她没有别人好求，她一个朋友也没有。”

“做教父不一定非要朋友不可。”

“总得有点什么关系吧。”

“要找愿意负起责任、品格正直的人。这就够了。此外，他可以是朋友，也可以不是朋友。他可以是你的一个有办事能力的亲戚，比如说，一个能把家庭团聚在一起的人，这你明白的。但他也可以是与你们的家庭没有什么关系的人，甚至可以是一个仇人。”

“一个仇人？”

“对！我就知道这样的一个例子，就在我们这个城市里。”

“他为什么要找仇人做孩子的教父呢？”

“他有很好的理由，你也可以说是最差的理由。总之，在我要说的这件事例里，那个人快死了，他最后一个孩子刚刚出世，是个儿子，他唯一的儿子。怎么办呢？他请来一个人，这人与他曾经是朋友，但现在成了仇人。他就请求这个人做他儿子的教父。这人当然一口拒绝：什么？你疯了？他心里是非常吃惊的，因为他们互相敌意很深，不说话已好多年了。但很可能，他们之间结怨，与他们先前成为好朋友，都是出于同样的原因。世上这种情况很常见。那濒死的人坚持要请这人做教父，因为他手里有……人们玩扑克时怎么叫来着？对……有保底的一张牌。”

“爱司。”

“对，最后一张爱司。他就对他的仇家说，他要死了，现在把牌都交出来，摊在桌子上，请求他仗义帮忙。这样，这人就再没法拒绝了，他手里已经没有任何其他选择了。”

盲乐师举起一只手，在烟气弥漫的空中往上一挥，他接着说：“人们开始议论了，没完没了地议论。有人说这是那将死的人想以此挽回他们以前的友谊；有的人说他做过对不起那个人的事，现在在永远离开这个世界的时候想加以补救。还有种种别的说法。实际上，事情比看上去要复杂多了。依我看，这个将死之人，不是被感伤所惑。他也曾有朋友离开世间。他也不是被幻觉所惑，他知道，人们最希望珍藏在心里的东西，往往很容易失去，而人们想弃绝的东西，却恰恰因为你想弃绝它们，反而如影随形、特别牢固地跟随着你。他知道，亲人们的怀念和记忆有多么脆弱易逝：现在他闭上眼睛会想到你；他们渴望能再一次听到你的声音。但所有这些怀念和记忆会随着时日的流逝变得淡而又淡，直到所有的记忆都成了遥远的回声和模糊的幻影。再后来，连这些也不复存在了。

“他知道：与此相反，仇人倒是永远互相记着，仇恨越深，记忆就越牢固。结果最痛恨的仇家倒在你心中永存。最对不起你、对你伤害最大的人，反而成了你家里挥之不去的‘住户’，大概唯有你的原谅和宽恕才能使他们离去。如果我们相信他足够聪明的话，这就应该是那人当时的想法了。

“这样，他就对教父的职守加上了最强有力的约束。不仅如此，选择了一个仇人，也就把整个社会都变成了监护者。因为如果是一个朋友来做，大家就不会太在意。可换了一个仇人呢？所以，你现在看到了，他是多么精明地把他的仇人给捕捉到精心编织的罗网中了。因为他的这个仇人本质上还是有良心的，是个有身份的人。这样，这个仇人加教父现在就不得不永远心里记着这个要死的人，不得不永远忍受着世人监督的眼睛。这样的一个人可以说永远也不会随意地背离教父的职守。

“那个父亲随后就死了。他的仇家教父便自然成了孩子的父亲一般。人们都在旁观着，代替那死了的人监督着。究竟是什么力量逼那仇家来干这个苦差事的呢？这是因为，不管怎么说，人间毕竟还是有正义和良知的。虽然一般认为这个良知和正义是属于社会这个整体的，但也有另一种观点，认为它也可以属于个别的人。每个人身上或多或少都有一份正义和良知。那个要死的人大概就赞成这个观点。我自己也是。人们常说世道人心是……怎么说来着？对，是旋转的。”

“无常的。”

“无常的？我不知道。还是说旋转的吧。但实际上世道人心并不是旋转的。世事永远是一样的。那人让整个人世做见证，保证他的仇人为他服务，永远忠于他的责任。他做的就是这件事，或者他就是这样相信的。有时候我自己也相信这个。”

“结果怎么样？”

“很出人意料。”

盲乐师伸手摸到酒杯，把杯子举起来，像是在仔细端详着。

然后又放下，搁到面前桌上。

“很出人意料。教父的身份和职责最后成了那个仇人生活的中心，从他身上激发出了最美好的品格，使他的人性得到了升华。他身上早已被忘却的美德一下子得到了充分的显现，他改掉了所有的恶习和毛病，他甚至开始上教堂做弥撒。教父的职责好像从他的心底里释放出了正直、忠诚、勇毅和奉献等种种品格，他的变化简直无法用语言来形容。有谁曾预见到所有这些？”

“后来呢？”约翰·格雷迪追问。

乐师笑了笑，是那种让人看了很难受的盲人的笑。

“你已嗅出点不祥的气味了？”他问。

“是的。”

“完全是这样，又是个不幸的结局。也许，这就是故事的教训吧。谁知道呢？你自己想想吧。”

“到底怎么了？”

“那个受了濒死的仇人之托后来改变了自己生活的人，后来破产了。那孩子成了他生活的全部内容，比全部还多。说他溺爱那孩子，是太轻描淡写了。谁知，到头来事情变得糟糕透了。我相信那快死的人的用心是好的，可也有人有不同的看法。因为父亲让孩子牺牲的事也不是没有的。

“那孩子长大以后粗野而狠心，成了一个罪犯，一个小偷，一个赌棍，还有其他乱七八糟的。最后，1907 年冬天，他在奥吉纳戈杀了人，才刚十九岁，跟你差不多吧。”

“同岁。”

“也许，这就是他的命。命中注定的事，没有哪个教父能救他，亲父亲也不行。那个教父倾家荡产为他到处行贿打点，都没有用。人一走上这个道儿就上了不归路。末了，教父贫病交加，郁郁而终。但他活着的时候也从来没有痛心或后悔过，好像从来也没有想过他是上当了。他过去曾是个强悍甚至有点无情的人，但后来对孩子的爱心把他变成了一个心软的老糊涂。我说这个，是因为我自己也倒过霉。我们都一下子忘却了自己，然后就全听凭命运怎么安排了。命运也许对你发点慈悲，也许一点儿也不。

“人们常说命运是盲目的，是不能计划、没有目标的。可这里的又是一种什么命运呢？世界上任何一个举动，一旦做了，就不可能悔改逆转的，又是有另一个举动为其先导的，而这个先导举动之前又有一个举动做先导。这样形成一个无边无际、庞大纠结的网。人们常以为他们可以对面临的问题自由地作出选择。其实，他们只能在既定的前提下作出选择。而在世世代代形成的巨大迷宫中，你的所有选择都是身不由己的。而且，在这迷宫中的每一个举动，本身又都是一个新的束缚和限制。因为它不但排除了其他的可能性，而且更牢固地依附在构成整个生活的那些限制条件上。比方说，要是原先那要死的人已原谅了他的仇人，那结局就该完全不同了。那么，到底男孩是专门安排下来为父亲报仇的？还是那濒死的人要故意牺牲自己的儿子？我们的打算都是针对未来的，而世界却在随时随地改变着，我们想把握它，哪里可能呢？我们唯一可依赖的只有上帝，以及皈依上帝意志的那份虔诚。”

乐师两手握在一起，向前倾着身子，拿起酒杯。“那些眼睛看不见的人，”他说，“就只有依靠先前的经验了。比如说，如果我不想喝空杯子出丑的话，我就必须记住我先前已把杯子里的酒喝完了。这个做了教父的人，他死的时候并不很老，大概比我现在还年轻些。照我刚才说的，好像是他的良知和社会的关心，使他认真地行使了教父的职责。其实，这些良知和关心什么的，都很快就淡化、消失得无影无踪了。倒是他对那孩子的爱给他带来了苦难——如果我们把它叫作苦难的话。你从这里得出什么结论呢？”

“我说不出来。”

“我也不知道。我只知道，做任何事，如果用心不诚，到头来总是会有报应的，任何事任何举动都是。”

说完，他们便沉默地坐着。整个屋子都是一片寂静。面前酒杯里的酒还都没碰过，约翰·格雷迪盯着玻璃杯上的水珠。盲乐师把手中的玻璃杯放到桌上，推到中间。

“你很爱那姑娘吗？”

“我可以为她去死。”

“可那管事也看上了她。”

“你是说蒂武西奥？”

“不，我说的是大管事。”

“爱德华多？”

“对。”

沉默。大家在沉默中端坐着。外面大厅里又来了几个乐师，大家正在开始调校乐器。

约翰·格雷迪盯着地面坐着，过了好一会儿，才抬起头来。

“那个老女佣靠得住吗？”

“你是说拉提尔达？”

“对。”

“噢，难说。”盲乐师低声叹道。

“可那老女人对她说过，她以后可以出嫁的。”

“可那老女佣是蒂武西奥的母亲啊！”

约翰·格雷迪听了又一惊，靠到椅背上，一声不响地坐着。他失神地望着盲乐师的女儿。那姑娘看上去安静、温存，又有点狡黠。她也正注意看着他。

“你原来不知道？”盲乐师问。

“不知道。她知道吗？……是了，她当然知道的。”

“是的。”

“她也知道爱德华多看中了她吗？”

“知道。”

厅里的乐师们奏响了一曲轻快的巴洛克风舞曲，一些上了年纪的人起身，轻轻地步入舞池。盲乐师坐着，双手搁在面前的桌上。

“她说爱德华多会弄死她的。”约翰·格雷迪说。

盲乐师点点头。

“你相信他会杀了她吗？”

“是的，”盲乐师点点头，“我相信他会杀了她的。”

“所以你不愿做她的教父？”

“对，是这个原因。”

“那会叫你也脱不了责任？”

“是。”

跳舞的人们在打蜡的地面上滑过，他们神情庄重，舞步规范，就像老电影里的样子，有一种古典的高雅。

“您觉得我现在该怎么办？”

“我不能给你什么建议。”

“你是不愿。”

“是的，我不愿。”

“是不是我应该放弃她，如果我保护不了她的话？”

“也许。”

“你觉得我保护不了她？”

“我觉得这里的困难可能比你想象的要大得多。”

“那我该怎么办？”

盲乐师坐着不语，过了一会儿才说：“你要明白，虽然我不能完全肯定，这是一件非常危险的事。”

他说着，把手在桌面上摸过来，好像要把什么他看不见的东西抚平。

“你大概是想要我告诉你一点那大管事的秘密，透露一点弱点什么的。可这件事的困难就在那姑娘自己身上。”

“你认为我应该怎么办呢？”

“向上帝祷告。”

“是吗？”

“你愿祷告吗？”

“不。”

“为什么？”

“我不知道。”

“你不信上帝？”

“不是这个原因。”

“是因为那姑娘是个异教徒？”

“说不清，也许是吧。”

“人们在跳舞？”盲乐师坐着，忽然冒出一句。

“是，在跳。”

“不是那个原因？”

“哪个原因？”

“她是个妓女。”

“不是。”

“你没想过你不得不放弃她的可能吗？说实话。”

“我不知道。”

“那你就不知道该怎么祷告，该祈求什么了。”

“是的，我不知道该祈求什么。”

盲乐师又点点头。他俯身向前，一只手肘支在桌上，前额抵住手上的大拇指，像是在教堂里忏悔的样子，也好像在听音乐。

“她到白湖之前你就认识她了？”他问。

“是的，以前见过她。”

“在拉维纳达酒馆？”

“对。”

“爱德华多也是在那儿认识她的？”

“嗯，大概是吧。”

“就是说，事儿都是从那儿开始的。”

“是的。”

“他是个魔鬼，是个精力贼足、对事情顶认真、抓住不松手的人。”

“我自己也是个认真的人。”

“这我知道，要不然就不会有这一摊事儿了。”

约翰 · 格雷迪端详着盲乐师没有表情的脸。这张脸和外界隔绝，外界对这张脸好像也是不存在的。

“你还想对我说些什么？”

“没有什么了。”盲乐师答道。

“你说爱德华多也看上了她？”

“对。”

“可他还是会杀她？”

“对。”

“明白了。”

“只是有可能吧。我只是想对你说，你对那姑娘的爱情得不到朋友们的全力支持。你以为大家会赞成的，可实际上没有，一个也没有。也许连上帝都不支持。”

“那您呢？”

“我没算我，要是我能看得清事情的前景，我就会告诉你的。可我看不清。”

“你觉得我像个傻子？”

“不，我没那么想。”

“就是那么想了，你也不会说的。”

“可能。可现在我并没有撒谎。我不那么想，也从来没那么想过。一个人追求自己挚爱的人，是永远没有错的。”

“哪怕是送了命也在所不惜？”

“对，我觉得是这样！哪怕是送了命也在所不惜！”

他从厨房外的场院里拉出最后一大桶垃圾，拉到火堆边，倒到火堆上，往后退了两步，看着浓烟滚滚而起，橙黄色的火焰在黑烟中喘息，映衬在黄昏时分微暗的天空。他用胳膊擦了擦眉毛，然后弯下腰，抓住手把把滚桶立起来，推到停在旁边的卡车边。他把大桶装到车上，抬起后挡板关好，然后走回屋子。他的朋友赫克托正在一边后退着一边用扫帚扫地。他们俩一起把饭桌从另一间屋子里搬过来，然后又搬椅子。赫克托从碗橱里取出一盏煤油灯放在饭桌上，取下玻璃灯罩点着灯捻，吹熄火柴，把灯罩罩上，然后用灯边上的黄铜手柄调了调火头的大小。“圣像呢？”他一边问道。

“还在车里，我去拿。”

他出去把剩下的东西从司机舱里拿出来，把粗木雕刻的圣像立到梳妆台上，又解开捆着的被单，准备收拾床铺。赫克托在门道里站着。“要我帮忙吗？”

“不用了，谢谢。”

赫克托便靠在门框上抽起烟来。约翰·格雷迪摊平被单，抖开枕头套，往里塞羽毛枕芯。然后展开索珂洛送给他的一床拼花棉被。赫克托把烟衔到嘴上走过来，到床的另一边，帮着约翰·格雷迪把被子铺好，后退一步看着。

“我看行了。”约翰·格雷迪说。

他们回到厨房里，约翰·格雷迪俯在灯上，手掌挡在灯罩上边，吹灭了灯，走出房子，随手关上了房门。他在院子里一边往外走，一边又回头不住瞧着小屋。外面夜空阴沉沉的，满天乌云，一片漆黑，寒气逼人。他们便朝下面停着的汽车走去。

“他们会等你吃晚饭吧？”

“会，”赫克托答道，“没问题。”

“你要愿意，可以和我们一起吃。”

“不了。”

两人爬进驾驶舱，拉上车门。约翰·格雷迪启动了引擎。

“她会骑马吗？”赫克托问。

“会，能骑。”

车在满是车辙的土路上往下开，后面车厢里的工具家什晃来晃去，碰得哐啷哐啷作响。

“什么在响？”约翰·格雷迪问。

“没什么。”

车上了第二挡，颠颠簸簸地往前开着，头灯的灯光上下乱晃。

拐过第一个弯的时候，一座城市跃入眼帘，三四十里开外的平原上点点灯火星罗棋布，在黑暗里熠熠生辉。

“这山上很冷的。”赫克托说。

“是。”

“你在上面过过夜吗？”

“有几晚我待到过半夜。”

他看了赫克托一眼，赫克托从口袋里掏出烟末、纸片，坐在那里开始卷烟。

“你不相信？”

赫克托耸耸肩，拿了根火柴在大拇指指甲盖上一划划燃，点上烟，嘘灭了火柴。

“总该很认真小心的。”他说。

“你说我？”

“不，我说我。”

前面路上蹲着两只猫头鹰，在车灯的光亮里，转过苍白的脸来，尖尖的，它们眨了眨眼睛，像幽魂一样伸开白色的翅膀，悄无声息地飞起，消失在头顶的黑暗里。

“是猫头鹰。”约翰·格雷迪说。

“不，是夜猫子。”

“是猫头鹰。”

赫克托笑了。他吸了一口烟，黑脸膛在黑色的玻璃窗里闪亮了一下。

“就算是吧！”他说。

“本来就是！”

“好，就是，就是。”

他走进厨房，看见奥伦还坐在饭桌旁。他挂起帽子，走到水槽边洗了洗手，倒了杯咖啡。索珂洛从她屋子里出来，把他从炉边撵开。他便端了咖啡到桌边坐下等着。奥伦从他的报纸上抬起头瞟了一眼。

“有什么消息，奥伦？”

“你要好消息还是坏消息？”

“不知道。挑点不好不坏的吧。”

“没有那种东西，那种东西成不了消息。”

“倒也是。”

“麦格雷戈家的姑娘被选成阳光狂欢节的皇后了，你见过她吗？”

“没有。”

“是个甜甜的妞儿。你的房子怎么样了？”

“还行。”

索珂洛把他的饭盒放在他的面前，还有一盘盖着餐巾的小面包。

“她不是城里姑娘，对吗？”

“对。”

“这很好。”

“是的。”

“比利说她漂亮得像只小鹿。”

“可他觉得我是在发疯。”

“是吗？你也许是有点，而他也许是眼红吧。”

奥伦一边看着小伙子吃饭，一边喝杯里的咖啡。

“我结婚的时候，我的伙伴们也都说我是昏了，都说我一定要后悔的。”

“那你后悔了吗？”

“没有。我们后来是离婚了，但我并不后悔。不是她的错儿。”

“是怎么了呢？”

“说不清，好多原因吧。最主要的是我受不了她家里的人。她妈妈简直是个要命的女人，我还以为我见过不少厉害女人，可见了她妈妈，才知道我错了。要是老头子还活着，我们可能还能对付着过下去，可是他得了心脏病。我知道他最后要出麻烦，我问候他的时候，是真的希望他能好起来，并不是仅仅出于客气，可他到底还是死了。然后，丈母娘就来和我们一起住了，带了她所有的坛坛罐罐来。这一来，日子就再没法过下去了。”

他从桌上烟盒里取出一支烟点上，若有所思地把烟一口喷到屋子当中，眼睛却盯着约翰·格雷迪。

“我们一起过了快三年，直到那一天。以前她常常给我洗澡，说了你大概都不相信。我真心地喜欢她。要是她没有父母就好了，那我们就不会离婚，现在还是夫妻。”

“对不起，我真替你难过。”

“一个人结婚的时候，不会知道以后会发生什么事的。他也许以为他知道，其实不可能。”

“你说得可能对。”

“嗨，如果你想知道你有什么毛病，你应该怎么改造，最好的办法就是把女方所有的亲戚都请来住在你家。我保证：你马上就完完全全地明白是怎么回事了。”

“可她没有家。”

“那就好了，”奥伦道，“你这步棋很高明。”

奥伦走了，约翰·格雷迪端着咖啡坐了很久。窗外，南方远处墨西哥上空，天地交接的地方，细小亮白的闪电像蛇的舌尖一样在漆黑的天边无声地闪动。屋里一片寂静，只有过道里的座钟在滴答滴答地走着。

他回到马厩时，比利的灯还亮着。他走到放着小狗崽的马舍，把它抱了起来。小狗在他的臂弯里扭动着，呜咽着。他抱着它回到自己的小隔间，走到门口，站住回头望望。“晚安！”他高声喊道，一边拨开帘子，伸手到头顶黑地里摸灯绳。

“晚安！”比利喊了回来。

他笑了笑，又放开灯绳，就摸黑坐到自己的隔间里，用手抚弄着小狗的肚子。一阵风刮来，马厩那头一块松动的铁皮屋顶哗啦啦响动，他闻见一股马的气味。风过去了，静了下来。屋子里有点冷，他想点上那个小煤油暖炉，继而又作罢。只是脱掉靴子和裤子，把小狗放进盒子，自己和衣蜷进毛毯躺着。屋外的风，屋里的冷，都让他想起儿时在北得克萨斯祖父家的那些冬夜：当风雨从北边大草原上吹洒过来，祖父的大屋每每被突然来临的闪电照得雪亮，在霹雳声中当风颤抖着。那年他刚有了他的第一匹小马，每当这样的晚上，每当这样的清晨，他便用毯子裹着身子，像一个包着破布的难民，走出屋子，埋着身子，顶着风和雨点来到马厩里，沿着长长的走廊走下去。外面霹雳闪电，明亮的白光透过板条墙投射进来，他在一闪一闪的光亮中往前走，走过被闪电照得一隐一现的马舍，一直走到小马的马舍跟前。小马正站在里面等候着，他拉开门闩，扑进去坐到草上，两手抱着小马的脖子，直到可怜的家伙不再继续颤抖为止。

他常常在那儿待一整夜，直到早晨阿图罗来喂马的时候。阿图罗总是趁人们还没睡醒的时刻送他回大屋。一边走，一边把他身上的草刷掉，他俨然是个小主子。那时谁也想不到，后来战争的爆发使他再也成不了小主子了。他早年的梦总是一样的，总是有什么东西在担惊受怕，而他则来安慰它们。今晚，他又做梦了。在梦里，他看见自己穿着一身西服，打着新的黑领结，在屋里站着。这衣服正是祖父葬礼那天他在冷风中穿过的。

他还梦见也是这样一个冷天，早晨上工之前，他站在马克的马厩里他自己的小屋里，也穿一身黑色外衣，包装外衣的盒子打开放在床上，盒子里的纸散落在四处，断了的包装绳也堆在床上，旁边是割绳子用过的小刀……这是他爸爸留给他的。比利也在，站在门道里看着他。他扣好外衣纽扣，两手交叉在肚子前面站着。墙上横穿立木的木条上放着一面小镜子，镜子里看得见他的脸，在这冬天早晨的寒气中显得消瘦而苍白。过了一会儿，比利转身往地上的谷草里吐了口唾沫，顺着马厩中央的过道走出去，到大屋去吃饭了。

他最近一次见到她，是在多底蒙多斯旅馆，还是在二楼拐角的那个房间。他从窗户边看见她在下边给出租车司机付钱，便赶紧去到门边，迎她从楼梯口上来。姑娘进来坐在床边，他紧握着她的双手，觉得她的气还没喘过来。

“你好吗？”他问。

“好，挺好的。”

他急切地问她没有改变主意吧。

“没有，”她说，“你呢？”

“决不会。”

“你爱我吗？”

“永远！你呢？”

“我爱你一辈子。”

“那就好了。”

她说她试着为他俩祈祷上帝了，但总做不下去。

“为什么？”

“不知道，大概上帝听不见吧。因为我不信教。”

“他能听见的。要在星期天祷告，这最重要了。”

他俩上床做爱。完后她蜷卧在他怀里，静静地一动不动，只有身体随着呼吸起伏不已。他不知道她是睡了还是醒着，一直对她讲着他自己过去的事。他对她讲了他以前给库阿特罗·西埃那卡斯牧场干活儿的事；讲了他和老牧场主的女儿之间的事；讲了他与她的最后一次见面；讲了他在萨尔蒂略被关进监狱的事；以及他一直说要告诉她的脸上伤疤的事。他还讲了他在圣安东尼奥大剧院看他妈妈演戏的事；以前常和父亲骑马到圣安吉洛北山里去的事；讲了他的祖父、祖父的牧场、横穿牧场西边的科曼奇人的古道以及他小时候在秋天的月夜里纵马驰骋在古道上的情景：那些古科曼奇人的幽灵在路上一批批从他身边驰过，奔向另一个世界，去寻找他们活着的时候终生追求而没有寻获的东西……

太阳影子斜了，他们才出了房间。他告诉她，司机拉蒙·卡古铁雷斯会开车到诺彻屈斯特街接她，把她送到国界那边。到时他会把必要的证明文件弄好，让她顺利入境。

“一切都安排好了。”他说。

她紧紧握住他的双手，漆黑幽深的眼睛紧紧地盯着他。他对她说，什么都不要怕。还说拉蒙是他的朋友，证明文件也都齐了，决不会有错的。

“拉蒙当天早上七点钟来接你。你一定要准时到那儿。”

“我会在那儿的。”

“在饭馆里面等着他来找你。”

“好的，好的。”

“这事儿可不要告诉任何人。”

“知道，任何人都不说。”

“任何东西也别带。”

“任何东西？”

“对，任何东西都不能带。”

“我有点害怕。”

他搂住她，说：“别怕。”

他俩静静坐着，从窗外楼下街上传来小贩的叫卖声。她把脸贴在他的肩上。

“主持婚礼的神父，”她说，“他会说西班牙话吗？”

“会，会说。”

“我不知道上帝能不能宽恕我的罪孽。”

他张嘴要说，可她把手扪在他的唇上挡住，说：“先说说你自己是怎么想的？”

他的眼睛掠过她漆黑光洁的头发，茫然地望着街上渐渐浓重起来的暮色，心里想着他自己心里相信的东西和不信的东西。过了好一会儿，他才说，有些人说他们知道上帝的意志，他不大相信；可他还是相信上帝的，要是上帝还不能宽恕她，那他就不是上帝了。

“上帝会宽恕任何罪过？”

“任何罪过都可以宽恕，是的！”

“没有任何例外？”

他正要回答，她又用手捂住他的嘴。他就转而亲吻她的手指，接着把她的手拿开一点儿，说：“除了放弃希望、自暴自弃以外。”

要分手的时候，她一边伸出手去摸他的脸颊，一边问他会不会一辈子爱她。他在半空中接住她的手，说：“这我不用想，我会深爱你一辈子。”

她用双手捧着他的脸，纵情地吻着。“我爱你，我爱你，”她柔声呜咽着，“我要永远做你的妻子。”

她站起来，转过身子，拉着他的双手。“真想一起走，那该多好。”她说。

他站着不动，用两只胳膊搂住她，在暗下来的屋子里不停地亲吻她。他想送她到走廊那头的楼梯口，但她在门口止住了他，最后吻了他一下，便说了再见。他在房间里听着她下楼的脚步声渐渐远了，急忙跑到窗户边，想看着她从大门口出来，但却没能看见。心想她一定在下边街上紧靠着这边墙走了。他跌坐在床上无心地听着外面嘈杂的声音。他坐着，坐了很久，想着自己的这一辈子，想着这一辈子好多事情都根本不能事先预料，他一辈子的希望和打算也没有多少真正是他自己的主意。屋子里全黑下来，窗外面旅馆的霓虹灯招牌亮起来了。他又坐了一会儿，然后起身，从窗边椅子上取过帽子戴上，开门走了出来，往楼下走去。

一辆出租车在十字路口停住。一个胳膊上戴黑纱的小个子站在路中间，举起手拦住了它。司机摘下帽子搁在仪表板上，等着。坐在车里的玛格达莱娜探身往外看。街上传来低沉的喇叭声和马蹄的嘚嘚声。

一队吹鼓手走了过来，都是些穿着旧黑外套的老人。后面跟着几个抬尸床的人，肩上扛着一张缀满鲜花的床垫，花丛中躺着一个刚死了的人。他年轻，脸色苍白，手搁在身子两旁，僵直地挺在床上，被抬着往前走着。几个凹痕遍布的吉卜赛喇叭大声奏出的哀乐，在路两旁的铺面之间、建筑物之间、泥土地上来回冲撞、回荡。一群裹着黑色大披巾的妇女一边走一边哭泣，孩子和男人们穿着黑衣服、戴着黑纱。盲乐师也在他们中间，由他的女儿领着，蹭着脚，小步小步地走着，脸上一副哀痛的表情。再后面是两匹大小不配的马，拉着一辆旧木车。车厢里麦草、谷籽也没有清扫，就载着一副棺材。棺材是手工刨成，用木榫组合的，没用一颗钉子，就像旧时候西班牙犹太人的棺材一样。拿木头用烟熏黑，用蜂蜡和油漆漆过，除了还能看见细细的木纹外，整个儿就像是一个表面打磨过的铁箱子。

马车后面跟着一个背棺材盖的人，背上背着棺材盖，像是为死者赎罪的罪人一样，连人带衣服都用煤烟和蜡涂得漆黑。出租车司机见了，静静地在胸口画了个十字。姑娘也画了十字，然后用嘴吻着自己的手指。

马车嘎嘎地走来，大轮子滚动着，慢慢从街道对面的店铺面前经过，从站在店铺面前面色凝重的看客前面经过。从出租车里看过去，旋转的木轮辐条把街上的光、色、人脸都切成一条条不断晃动更替的图景，就像一副搓开的扑克牌一样。石头路上车轮椭圆的影子不停地转着转着，影子前面则是马的影子，蹄子一上一下，一屈一伸地捣动着。一切都在晃动，晃动……

看着，看着，姑娘突然举起双手，把脸紧贴在前面的椅背上，然后猛地往后一倒，一只手捂住眼睛，脸歪到肩膀上，紧接着又僵挺起来，两手撑在身边，哭出声来。司机在座位上扭过身子，惊问道：“怎么了，姑娘，你怎么了？”

水泥的天花板，上面留着浇筑时用过的木模板的痕迹，满是水泥疙瘩、钉头，还看得见当初在锯木厂留下的圆盘锯划痕。屋里只有一盏熏黑了的灯泡，发出昏黄的灯光，一只粉翅蛾正绕着它盘旋着。姑娘被带子捆着，躺在一张铁台子上。她身上只穿着薄薄的汗衫，身下铁板透着冰凉。她望了望电灯，又扭转头打量这间屋子。过了一会儿，一个护士从灰色的铁门里走进来，把姑娘肮脏的、残留着胭脂的脸扳过来朝着自己。“帮帮忙，”她说，“帮帮忙。”

护士解开带子，把她脸上的头发掠到后面，说去给她拿点喝的来。护士一出去，门刚一关上，她就坐了起来，爬下铁台，四处寻找放她衣服的地方，可屋子里除了墙边还有一张铁台子外，就空无一物了。她拉开门，见是一条长长的灯光暗淡的绿色走廊，一直通到尽头的一个关着的门。她跨进走廊，一直走到头，拉了拉那门，门开了，外面是一段水泥台阶，边上是铁管扶手。她走了下去，拐弯下了三段台阶，便到了漆黑的街上。

她不知道她这是在什么地方。在街角上她问一个人市中心在哪个方向，那男人却盯着她的胸脯，怪怪地看着，就是在答话的时候，眼睛也不移开。她转身沿着破烂不堪的人行道向城里走去。一边走，一边小心地躲开地上的石头和碎玻璃片。一辆汽车从旁边疾驰而过。车灯的强光照透了她的纱衫，只把她里面瘦小玲珑的身躯投射到路边黑黑的高墙上。影子迅速向后退去，转瞬间又隐没在黑暗之中。一个男人把车靠了过来，跟在她旁边慢慢开着，向她搭着下流的话。那人又把车开到前面，停下来等着她。她赶紧钻进两座房子间的小巷道，蹲到几个破油桶后，浑身哆嗦着。她躲了很长时间，身上越来越冷。她出来时，那车已不见了，她才又继续往前走。经过一个空场时，篱笆边一条狗悄无声息地向她冲了过来，却又停在拐角那儿，呼着白气，盯着她慢慢走远。她又走过一幢漆黑的房子和一个院子时，一个老头儿，也只穿着睡衣，站在那里对着土墙撒尿。隔着黑黑的一段距离，他们默默地点了点头，就像是在梦中一样。

人行道走完了，她光脚走在了路边冰冷的沙土地上。她不时停下来，交替用一只脚站着，用手从流血的脚底板上把蒺藜一个个摘去。她朝着市中心上空的微光走着，走了好久好久。横过九月十六日大道时，她两臂紧抱在胸前，垂下眼睛，在汽车喇叭声之中，从灼亮的车灯前面冲了过去。她半裸着，衣衫破烂，就像是一个从阴间黑暗中跳出来的幽灵，在人间的亮光中一闪，马上又隐入黑暗，消失不见，只给汽车里瞥见她的男人们留下让他们午夜梦回的印象。

她到了城市北边的西班牙居民区，走过一堵堵土墙，一个个铁皮小货仓。沙土路上除了星光外，没有一丝灯光。她听见前面有歌声传来，是一个女人唱着儿时的歌。接着便看见这个女人走了过来，往城里走去。她们互相招呼了一声“晚上好”，正要继续各自走开去，那女人忽然停住，转过身来，叫住了她。

“你去哪儿？”她问。

“回家。”

那女人静静站着，打量着她。姑娘问她是不是认识她，那女人说不认识。她又问姑娘是不是住在这个区，姑娘说是。那女人说那就怪了，怎么她会不认识她呢。姑娘没有作声。那女人便慢慢走回来，站到她跟前。

“你这是怎么了？”她问。

“没怎么。”

“没怎么！”那女人说着，她绕着姑娘转了半圈，打量着。

姑娘手抱在胸前，哆嗦着。在这星光四垂的平野上，显得那么孤立无援，不知怎么才能说出她到底是什么人。

“你是白湖舞厅的姑娘吧？”那女人问。

姑娘点点头。

“你现在就回那儿去？”

“是。”

“干吗还去那儿？”

“我不知道。”

“你不知道？”

“不知道。”

“愿意到我家去吗？”

“我不能。”

“为什么？”

她说她不知道。那女人又问了一遍，说她可以跟她回去，住她家里，她家里就只有她和她的几个孩子。

姑娘低声说她不认识她。

“你愿意就在白湖待着？”

“不。”

“那就去我家吧。”

她站着，哆嗦着，摇头说不行。太阳快出来了，头顶黑色苍穹上，一颗星星悠然陨落，拂晓前料峭的寒风吹着废纸在街上滚动，滚到路边的小树枝上，抖动几下，又掉下来，继续往远处滚去。那女人望了望东边原野上的天空，又回头看看这姑娘，问她冷不冷。姑娘说冷。她便又问："那你去我家吧？"

姑娘说她不能去，因为她的男朋友三天后要来接她去结婚。她谢谢了那女人的好心。那女人一只手托起姑娘的下巴，仔细端详着她。姑娘以为她要说什么，但她什么也没说，只是仔细地看着她，像是要努力记住她，又好像想从她的脸上读出她曲折的生活经历，想象她在这个经历中所受的损害和侮辱、失去了的亲人以及被剥夺了的一切。

“你叫什么名字？”姑娘问。那女人没有回答，她摸了摸姑娘的脸，放下手，便转身离开，沿着黑暗的街道走去，消失在黑暗的街上，再也没有回过头来。

爱德华多的汽车没在门前，看来他不在家。姑娘便紧靠着墙根，蹑手蹑脚地沿着小巷子走进去，推了推后门。门锁着，她敲敲门等着，又敲了敲，又等，一直等了很长时间。最后她又回到大街上，在灯光中她看见自己呼出的气结成了白霜，映在波纹板的铁墙上。走到巷口，她回过头往后又望了望，然后转过去走到房子前面，走进大门，往台阶上走去。

女门房脸上抹着胭脂，穿着单薄的内衣，团抱着身子站在门前，看见她好像并不怎么吃惊。她往后退了一步，扶着门。姑娘进来，谢了她，便向大厅后面走去。两个站在吧台边的女人转过来看她。她浑身肮脏，脸色苍白，从屋外的寒风里跑进来。她低着眉头，流浪儿一般，又像忏悔的罪人似的走过大厅，光着的脚板在地毯上留下点点殷红的血印。

爱德华多好像专门为这事仔细打扮了一番，当然也可能是有生意要办。他把烫金的袖口往上推了推，看了看手表。他身穿一件浅灰色中国茧绸外套，系一条同样颜色的领带，衬衣是浅柠檬色的，上衣胸前口袋插了一方黄绸手绢，脚上一双拉链装在里面的矮腰皮靴，刚刚擦过。

她穿着一件他送给她的橘黄色长衫坐在床上。这老式的床很高，她的脚不能完全着地。她低头坐着，头发散落在腿上。两手支在两边，像是怕摔倒似的。

他说着，语调平缓，态度似乎很通情达理。但他越是显得有理有据，姑娘就越觉得透心的冰凉。每说一段，他就停一会儿，让她说话。但她一直一言不发。她的沉默使他的下一段责骂更加苛刻，更加冷酷。这些话本来应该说完就完了，在现实世界中不会留下痕迹或踪影的。然而，不知怎么，这些话好像在屋子里筑起了一副无形的枷锁，把姑娘牢牢地禁锢在了其间。

他说完停下来盯着姑娘，问她有什么话要说。姑娘摇摇头。

“没有？”他叫道。

“对，没有。”她说。

“你以为你有什么了不起吗？”

“没有。”

“对，没有！你以为你在这儿有什么特别？上帝特别看得起你？”

“从来没这么想过。”

爱德华多转过身子，从装着铁栅栏的小窗户往外望。外面，城市尽头的道路隐没在荒原中，隐没在沙滩和垃圾堆里。中午时分白亮的视野里，浓烟升起在地平线上，这些焚烧垃圾的黑烟就像原野上的烽烟警报一样，好像在预示着什么野蛮部落就要从那个垃圾后面冲过来了。

他没转身，继续说着，他说她因为年轻，在这个妓院里给娇惯坏了。他说她的那个病就是个病，可她却听信妓院里那些女人的迷信说法，乱折腾。那帮女人都是假惺惺，要是她们知道吃她的肉能祛病、固宠，能在上帝面前救赎她们自己的灵魂的话，她们早就毫不迟疑地扑上来吃她的肉、喝她的血了。可她竟还信任她们，真是蠢透了。他还说她的那个病是不治之症，等不了多久，等这病要了她的命的时候，她就明白了。

他转过身来仔细盯着她。她消瘦的肩膀随着呼吸起伏着，脖子上的血管鼓跳着。她抬起头，眼睛遇到了他的眼睛。她知道他已经看透了她心里的念头，真真假假都逃不脱他的眼睛。

爱德华多抿着嘴唇狞笑着说："你的情人还不知道？你还没有告诉他吧？"

"什么？"

"你的情人还不知道你有这病吧？"

"是，"她嗫嚅着，"他不知道。"

他把棋子都堆在棋盘上，把棋盘转了过去。

"再跟你来一盘。"约翰·格雷迪说。

马克摇摇头，从他嘴里拿下雪茄，慢慢把烟吐到桌面上。然后端起杯子，把剩下的一口咖啡喝掉。"我再不下了。"他说。

"好的，先生。这一盘你下得确实好。"

"我没想到你会把象对掉。"

"那是一种尚伯格开局法。"

"你看了不少棋谱？"

"没，没多少。就看了尚伯格的。"

"你说你也打扑克？"

"是的。有时候打，先生。"

"你好像说得不大肯定似的。"

"我从来都不特别爱打扑克。我爸爸以前倒是个扑克迷。他还常说，打扑克的麻烦是扑克里有两种钱。赢来的钱算是意外之财吧，可输了的钱可是你的血汗哪。"

"他是个扑克高手吗？"

"是的，先生，他大概是最好的玩家之一。可他警告我别碰扑克，他说那不是件正经玩意儿。”

“那他自己为什么还玩呢？”

“因为那是他所精通的第二件事。”

“那第一件，是什么呢？”

“做牛仔。”

“那我想他一定是个很棒的牛仔了。”

“是的，先生。”

“我们这地方好多年轻人都干牛仔，也有不少墨西哥人。”

“是的，先生。好多。”

马克吸了口雪茄把烟喷向窗户。“比利常跟你在一起，还是你们还在闹别扭？”

“我们没事。”

“他会在你订婚时给你做伴郎？”

“是的，先生。”

马克点点头：“她呢？没什么人陪着？”

“没有，先生。不过索珂洛会带她家人来陪的。”

“那就好。我自己也有三年多没穿过西服了，我想大概得事先试穿一下。”

约翰·格雷迪把最后一颗棋子拾进棋盒，盖上木头盖子。

“我大概还得请索珂洛帮我把裤子改长一点儿。”

两人继续坐着，马克抽着他的雪茄。“你不是天主教徒，对吧？”他问。

“嗯，不是。先生。”

“到时候不需要我做什么解释之类的事吧？”

“不需要，先生。”

“那，日子就定在星期二了？”

“是的，先生。2 月 17 日。是四旬斋节的前一天，或前两天。然后，一直到复活节，都是适合结婚的日子。”

“时间是不是有点紧？”

“问题不大。”

马克摇摇头。他把雪茄用牙咬着，往后推开椅子站起身来。“你在这儿等我一会儿。”他说。

约翰·格雷迪听他走过大厅，进了他的房间。他回来时，坐下，把一只金戒指放在桌子上。

“这玩意儿在我桌子里放了三年了，放在那儿一点儿用也没有，以后也不会有用。玛格丽特死前我们谈了所有的事情，也谈过这个戒指。她不愿意让这个戒指埋在地底下。现在你把它拿去，我送给你了。”

“先生，这……这恐怕不好吧，我不能拿。”

“没事，你就拿了吧。我想过你会说些什么了，现在就不要一样一样再说了，都省了吧。把它放到口袋里，星期二再戴在姑娘的指头上。大概还得调一下大小。以前戴这戒指的女人是个漂亮女人啊！不是我一个人这么吹，你可以问任何人。她不光是外表漂亮，内心更是善良。我们一直想要孩子，可就是生不出来。也不是没有想办法。她是个很明白、很通情达理的女人。我以为她就是要我留下戒指做个纪念，可她说到时候我就知道它有什么用了。她倒真是说对了。她样样事情上总是对的。我不是夸张，她一辈子最看重的也就是这只戒指了，连那些漂亮的马都比不上。好，收起来，装进口袋。不要再和我争了。”

“那好吧，先生。”

“现在，我要睡觉去了。”

“好的，先生。”

“晚安。”

“晚安。”

从哈利拉斯山高处豁口那里，可以望到水泉下面一片绿色的阶地，还可以看到牧场上的炊烟，在清晨宁静的空气里直直地从屋顶升起，像一丝舒卷着的轻云。他们骑在马上站着。比利向山那边扬了扬头，说：“还是小孩子的时候，我和我兄弟常常骑马进山去。爬上牧场南面那个平台的时候，总要停下来，回头看看下面牧场的房子。冬天的时候常下着雪，地上也积着厚厚的雪，炉子里旺旺地生着火，所以总看见烟筒上冒着烟。那儿离牧场很远了，牧场从那儿看上去跟从这儿看不大一样，什么时候都不一样。有时候一到山里就是一整天。得用石头把那些牛从溪沟里赶出来，赶到下面的饲养站，然后拿饲料如压缩的棉籽之类喂它们。我们从来没有哪一次不在那儿停一停，回头看看，然后才骑着马往山上走。从家里走到那儿不到一个钟头，家里火炉上的咖啡还没凉呢。可离得已经很远了，太远了。”

远处有一条细细的公路，笔直的，上边卡车像玩具一样无声地来往行驶着。公路后面，是一段段绿色的河流。更远，则是绵延的墨西哥连山。

比利回头望着约翰，问：“你还会回那边去吗？”

“哪边？”

“墨西哥。”

“我不知道。还想去，你呢？”

“我大概不会回去了，已经够了。”

“我上次是从那儿逃出来的。骑了一夜，连火也没敢生。”

“还挨枪打了？”

“挨枪打了。那里的老百姓会把你迎进门，把你藏起来，瞒住外面。从来连问都没人问过我到底是犯了什么事儿。”

比利两手搭在鞍韂上骑坐着。他转身啐了一口：“那小道我一共去了三次了，可从来没能带回什么我想要的东西。”

约翰·格雷迪点了点头：“你要是做不了牛仔，会做什么？”

“不知道。我想总得想点什么来干吧，你呢？”

“我不知道我能想出点什么来干。”

“也许有一天我们都不得不想出点什么来。”

“也许。”

“你觉得你能在墨西哥过下去吗？”

“能吧，我想。”

比利点点头：“你知道那儿一个牧工能挣多少钱吧？”

“是。”

“走运的话，你也许能当上个领班或什么的。可迟早他们会把所有的白人都撵出他们国家的，连巴比可拉族印第安人也免不了的。”

“这我知道。”

“你要有钱的话，大概会上兽医学校的，是吗？”

“对，我会的。”

“你给你母亲写过信吗？”

“这跟我母亲有什么关系？”

“没什么关系。我只是心想，你大概不知道你是个多么不安分的人。”

“为什么？”

“你是问为什么我那么想？”

“为什么说我不安分。”

“我也说不清。大概你的心就是不安分的吧。我以前也见过你这样的。”

“就因为我刚才说了我能在墨西哥待下去？”

“不光是那个。”

“你不觉得我们的这种生活只有在那边还剩着一点儿吗？”约翰说。

“可能是。”

“那你也觉得那儿好了？”

“是吗？我弄不清我们现在这种生活到底是好还是不好，我也确实不了解墨西哥那边的事。我看你对那边的了解，也大都是自己心里的想象。墨西哥，我在那边去过很多地方。你第一次在那里听过人家给你唱墨西哥牧歌后，你好像觉得你了解整个墨西哥了，可等你听过一百遍后，你倒觉得你还什么都没明白，你也永远明白不了。很早以前我就明白我在那儿是没戏的了。”

他盘起一条腿，勾在鞍轿上，坐在马上卷起烟来。缰绳搭在背上，两匹马就低头慢慢啃着地上稀疏的草皮。风从山口里横吹进来，草茎簌簌地发抖着。比利转身背风佝偻着身子，在大拇指指甲盖上擦着一根火柴，点上烟，又转过身来。

“不光我一个人觉得这样。那边完全是另一个世界。我认识的每一个从那边回来的人，当初也都是抱着希望去那边的，或是自以为抱着希望去的。”

“对。”

“有的人是不干了，有的人是干不了了。这两者是很不同的。”

约翰·格雷迪点点头。

“你大概不同意我说的话，是吗？”

约翰·格雷迪望着远处的群山。“是，”他回答，“我想我不同意你的话。”

他们又坐了很长时间。风呼呼地刮着，比利的烟早抽完了，便在靴子底上拧熄了烟头。他从鞍轿上取下腿，摸着把脚伸进马镫，伸手拾起马背上的缰绳。马跷了几步，又站住不动。

“我爸爸有一次跟我说，他一辈子见过的最可怜、最伤心的人，倒是那些达到了自己的目的的人。”

“不管怎样，”约翰·格雷迪说，“我还是愿意再冒冒风险，换个法子试一试。”

“知道。”

“你随便怎么说都关系不大。其实，人不过是在说服自己，而时常却连自己也说服不了。所以，你只要照自己的良心、善意和判断去行事就行了。”

“是。不过，人们常常并不知道也不关心你的良心和善意。”

“我知道，也许情况还比你说的更糟，我不在乎。”

四旬斋前的星期日，破晓之前，天还黑的时候，玛格达莱娜便点着了蜡烛。她把蜡烛台放在地上梳妆台的背后，这样烛光便不会从门下面的缝隙泄露到外面过道上去。她在洗脸槽边用肥皂和毛巾洗过脸，俯下身子，让满头的黑发散落到前面，用湿毛巾从上到下擦了好多次，又用刷子反反复复地刷好。然后，往手心里倒了几滴香水，两手搓了搓，往头发上、脖子后面扑拍。接着，把头发拢起来，编成辫子，盘起来用卡子插好。

她仔细地穿上她三件外出衣服中的一件，站在昏暗的镜子前打量着。衣服是海军蓝的，领口和袖口上镶着白条。她转过身朝着镜子，从肩上伸手到背后系好最上面的一颗纽扣。然后又转过身子，坐到椅子里，穿上黑色的舞鞋。她站起来走到梳妆台前，拿起小手包，尽可能地往里塞洗漱用具。“少带一点儿。”一边低声自言自语，一边塞进干净的内裤、刷子、梳子，然后用力扣上手包扣。“少带一点儿。”

接着，她从椅背上拿起毛衣套到身上，转身打量着屋子，心里知道以后再也不会回这里了。粗刻的木头圣像像往常一样立在桌上。她从洗脸架旁取下一块毛巾，把圣像包了起来搁在膝上，手包挂在肩上，坐在椅子上等着。

她等了很久。她没有手表，只能听城里远处钟声敲响才知道时间。有时候，风从原野上刮过来，就连钟声也听不见了。渐渐地，听见公鸡啼晓了。过了一会儿，她听见过道里传来拖鞋的踢踏声，是老女佣拉提尔达来了。门打开时，她站了起来，拉提尔达往里看了她一眼，转身往后面过道那头又望了望，跨进门来，一只手掌按在胸口，一个指头竖在嘴唇上，悄无声息地用身子把门关上。

“准备好了吗？”她急切地说。

“嗯，好了。”

“那我们走吧。”

老女佣把肩膀一抖，仰了仰头，活像哪本故事书中的搽脂抹粉的老太太。姑娘抓起手包，胳膊下面夹着圣像站了起来。老女佣开门往外张望了一眼，用手推着姑娘一起往外走。姑娘的舞鞋在瓷砖地上踩出了响声，老女佣朝她看了一眼，姑娘赶紧弯下腰，一个个提起脚把鞋子脱下，塞到腋下和圣像一起夹着。

老女佣把身后的门关上，她们便向走廊那头走过去。老女佣一只手像小孩子一样举着，在她围裙上摸索着用皮带拴着的钥匙。到了外面的门前，姑娘停下来又把鞋子穿上。老女佣则一面用她的围巾裹住沉重的铁门栓，免得发出声响，一面用她手里的钥匙开锁。门打开了，外面的寒气涌了进来。

她们面对面站着。“快点，快点！”老女佣低声催促着，姑娘把答应给她的钱压到她手心里，又扑上去两手抱着她的脖子，吻了一下她又干又粗的脸颊，然后转身出了门。到了台阶上，她又转身向老女佣道别，可这时老女佣伤心得说不出话来了。姑娘刚要从门道的亮光里走出去，老女佣一下子扑到跟前，抓住了她的手。

“你还是别走了吧……”她哽咽着。

姑娘使劲从老女佣手中挣脱胳膊，袖子都从肩上整个儿给撕下来。

“噢，”她低声叫道，向后退开，“你看！”

老女佣向她伸出手来，嘶哑地呼唤着她。“别走，”她叫道，“我错了，我不该让你走……”

姑娘抱紧她的圣像和手包，向小巷外面走了。走到巷口她停住，最后回头望了一眼。拉提尔达仍站在门口望她，她的眼睛在灯光里慢慢眨了几下，然后，门关上了，钥匙转了转，这扇门便永远对姑娘关闭了。

她走出巷子，上了大路，转身向城里走去。一路上狗在吠着，空中烟雾弥漫。她在荒凉的沙土路上走着，头顶上繁星满天，苍穹四垂，地平线上的群山犬牙交互，黑影幢幢。远处平原上城市的灯火闪烁着，一如在湖水里的星光。她一边走着，一边轻声哼起了一支古老的歌。

路上没有车，她走到一个高坡上，才看到东面五六英里外荒滩的后面，一条从奇瓦瓦城通来的公路上，卡车在慢慢行驶，车灯散乱。四周空气凝定，她能在黑暗中看见自己呼出的气。

时而有汽车在她面前从左向右驶过。她茫然地望着车灯远去。爱德华多也就在这外面世界的什么地方。

来到十字路口，她留意地看看两边，有没有远处来车的灯光，然后才横过马路。她挑选窄小的路走，从城郊西班牙居民区和灌木丛后面穿过，这时有的窗户里已亮起了煤油灯。她开始在路上碰上一个个打零工的工人，手里提着饭盒，嘴里轻声吹着口哨，在清晨的寒风中走着去上工。她鞋子里的脚又开始流血了，脚下觉得黏湿、冰凉。

整个诺彻屈斯特街上，只有那家小饭馆灯亮着。隔壁是一家鞋店，黑暗的橱窗里有一只猫，卧在陈列着的鞋子中间，静静地望着空无人迹的街道。姑娘走过时，它转过头眼睛一直跟着看。姑娘推开小饭馆满是水雾的玻璃门，走了进去。

她进来时，两个坐在窗边一张桌子上的男人抬起头来，眼睛一直看着她走过去。她走到里面，坐到一张小木桌旁，把手包和裹着的圣像放在旁边的一张椅子上。她从镀铬的架子上取了菜单来看。侍者走了过来，她要了一杯咖啡，侍者点点头，转身回柜台了。饭馆里很暖和，她过了一会儿脱了毛衣，放在椅子上。那两个男人仍然盯着她。侍者把她的咖啡端来，和勺子、餐巾一起放在她面前的桌上。听到那侍者问她是哪儿人，她吃了一惊。“什么？”她问。

“你是哪儿的？”

她告诉他，她是从查帕斯来的。那侍者还站着，仔细看着她，好像从来没有见过她这样的人一样。他说是那两个男人叫他来问的。她扭头看了看那两人一眼，那两人便冲她笑了笑，眼神却是冷冰冰的。“我在等一个朋友。”她又回头看着侍者，说。

“知道。”侍者说。

她端着咖啡杯坐了很久。

外面街上天色渐渐泛白，迎来了一个冬天的清晨。前面的那两个男人早已喝完咖啡走了，别的人占了他们的位子。街上其他店铺仍然没有开门。几辆卡车开过大街，一群人卷着外面的寒气走了进来，一个女侍者忙前忙后地招呼着。

七点钟刚过，一辆蓝色的出租车开过来，停在了门前。司机下了车，走进来，眼睛仔细一个个查看着桌子。接着，他来到后面，看着姑娘。“就走吗？”他问她道。

“拉蒙呢？”

他一边回答说拉蒙有事不能来，一边漫不经心地用牙签剔着牙。

她往饭馆门口望了望，那辆出租车停在街上，发动机还转着。

“他没事，”司机说，“我们得赶紧点。”

她问那人认识约翰·格雷迪不认识，那司机点点头，摆了摆拿牙签的手。“认识，认识。”他说。他说他都认识。姑娘又望了望街上那辆出租车，车正在冒着轻烟。

司机往后退一步，让姑娘起来。他望了望姑娘放着手提包的椅子，还有包在毛巾里的圣像，好像打算要替她拿。她伸手护在东西上，又问他是谁付钱给他的。

司机把牙签噙在嘴上，看着她不说话。过了好一会儿才说谁也没有付钱给他，说他是拉蒙的表弟，人家已经付了拉蒙四十美元了。说完，他把手搭在一张空椅子背上站着，居高临下地看着她。姑娘肩膀随着呼吸一起一伏地耸动着，好像在给自己鼓劲似的，然后说她不明白这是怎么一回事。

司机弯下腰："对了，你那男朋友这儿有一条伤疤，对吧？"他说着用食指在脸上比画了一下，那是约翰·格雷迪三年前在萨尔蒂略监狱里与人打架时，被人用刀子伤的。"没错吧？"他说。

"是，"她怯怯地说，"对了，你带我的绿卡来了吗？"

"对。"他从口袋里掏出一张绿卡放在桌子上。绿卡上印的是她的名字。"你满意了吧？"他反问。

"是，"她说，"满意了。"说着站起身收拾东西，在桌上留下咖啡钱，便跟着他走出了饭馆。

外面天气很冷，正是破晓时分，整个混沌的世界正在慢慢地醒过来，迎接新一天的曙光。他们的汽车开过正在醒来的街市。她静静地坐在后座里，两手紧握着圣像，默默地对周围她熟悉的一切说着惜别的话：所有这一切，她以后大概永远不会再见到了！她对一个围着围巾走到门口看天色的老婆婆说再见；对三个与她年龄相仿、正要去教堂做弥撒、站在街上一摊雨水前犯难的女孩子说再见；对路边的一群狗说再见；对站在街角的老人们说再见；对在街上堆着东西叫卖的小贩们说再见；对正在打开店铺的店主们说再见；对提着水桶、拿着抹布、跪在家门口擦洗地砖的女人们说再见。她还对蹲在头顶电线上睡了一夜，刚刚醒过来的小鸟们说着再见……

汽车开到了城外，左边树林和高楼的间隙里，可以望见那条界河。在河的那一边，就是另一个国家了。这时，早晨的太阳正在爬上那边光秃秃的山梁。汽车开过了一群废弃了的楼房，院子里锈迹斑斑的水槽中间到处是风刮过来的废纸片。车窗外突然出现一排排铁栅栏，一根根栏杆飞快地在眼前晃过。姑娘赶紧掉开眼睛，可已经迟了，栏杆的晃动惹起了蛰伏在她身体深处的病魔，她又要犯病了。她伸出双手蒙住眼睛，沉重地喘着气。在黑暗的手心里，她看见自己在一间阴沉沉的白房子里，在一张冰凉的白色台子上；房子的门窗玻璃都用粗钢丝护着，屋里一大群妓女和她们的侍女都冲她喊叫着。她直直地坐在台子上，头朝后仰着，好像要大叫，或是要唱歌，就像是一个被关在疯人院里的年轻女歌剧名角……但是却没有听到一点儿声音。冰冷的幻觉过去了，病没有发作。唉！真不巧，要是这次她真的犯了病就好了！

等她再睁开眼睛，发现车子已开下了大路，正在一条光秃的土路上颠簸着。司机一边开车，一边在镜子里注意看着她。她望了望外面，没有看到那座大桥。她只看到了树丛后面的河，河面上漂浮的水雾，和河后面岩石嶙峋的大山，但没有看见什么城镇。她看见河边的树丛里有一个人影在走动。她问司机，他们是要在这里过河到对面去吗？司机说是的，说她马上就会到那边去了。接着，车子开到一块开阔的地方停住了。她抬头一看，却只见蒂武西奥在晨光中向她走来，脸上挂着阴沉的狞笑。

约翰·格雷迪早上五点左右离开牧场，把车开到酒馆黑洞洞的门前。在这里勉强可以看见酒馆里大挂钟上的时间。他在门前沙地上把车倒过来停着，这样便可以坐在车里看着大路。他想克制自己不要老去看钟，但还是忍不住，过几分钟就看一眼。

没有什么车子开过来。六点钟过不久，他见路上有几盏车灯像是走得慢了下来，便马上在方向盘后坐起身子，用衣服袖子擦了擦窗玻璃。可灯光没停下，一直开过去了。车子也不是出租车，而是警察的巡逻车。他担心车里的警察可能会开回来，查问他干吗待在这儿。但他们没有再转回来。

车里坐着冷得厉害。过了一会儿他下了车，出来走动走动，拍打拍打身子，在地上跺跺脚，然后又回到车上坐着。酒馆里的钟六点半了，开始能辨出地上景物灰蒙蒙的轮廓了。公路下面一公里左右的加油站的灯光熄灭了。他寻思：是不是在姑娘乘坐的出租车来到之前，可以把车开到那边弄杯咖啡来。到了八点半的时候，他看出租车这么长时间还不来，真该去加油站买杯咖啡了，便发动了引擎，但随即又把引擎关掉了。

又过半个钟头，他看见特拉维斯的卡车从公路上开了过去。几分钟后车子开了回来，减慢速度，开进了停车场。约翰·格雷迪摇下窗玻璃，特拉维斯把车开过来，坐在驾驶室里看着他，接着伸出头往地上唾了一口："怎么回事儿，他们辞退你了吗？"

"还没呢。"

"我还以为这卡车是给谁偷到这儿来的哩。"

"没，我就是在这儿等人。"

“等多久了？”

“有一阵子了。”

“车里有取暖器吗？”

“不顶什么事儿。”

特拉维斯摇摇头，又向大路上张望着。约翰·格雷迪又向前俯着身子用袖子擦玻璃。“我得走了。”他说。

“出了什么麻烦吗？”

“哦，大概。”

“跟那个姑娘，我猜？”

“嗯。”

“女人不值得你这样，兄弟。”

“都这么说。”

“对呀，可别犯傻了。”

“怕是已经晚了。”

“不会晚的，只要你不胡来。”

“行了，就这么着吧。”

说着，他伸手拧动钥匙，按下启动按钮，然后扭头对特拉维斯说：“回头见！”

车子开出停车场，上了公路。特拉维斯望着车子远去，直到消失不见。

第四章

约翰·格雷迪来到诺彻屈斯特街上的小饭馆时，里面已经满是客人。一个姑娘正忙前忙后地给客人上鸡蛋和薄煎饼。她说她来上班才一个钟头，什么也不知道。他跟着她进了厨房，厨师从炉火上抬头瞟了他一眼，又看着那姑娘，问道:“这是谁？”姑娘耸耸肩，又瞥了他一眼，便胳膊上小心地端着盘子，用身子推开门出去了。那厨师也什么都不知道。他说早晨那个招待的名字是菲利普，他现在不在，大概要到晚上才能再来。约翰·格雷迪又站了几分钟，看着厨师用手把烤炉上的薄饼翻来翻去。然后推开门出了厨房，穿过外面的餐厅，出了大门。

他顺着那辆出租车的线索，找到几个司机们常来拉客人的酒吧。酒吧里满是从前一夜一直待在那儿的酒徒，一个个手里攥着酒杯，阴沉着脸，从开门的亮光中斜视，像受审的嫌疑犯一样。他几次推开他们硬塞过来要他喝的酒，有两三次几乎要跟他们打起来。后来他去了拉维纳塔妓院，在门上敲了敲，可没人应门。他又到了摩丹诺，站在外面往里看，里面也黑洞洞的，店门紧闭着。

然后他又到马利斯卡尔街乐师们常去的俱乐部。俱乐部里面墙上挂着乐师们的乐器，有吉他、曼陀铃、铜号和法国银笛，还有一个墨西哥竖琴。他打听盲乐师在哪儿，但谁也不知道。到了中午，就只剩下白湖妓院没去了。他进了一个小饭馆，要了杯咖啡坐下，坐了很长时间。他想起，还有最后一个地方可以去找，但他心里实在怕往那儿想。

一个穿白衣服的矮个儿带着他往过道里走去。整个房子里发出一股潮湿水泥的气味。听得见外面街上汽车的声音，还有一个手钻的砰砰声。矮个儿推开过道尽头的一扇门，转身扶着门，点点头让他进去，然后伸手摸到开关，拧亮了屋子里的灯。小伙子摘下自己的帽子，站着。只见这间屋子有四个刚死了的人放在停尸板上。停尸板架在水管子做的台架上。死人们闭着眼睛，手并在身旁，脖子卡在深色的木头卡座上。身上都没别的东西，就穿着原来的衣服躺着，看上去倒像是上路的人走累了，随便躺着在休息一样。他慢慢走过一个个台子，头顶天花板上是一个用铁丝框罩住的灯泡，屋子墙壁都漆成绿色，地上有一个黄铜的地漏，几段破拖布条缠留在台架脚轮上……

啊，是她！他发誓要爱一辈子的姑娘，就静静地躺在最后的一张台子上！

早晨去割草的人在河边柳树下的浅水滩里发现了她，就在那水雾从河里升起的地方。现在她仍然那样在台子上躺着，依然漆黑的头发湿漉漉的，一绺绺的，纠缠在一起，里面夹着几茎枯黄的野草。她脸色苍白，被割断的喉管白生生地张开着。那件漂亮的蓝衣服扭缠在身上，袖子撕破了，鞋也不知哪里去了。她身上不见血迹，都给水冲掉了。约翰伸出手触摸姑娘的脸。“噢，天啊！”他失声哭了出来。

“你认识她？”那矮个儿问道。

“噢，老天……”

“你认识她？”

他俯在台子上，帽子压扁在身下。他一手捂住两只眼睛，使劲地捏着太阳穴。他的力气要再大一些，头大概都要被捏破了。他明白，现在，一切都完了，一切的一切，永远地完了。

“先生……”那矮个儿叫他，可小伙子转过身，推开他，跌跌撞撞地冲了出去。那人在后面追喊着，跑到门旁又朝过道里喊着，说要是他认识这个姑娘，就得做个认证，有几张表要填一下。

约翰·格雷迪骑着马从锡达泉山沟里往山坡上走。见他过来，散落在沟里的牛都抬起头，一边咀嚼嘴里的草，一边打量着他。这些牛从他骑马的姿势便知道他不打算理它们，便又低下头吃地上的草。他穿过牛群，往山上走，一直走到平台顶上，在平台上慢慢地信马走着。他让马迎风站着，望着十多英里以外山谷里正在往上爬行的火车。南边远处的河流，像是小孩用蜡笔画的一条细细的绿线，在淡紫色、黄褐色、斑斑驳驳的背景上蜿蜒着。再后面则是连绵不断的墨西哥群山。蓝灰的山色越来越淡，隐没在远远的天边。平顶山脚下的草在风中簌簌抖动着，北边天际乌云涌动，一场风雨正在酝酿之中。他拉起小马垂下去的头，转身又往前走。马迟疑地回头往西望，好像要记住来路似的。小伙子一边用脚催马前进，一边呵斥道："用不着你来操心！"

他横过了公路，在麦格雷戈家牧场的最西边穿行。这块地方他以前没来过。刚过中午时分，迎面来了一个骑马的人。那人骑在马上，松开缰绳，两手搁在鞍鞒上信马走着。他胯下骑的是一匹漂亮的黑骟马，有一双好像通人性的眼睛。马蹄子直到膝盖都被尘土染成了土黄色。马身上是一副老式的披挂，维萨利亚式的马镫，有小茶碟那么大小的平头鞍鞒。骑马人口里嚼着烟草，向走近来的约翰·格雷迪点点头，问："有什么事要帮忙吗？"

约翰·格雷迪侧转身子，吐了口唾沫。"你是说，我不该闯进你们的地界来？"他一边说，一边瞅着那骑者。那人大概比他大几岁，也用蓝色的眼睛打量着他。

"我在马克·麦戈文家干活儿，"约翰·格雷迪说，"你大概认识他吧？"

"对，"那骑马人说，"我认得。你们总是有牛跑到这边来？"

"噢，不，大概没有。是我自己这么荡过来的。"

骑马人用大拇指把帽檐往脑后推了推。他俩就面对面地在一块泥地上站着。四周寸草不生，风吹过来，只有他们的衣服簌簌作响。北面天上的黑云已聚积得像一堵要倒下来的墙，黑云里面细细的树枝一样的闪电无声地出现、闪动，又归于沉寂。骑马人俯身往地上啐了一口，等着他说话。

“我本来是过两天要结婚的。”小伙子开口道。

那人点点头，小伙子没再往下说。

“就是说，你改变主意了？”

小伙子没回答。骑马人往北望了一眼，又回过头来。

“那边可能要下雨。”

“怕是，前两晚城里都下过了。”

“你吃过晚饭了吗？”

“没有，还没吃。”

“跟我到我们牧场去吃吧。”

“我还是回家的好。”

“那就是姑娘改变主意了？”

小伙子仍不回答，掉头望着别处。

“马上就会有别的姑娘的。我保证，没问题。”

“不，永远不会再有了。”

“到我们牧场的大屋子去，和我们一起吃饭吧？”

“谢谢了。我得回去了。”

“你真让我想到自己，我也是心里一有事，就一个劲儿只管骑着马往前走。”

约翰·格雷迪骑在马上，松松地握着缰绳，失神地望着绵延无尽的大地，久久一声不吭。过了一会儿，他自言自语地说起话来。那骑者俯过身子来，才听见他自言自语地说：“我要能这么永远骑下去就好了，我要能什么都不想就好了……”

那骑者用大拇指抹了抹嘴角，说：“我看你最好先别回家，稍稍等等再说。”

“……永远不回头看，就这么走下去，但愿能走到一个地方，再不会让我想起过去就好了……”

“别太伤心，我以前也像你这样过。”那人说。

“我得走了。”

“你的主意定了？我们那儿饭挺好的。”

“不了，谢谢你。”

“这场雨能下在你们那儿就好了。”

“多谢。”

他掉转马头，在宽阔的冲积地上向南走去。那个骑者也掉转马头，动身向高处走去。走了不远，又站住，骑在马背上，回头望着小伙子，看他骑着马在宽阔的山谷里走下去。他望了很长时间，一直到望不见的时候，他还在马镫上站了起来，好像是要喊他似的。直到他不见了以后，那人还在那儿站了一会儿。然后搁下缰绳，一条腿搁在马鞍前叉上坐着，帽子推在后脑勺上，往地上啐了一口，仔细察看周遭的景色，好像刚才有人走过这里，这山野就该有了点什么变化似的。

他骑马跨过水滩的时候，已经快天黑了。他在林间空地的一头下了马，撂下缰绳，走过去推开他那小屋子的门。屋里一片漆黑，他停在门道里，回头看着外面的暮色和渐渐暗下来的山野。太阳已经落了，西天一片血红。暴风雨快来了，一群小黑鸟急急地上下翻飞着。风刮过屋顶的烟囱，发出嘶哑悠长的呜咽。他走进卧室站了一会儿，然后擦着一根火柴，点上煤油灯。他把灯捻拧小一点儿，把玻璃灯罩罩上，然后双手放在膝间坐在床上。桌上木头刻的圣像好像用眼睛瞟着他。灯光把他巨大的身影投射在身后的墙上，影影幢幢的，一点儿也不像人形。过了一会儿，他推落帽子，让它掉在地上，然后把脸深深地埋在手掌里。

他再骑马出来的时候天已黑了，外面刮着风，天上一颗星星都没有。小溪边的鼠尾草被劲风拍打着，路边上光秃秃的细树干像铁丝一样在风中呜呜作响。马打了一下激灵，在地上捯着碎步，鼻子上的细毛也在风中支棱起来，像是警觉着即将来临的暴风雨。他催马跨过小溪，沿着那条旧路往山下走去。他好像听见有狐狸在叫，便转头向左边崖头上张望。在墨西哥那边时，他常常见到狐狸晚上出来，有时候它们跑到平川上高处的石头堆上去，居高临下地张望，寻找黄昏时出来觅食的小动物。有时它们就静静蹲在这样的天然石壁上，静悄悄地，一动不动，像是古埃及建筑墙头上的动物石雕，一副气定神闲、心满意足的样子。

他走时没吹灭小屋里的灯。从远处望回去，窗户上柔和的亮光让他觉得温暖而亲切。想来别人看上去也一样吧？他心里明白，他是再也不会回这个小屋了。跨过小溪，走上了该走的路后，他再也没有回头看过一眼。

他骑马进牧场院子时，开始下小雨了。隔着被雨水淋湿的厨房窗户，他看见大家都在坐着吃晚饭。他转身往马厩骑去，忽而又勒住马，回头看着。他恍惚觉得，他不是此刻在看着他们，而好像是过去他来这牧场以前的什么时候。他又仿佛觉得他既不认识这个屋子，又一点儿也不认识里面的这些人似的。他们看上去好像就是坐在那里等着，等着事情变得一去不复返。

他骑进马厩，下了马。留下马在那里立着，自己往小屋走去。马舍里的马都仰起头，往外瞅着他走过。进了屋，他没开灯，只从书架上找到一个手电筒，用手电筒照着跪在地上。打开他的脚柜，从里面翻出一件防水衣和一件干净衬衣。又从柜底掏出一把父亲留给他的猎刀，还有一个装钱的牛皮纸信封，全都搁在桌上。然后他剥下身上的衣服，换上干净衬衫，外面套上防水服，把猎刀装进防水服口袋。接着从信封里取了点钱，又把信封放回脚柜，关上盖子。然后，拧灭手电筒，放回书架，又走了出去。

他骑着马走到小路的尽头，下了马，把缰绳合在一起拴到马鞍头上，牵着马往回，在滑溜的泥路上走了好一段路，然后松开马，让开身子，在马屁股上猛拍一巴掌，看着马在满是粪土的来路上跑回家去，转瞬消失在黑暗的雨夜中。

一辆汽车开了过来，车灯照见站在路边的他，减慢速度，停住了。他上前拉开了车门，对里面开车的人说："我的两只靴子全是泥。”

“上来吧，”那人说，“没关系。”

他上了车，把门拉上。开车的人把变速器推到一挡，俯在方向盘上，眯着眼睛看着前面的路。“妈的，我晚上一点儿也看不清，”他咕哝着，“这么大的雨，你站那儿干什么呢？”

“你问我除了淋雨还在干什么？”

“对，除了淋雨，还在干什么？”

“就是等顺风车进城呗！”

开车的人瞥了他一眼。这人像是个老牧场主，精干而消瘦，帽子是老人们的戴法——把帽顶向上推圆了戴着。

“哼，孩子，”他说，“我看你是有火烧眉毛的事儿吧？”

“也没。就是有点小事要办一办。”

“哦，总该是点等不得的事儿吧，要不你也不会这天气出门，对吧？”

“对，先生，不会的。你说得对。”

“是啊，要是我也不会的。现在已经过了我平常上床时间半个多钟头了。”

“是，先生。”

“都是紧急的事儿。”

“什么？”

“我也是有点紧急的事儿，我的一匹马难产了。”

他说着，身子俯在方向盘上。车子开偏到路中间白色分割线上去了。“前面要有车来，我马上就会换回来的，”他瞅了小伙子一眼，解释说，“我会开车的，我就是看不清！”

“是，先生。”

“你给谁家干活儿？”

“马克·麦戈文。”

“老马克啊？可是好人，是吧？”

“对，先生，他是。”

“开一辆破福特车，你再也找不到比他更好的人了。”

“是，先生。找不到的。”

“我的母马病了，小母马。要生小马崽子。”

“没留人在家陪着？”

“我老婆在家呢，在马厩里。”

车继续开着。灯光里雨点鞭打着前面的路面，车窗上雨刷来回不停地刷动。

“到4月22号，我们就结婚整六十年了。”

“可够长的。”

“是，够长。好像觉得没那么长，可就是六十年了。她当时跟他的家人赶了一辆大篷车，从俄克拉荷马到这儿。结婚的时候我俩都才十七岁，然后去达拉斯博展会过的蜜月。人家不租给我们房子，说我们都不像够结婚年龄的样子。六十年里，我没一天不感谢上帝，给了我这么个好女人。我没有什么本事，配不上她，我对你说真的。也不知该怎样才对得起她。”

比利在收费篷边付了过桥费，上了桥。桥下面河边的男孩子们都举起绑在棍子头的小桶，叫喊着向他讨钱。他穿过行人，顺着华雷斯大街往南，走过酒吧，走过工艺品店。站在门口的店员一个个争着招呼他进去看看。他走进一个叫作佛罗里达的饭馆，要了杯威士忌，喝完付了钱，又走了出来。

他拐上特拉斯卡拉街，走到摩丹诺舞厅前，发现舞厅关着。便敲敲门，在镶着黄绿色瓦片的拱门里等了一会儿，又绕到房子侧面，从一扇角上玻璃碎了的窗户上往里探望，看见只有房子尽头吧台顶上的一盏小灯亮着。他站在雨地里，回头望着远处，望着两旁满是店铺、酒吧和低矮房屋的狭窄街道，空气里弥漫着油烟和柴火的气味。

他回到华雷斯大街，叫住一辆出租汽车，上了车。司机在后视镜里望着他，等他吩咐。

“知道白湖妓院吗？”

“是，知道。”

“好，就去那儿。”

司机点点头，开动了汽车。比利靠到靠背上，望着窗外这边境城市萧条的街景在雨里往后移去。车走完了铺好的路面，开上城郊的土路，车子开过来，泥水从车辙溅泼开来，路上驮满柴火的驴子们急忙扭头躲避，可人、驴子全都已溅得浑身是泥了。

车子停在了白湖妓院前面。比利下了车，点上一根烟，从裤袋里掏出钱夹。

“我可以在这儿等你。”司机对他说。

“不用了。”

“要不我也进去等着？”

“我得很有一会儿呢。我该给你多少钱？”

“三块钱。你确实不要我等着？”

“不要。”

司机耸耸肩，伸手接了钱，摇起车窗开走了。比利把烟衔在嘴上，打量着妓院的楼房。这房子坐落在华雷斯市西班牙居民区的边缘上，一边是简陋低矮的土坯屋和板棚，另一边是波纹铁皮的院墙。

他踱到院子的后面，顺着旁边的小巷子走到妓院大房子前，敲了敲两个门中的一个，一边站着等候，一边往地上弹烟灰。他正要伸手再敲，门开了。老女佣探头往外看，一看到他，马上想把门关上。比利把门挤开，她便转身，一只手举在头顶，大声叫喊着，往过道里跑进去了。比利进来把门关上，抬头望着过道里面。妓女们头上别着烫头纸卷，一个个像鸭子一样从两边门里探出头来，又缩了进去，门都关紧了。他往前走了不到十步，一个身穿黑衣、獐头鼠目的瘦子闪了出来，上前想拉住他的胳膊。“劳驾，”那瘦子说，“你要干什么？”

比利胳膊一扬，摔脱他的手。“爱德华多在哪？”他冷冷地说。

“对不住。”那瘦子说，又拉住比利的胳膊。他这一下子可惹祸了。

比利翻身一把揪住他的衬衣的前胸，把他往墙上撞过去。那人身子轻飘飘的，一点儿分量没有，也没有一丝挣扎，只是像是丢了什么东西似的伸出手来摸着身上。比利立时松开手里抓成一团的衣服，往后一闪，举起双手，便看到刀光一闪，锋利的刀刃从他腰带上划了过去。蒂武西奥猫着腰冲着他，拿刀在他前面晃动闪跳着。

“你个狗娘养的！”比利骂着，一拳过去，结结实实地打在他的嘴上，那家伙撞到了墙上，又跌坐在地上，手里的刀子也摔了出去，打着转儿滑进了走廊。那个老女佣站在走廊的尽头，嘴里咬着手指，紧张地注视着他们。一只独眼一闭一睁，难看地眨个不停。

比利回头看了一眼那妓院伙计，心里一惊：那家伙又挣扎着站了起来，手里又攥着一把小小的银色小刀，刀子还挂在一条吊在裤带上的银链上。比利又是一拳打在他脸颊上，只听骨头咔嚓一声，那伙计头往旁边一甩，倒在地板上滑了几步，躺在地上像个黑色的死鸟缩成了一团。老女佣尖声号叫着扑了过来，比利伸手抓住她，拉转了过来，她挥着两只胳膊，闭住眼睛，“呜呜”地哭号着。比利捏着她的手腕，摇晃她，问道：“我的伙伴在哪儿？”

“呜！”她哭着，想使劲挣脱扑到她躺在地上的儿子身边去。

“我的好友在哪儿？”

“不知道，我不知道！呜，老天，我什么也不知道。”

“那姑娘呢？玛格达莱娜？她在哪儿？”

“向圣母马利亚和耶稣发誓，她不在，她不在。”

“爱德华多在哪儿？”

"不在，也不在。"

"妈的，什么鬼也不在！"

比利松开手，老女人立刻扑到地上她儿子身边，捧起他的头抱在自己怀里。比利厌恶地摇摇头，走到走廊尽头，捡起地上的刀子，插进门和门框之间的缝隙，使劲一撬折断刀刃，扔掉刀柄，转身走回来。走过老女佣身边时，那老女佣缩缩身子，举起一只手护着自己的头。比利没碰她，只是弯下腰，伸手从那伙计的裤腰上扯下银链，用同样的办法折断了链子上的小刀。

"这狗娘养的身上还有刀子吗？"

"呜……"老女人呻吟着，在怀里前前后后摇晃着她儿子抹满了发油的头。那伙计已经醒转过来了，一只打肿了的眼睛躲在老女佣凌乱的头发后面看着比利，一只胳膊松松地垂在身边。比利俯下身，揪着头发把他的脸拽起来："爱德华多在哪儿？"

老女佣一边呜咽、哭泣，一边使劲把比利的手指从她儿子的头发上掰开。

"在他的办公室里。"那伙计喘息着说。

比利松开手，直起身子，在裤子上抹了抹满是油腻的手，朝走廊里走去。爱德华多办公室的门是银箔镶包的，比利上下找了找，没有发现门柄，便一脚向门踹去，门板的木头劈裂，门整个儿从门框脱下，打了一个旋儿，倒进屋子里。爱德华多正坐在他的桌子后面，好像一点儿也没有受惊似的。

"他在哪儿？"比利吼道。

"你问你那不露面的朋友？"

“他的名字叫约翰·格雷迪·科尔。你要是损了他一根头发，今天就是你狗娘养的的死期。”

爱德华多靠上椅子靠背，伸手拉开桌上的抽屉。

“你那儿就是有一盒手枪也没用！”比利又吼道。

爱德华多从抽屉里取出一支雪茄，关好抽屉，又从口袋里掏出一个镀金的切烟小刀。他拿起雪茄用刀子切开烟嘴，然后把烟噙到嘴上，再把切烟刀装进口袋。

“我要手枪有什么用？”他问。

“你要是不明白的话，我可以好好教教你。”

“而且我门也没锁着。”

“什么？”

“我的门刚才也没锁着，用不着踢。”

“我没工夫管你的什么破门！”

爱德华多点点头。他从口袋里拿出打火机，一面用手指慢慢转动嘴里的雪茄，一面把火苗左右轻轻移动，点着烟头。

他看了比利一眼，又看着比利的身后。比利转头，见那伙计蒂武西奥正站在门口，一手扶着被踢劈的门框，在慢慢地喘气。一只红肿的眼睛眯着，嘴淌着血，呼哧呼哧地出着粗气，衬衣也撕破了。

爱德华多下巴微微一扬，示意他走开。

“看起来，”他开口道，“要是流氓、醉鬼来了，我们也毫无办法，是吧？”

他把打火机收进口袋，抬起头来，见蒂武西奥还在门道里站着。“快滚！”他呵斥道。蒂武西奥脸上像死蛇一样毫无表情地瞅了比利一会儿，转过身子，往走廊里面走去。

“警察正在找你那个朋友，”爱德华多接着说，“那姑娘死了，今天早上在河边发现了尸体。”

“你去死吧！”

爱德华多不动声色地瞅着手里的雪茄，接着他抬头看着比利。

“你瞧，事情就搞成这样了！”

“你就是到底不对她放手，对吧！”

“你记得我们上次说的话吧。”

“记得，怎么了？”

“但你不信我的话。”

“我信了。”

“可你对你的朋友说了吗？”

“说了，我对他说了。”

“那就是你的话对他没起作用。”

“是，没起。”

“你瞧，现在我也无能为力了。”

“我来这里不是请你帮忙的。”

“说你自己在这件事里的干系吧！”

“我没什么可说，与我何干？”

爱德华多深深吸了口雪茄，慢慢把烟喷到屋子中间。“你的话真是莫名其妙，”他说，“不管你怎样以为，这里发生了的所有的事，都是你那个朋友造成的。他贪图属于别人的东西，并且不计后果，肆意想把别人的东西占为已有，最后造成了这样的结果，是不是？现在，你跑到我这儿来，气势汹汹，蛮不讲理，又打又闹，搅乱我的生意！你跟他串通好了来勾引我手中的姑娘，结果让她送了命，你倒跑来要我给你个说法，不荒唐吗？”

比利瞅瞅自己的右手，已经肿得很厉害了。他又瞅瞅斜坐在桌子后面、两脚高高交叉在面前的皮条客，怒气冲冲地说：“你以为我就拿你没办法了，是吗？”

“你有办法没办法，关我什么事。”

“我还是了解这个国家的。”

“没有什么人了解这个国家。”

比利转身往外走。站在门口朝过道里面看了一眼，又回头看了那皮条客一眼。“你去死吧！”他骂道，“你和你全家都下地狱吧！”

比利坐在一间空屋子里的铁椅上，帽子放在膝头。里间的门终于又开了，一个警察出来看见他，食指一勾，示意他过去。他站了起来，跟着警官往过道里走去。一个犯人正在拖洗旧了的贴塑地板，见他们过来，连忙往后退了退，让他们过去，接着又继续擦洗。

警官用食指关节在警长的门上敲了几下，推开门，让比利进去。比利跨进门，门在身后又关上。警长坐在桌边，正在写什么。他抬起头瞟了他一眼，又低头继续写。过了一会儿，他才用下巴轻轻一指他左边的两张椅子，说："请坐。"

比利在一张椅子上坐下，把帽子放到旁边的椅子上。不一会儿，又把帽子拿起来，在手里拿着。警长终于把笔搁到了一边，又把写着的一叠纸立起来，在桌上蹾齐，放到一边，这才抬眼看着比利。"我能为你做点什么呢？"他开口问道。

"我来见你，是为了一个姑娘的事。今天早晨发现她死在河里，我想我可以认证她的身份。"

"我们已经知道她是谁了，"警长说着，靠到椅背上，"她是你的朋友？"

"不，我只见过她一次。"

"她是个妓女。"

"是，先生。"

警长两手握在一起坐着，接着，他探身从桌子角上一个大橡木盘里拿起一张很大的照片，递了过来："是这个姑娘吗？"

比利接过照片，倒转过来看了看，他抬头望着警长，说："我不能肯定，这照片不大清楚。"

照片上的姑娘苍白得像蜡人，她被摆成突显出割断的喉咙的样子。比利手里紧张地拿着照片，又抬头望着警长：

"我想这大概是她。"

警长伸手接过照片，面朝下放回橡木盘。

"你有个朋友。"他开始说。

"是，先生。"

"他和这姑娘是什么关系？"

“他原来就要娶她的。”

“娶她？”

“对，先生。”

警长拿起桌上的笔，拧开笔帽：“他叫什么名字？”

“约翰·格雷迪·科尔。”

“他现在在哪儿？”警长写着，问道。

“我不知道。”

“你跟他很熟？”

“是，很熟。”

“是他杀了那个姑娘？”

“不是。”

警长把笔帽又套到笔上，直起身来靠上椅背。“好了。”他说道。

“什么好了？”

“你没事，可以走了。”

“我本来就没事嘛。”

“是他叫你来的？”

“不，他没叫我来。”

“好了，就这样。”

“你再没别的话要说了？”

警长又把两手握在一起坐着，接着他又用指尖轻轻叩着自己的牙齿。从外面传来人们在走廊里说话的声音，还有更远街上的车马声。

“怎么叫你的名字？”

“什么？”

“怎么叫你的名字？”

“帕勒姆，你可以叫我帕勒姆。”

“帕勒姆。”

“你不写下来？”

“不用。”

“你早已知道我的名字了？”

“对。”

“是这样！”

“你再没什么要对我说的了，是吗？”

比利垂眼看看他的帽子，又抬头望着警长，说：“你知道，是妓院总管杀了她。”

“我想找你的朋友问一问。”警长叩着他的牙齿说。

“你要找他，而不是那个妓院总管，是这样吗？”

“我们已经和妓院总管谈过了。”

“明白了！我也明白他已经买通了你们！”

警官听了，激愤地摇摇头。他瞧了瞧纸上写的名字，又抬头看着比利。“帕勒姆先生，”他高声说，“我家里三代，所有的男子，祖父、父亲、叔伯、兄弟们都为保卫我们墨西哥共和国而牺牲了。一共死了十一个。他们的信仰就珍藏在我心中，所有的信仰和理想！这永远警诫着我，激励着我。你明白吗？我每天都向他们祈祷，怀念他们。因为他们把自己的鲜血洒遍了这里的街市、山川和田野。他们就是我的墨西哥，我永远悼念他们，我永远向他们负责，也只忠于他们。我对别的人没有责任，我对什么妓院总管更没有什么特别关照的兴趣。”

“如果这是真的，我愿意收回我刚才的话。”

警长把头偏了偏。

比利向盘子里的照片点了点头，问：“把她怎么办，我是说尸体？”

警长举起一只手，但随后又放下来，道：“他已经去看过了，就今天早晨。”

“他已经见过了？”

“是，在我们认定她的身份之前。那个殡仪馆的……叫什么来着？对，业主，那个业主对我的副手说，他西班牙语很流利，脸上有一个刀伤，就在这儿，是旧伤疤。”

“有伤疤并不就是坏人。”

“他是个坏人吗？”

“不，他是我一辈子见过的最好的小伙子。”

“你不知道他现在在哪儿？”

“不，先生。不知道。”

警长不作声坐着。过了一会儿，他站起身，伸出手来。“谢谢你来。”他说。

比利站起身，跟他握了握手，然后戴上帽子。他走到门边又转回身来，问：“白湖妓院不是他的，对吧？我是说爱德华多。”

“不是。”

“你不打算告诉我是谁的？”

“这并不重要，是一个商人的，他跟这件事毫无关系。”

“你也不认为爱德华多是个坏皮条客，是吗？”

警长注视着比利，比利等他回答。

“不，”警长说，“我完全认为他是个恶棍。”

“很高兴听见你这么说，”比利说，“我也这么认为。”

警长点点头。

“我不清楚事情是怎么发生的，”比利说，“但我清楚事情发生的原因。”

“那你说来听听。”

“因为他爱上了那个姑娘。”

“你的朋友？”

“不，我说的是爱德华多。”

警长用手指在桌沿上轻轻地敲着鼓点。

“真的？”他问。

“真的。”

警长摇摇头说：“真想不出如果他爱上了这个姑娘，还怎么管理这个地方。”

“我也想不出。”

“是吗。他为什么爱上了这个姑娘？”

“我不知道。”

“你刚才说你见过她一次。”

“是的。”

“你觉得你的那个朋友不是个蠢人？”

“我当面对他讲过他是个蠢货，可也许我是错了。”

警长点着头，道：“我也不是个糊涂人，帕勒姆先生。我知道你决不会把你的朋友带到我这儿来。就是他双手正往下滴血，你也不会的。”

比利点点头。“好吧，祝你一切都好。”他说。

他走了出去。在街上走着，碰见第一个酒吧，他就走了进去。他要了一大杯威士忌，端到后面墙根的一个公共电话前。接电话的是索珂洛。他把发生的事情告诉了她，又要她叫马克来听电话。刚说着，马克便已在电话里说话了。

“我想，你回来会告诉我们这是怎么回事？”

“是，先生。要是他回到家里，请你看住他，别让他又跑了。”

“嗨，要是他不情愿待着，我怎么能看住他？”

“我马上就回来，我现在还得先在几个地方再找找他。”

“唉！我早就知道这事有点不对劲儿，会闹出事儿来的。”

“是的，先生。”

“你知道他现在在哪儿？”

“不，不知道，先生。”

“一有消息就打电话来，听见啦？”

“听见了，先生。”

“不管怎么，你都给我打电话回来，别让我坐在这儿等一整夜。”

“是，我会的。”

他挂断电话，喝完杯子里的酒，把空杯子拿回去放吧台上。“再来一杯！”他说。吧台侍者过来斟酒。吧台周围空空的，只有一个醉鬼还在。比利喝完第二杯，把两毛五分钱酒钱留在吧台上，走了出去。他在华雷斯大街上走着，路边出租司机争先恐后地招呼他，要拉他去看戏，拉他玩姑娘去……

约翰·格雷迪在肯塔基俱乐部喝完一杯威士忌，付了钱，便走了出来。在街角上，向站在那儿的一个出租车司机点了点头，便一起上了车。司机转过身看着他，问道：“上哪儿，朋友？”

“白湖。”

司机转过头，发动了车子，开到了大路上。雨渐小了，变成了绵绵的毛毛细雨，可路上还积着大水。出租车慢慢地在华雷斯大街上开行，像一只水里灯火辉煌的船一样。车下的黑色积水被冲开去，又淹回来，不停地回旋、激荡。

爱德华多的汽车停在小巷里仓库高墙的黑影下面。约翰·格雷迪走过去用手拉了拉门，然后提起一只脚，猛地踹到门窗玻璃上。玻璃被踹得凹陷下去，裂纹在灯光里像是蜘蛛网一样。他又踹了一脚，整只脚踹通了玻璃，踩到了里面的座位上。他把手从玻璃洞伸进去，摸到喇叭，使劲按响了三次，然后退了出来。喇叭声在小巷里回响着，消逝了。他脱下防水衣，从口袋里拿出猎刀，蹲下来把裤脚卷到靴子以上，又把猎刀连同刀鞘一起插进左面的靴子。然后把防水衣搭到车头上，又狂按了一阵喇叭。

喇叭声刚落，房子后面的一扇门开了，爱德华多走出来，避开灯光，靠墙站着。

约翰·格雷迪从车旁走出来。黑暗里火柴光一亮，照见爱德华多的脸，他牙上叼了一支细雪茄，俯在火柴的火焰上点火。然后，将熄的火柴划出一道红色的弧线，跌落到小巷的泥地上。

“嗬！我们的求婚者来了。”

爱德华多往前一步走进灯光里，俯在铁栏杆上站住。他吸了口烟，望了望黑色的夜空，又朝下望着约翰·格雷迪。

“你本来可以敲我的门嘛！”

约翰·格雷迪已经从车头上取下防水衣，他站在巷子里，把防水衣叠起来夹在腋下。爱德华多站着吸他的烟。

“我想，你是来还欠我的钱来了。”

“我是来要你的狗命来了！”

那皮条客慢悠悠地吸了一口小雪茄，把头稍稍一扬，从薄薄的嘴唇里往上吐出一股细细的烟雾。

“你怕没这个本事。”他说。

他转身慢慢走下三级台阶。约翰·格雷迪身子向左边挪动了一下，站住守候着。

“我看你连自己怎么来到这里的都不明白，”爱德华多继续说，“真是太可怜了！也许我可以点拨点拨你。也许你还来得及学点东西。”说着，又吸了一口烟，然后松手把手里的烟扔到地上，用靴尖碾灭。

约翰·格雷迪完全没看清他是怎么抽出刀来的，可能刀子一直就藏在他的手掌里。总之，只听得咔嗒一声响，便见他手中刀光一闪，接着刀光又一闪，好像他在手里翻弄着刀子。约翰·格雷迪也伸手一把从靴子里抽出自己的猎刀，迅速把防水衣裹在右手前臂上，把衣服松开的一头捏在手里。爱德华多在巷子里往前跨了几步，走进了黑暗。他一边迈步，一边小心地避开地上的水洼，身上淡黄的绸衫在灯光里抖动着。他转过身子看着约翰·格雷迪。

“改变主意吧！”他说，“回去吧，还是活着好。你还年轻嘛！”

“我今天就是要拼个你死我活！”

“嚯？是吗？”爱德华多道。

“我不是来跟你废话的！”

“先礼后兵总是个规矩嘛！何况你还这么年轻。”

“我年轻不年轻，关你屁事！”

爱德华多站着不答话。他衬衫领口敞着，上满了头油的头发在路灯下闪着光，手里松松地握着刀刃狭长的弹簧刀。“我是想让你知道：我还愿意放过你。”

他说着，一边悄悄向前挪动了几步站住，头稍稍偏向一边，窥伺着。

“我可以让着你，因为你大概还没打过很多架吧？最后你还会发现，打架的时候，最后说话的那个人，总是输家。”

他把两个指头架在嘴上，表示不再说话了。然后手心朝上伸出手，手指向回弯动几下，示意小伙子上来。“来啊！”他叫道，“总得开始吧？就像亲第一个嘴一样！”

约翰·格雷迪动作了。他向前一跃，刀子虚晃一下，接着斜着向那皮条客猛刺一刀。刀子从爱德华多胸前晃了过去，爱德华多举起双肘像猫一样弓背躲闪，黑黑的身影投在后面的墙上，像是一个音乐指挥正举起指挥棒要开始演奏一样。他狞笑了一下，眼盯着约翰·格雷迪，脚下转着圈子，油亮的头闪着亮光。突然，他低低俯身向前一冲，往右一晃，顷刻之间刀子连刺三下，快得来不及眨眼！约翰·格雷迪用包着的右臂挡开刺来的刀子，踉跄后退。待站稳脚跟，见那家伙脸上挂着狞笑，转着圈子，又在寻找下一次进攻的机会了。

“你以为我没见过你这种家伙？我见过得多了！太多了。你以为我不知道你们美国？我太知道了。你知道我有多大年纪了吗？”

他突然停住步子，一沉腰，虚刺了一刀，然后又继续兜圈子。“我已经四十多岁了，”他继续说，“老家伙了，是不？该有身份了，是不？不该再在街上耍刀子了，是不？”

他又扑了上来，待跳蹿回去，他自己胳膊上留下了一个刀口。血透出来，黄绸袖子立刻黑了。但他好像并不在意。

“不该再跟求婚者们打架了，是吧！这都是些乡下孩子，要多少有多少。”

他停下脚步，又回头往反方向走，转圈子。他这么走着，就像演员在台上走台步，似乎完全不在意他的对手。

“他们到处浪荡，从他们倒霉的乡下跑出来，想要寻找早已没了影儿的东西，一种他们连名字都叫不出来的东西。乡下孩子嘛，他们想到去找的头一个地方，当然就是妓院喽！”

血不断从他的袖子上滴下来，滴到脚下黑沙土里，顷刻就渗没了。他一边兜着圈子慢慢走着，一边不停在面前左右挥舞刀子，就像一个乱砍杂草的人一样。

“结果，他们的头脑就想昏了。他们都是这副德行！最简单的道理也不明白。他们好像看不见，对于婊子们，最简单、最基本的事实……”

他猛地俯下身子，像要磕头一样，一下子几乎跪在约翰·格雷迪面前。小伙子还没明白他是怎么过来的，他已经跳了回去，又兜起圈来，一条深深的刀伤便绽开在了小伙子的大腿上，一股热血顺着裤子流了下来。

“……就是她们是婊子。”爱德华多结束道。

他弯下腰，虚晃一刀，又继续转圈子，接着猛地突前，反手一挥，小伙子腿上伤口上面不到一寸的地方，又出现一道刀口。

“你以为她没有求我搞她？你要不要听，她要我干的事儿？告诉你，可比你一个乡下佬能想到的多多了。”

“你放屁！”

“哈，你到底说话了。”

约翰·格雷迪往前猛刺一刀，爱德华多缩起身子往旁一躲，没被刺中。他把头扭到一边，作出一副鄙夷的样子，然后他们又接着兜圈子。

“在我要了你的命之前，我愿意再给你一个机会，让你活命。我可以放你走，大情人，你要走，现在就走吧！”

小伙子紧盯着他，横移着脚步。他腿上的血已变凉了。他用拿着刀子的手上的袖子抹了抹鼻子上的汗珠，说道："操心你自己的小命吧，只怕你也活不了啦，你这大淫头！"

"嗬，你给我起了个好名字！"

两人对峙，转着圈子。

"整个儿一个死心眼儿。不听朋友们的，也不听瞎乐师的，谁的也不听。就一门心思要跟那死婊子一起去下地狱。还骂我！"

他向上仰着脸，伸着一只手，像是在跟哪个旁观者说话，一副得意扬扬的样子。

"一个乡巴佬，"他继续说，"整个儿一个乡巴佬。"

他往左虚晃一刀，又回手一挥，在约翰·格雷迪腿上割开了第三条口子。"我可以告诉你，我要干什么，我干了什么！你就是知道了，也拿我没法子，也挡不住我。要听吗？"

约翰·格雷迪不吭声。

"好极了，我来说：我要来给你动个小手术，把你的脑袋接到大腿上去，怎么样，不错吧？"

他继续兜着圈子，刀子在面前来回晃悠。"也许你已经是那样儿了吧？脑袋换了个地方，还能想事儿吗？还想活下去吗？当然喽，你想活，可你正变得越来越虚弱，地上的沙土在吸你的血，你觉得很棒吧，大情人？说话？"

他又虚晃一刀，马上跳开，接着又兜圈子。

"你不说话，好！我警告过你多少次了？你还是一门心思要买那姑娘。从有那个主意起，你就注定了要有今天。"

约翰·格雷迪抡了一下刀子，又连砍了两下，爱德华多像猫一样扭身躲过。接着两人又转圈子对峙着。

“你就跟市场上的婊子一样，乡巴佬！把疯狂低俗当作高尚，当作优雅，当作情调，还以为那样做是顺从了天意。”

他刀子举得齐腰高，慢慢地左右挥动。

“可上天会要你那么做吗？”

他说着，向前扑了上来。小伙子伸手抓他的胳膊，他们扭成一团，互相乱砍乱戳。爱德华多撕扯开身子，跳后一步，又转起了圈子。他衬衣前襟被刀割开了，肚子上赫然横开一道口子。小伙子手掌朝下，低低地伸着，紧张地等候着。突然，他的胳膊挨了一刀，手里的猎刀跌到了地上。他双眼紧盯着那皮条客，一刻也不离开。裹着手臂的防水衣已经散开吊了下来。他把它裹起来，头儿攥在手里，静静地站着。

“看来大情人的刀掉了！这可不妙，是吗？”

他转身，往回转圈，并扫了地上的刀子一眼。

“我们现在怎么办呢？”

小伙子不吭声。

“你拿什么来换回你的刀子呢？”

小伙子紧盯着他。

“提个条件吧，”爱德华多神气活现地说，“你打算给我什么换你的刀子？”

小伙子扭头往地上啐了口唾沫。爱德华多转身，往另一面慢慢踱着圈子道：“拿你一只眼睛来吧！”

小伙子身子一晃，弯腰去拾刀子，但爱德华多刀子一挥，把他赶开，穿纤巧黑靴的脚踏上去踩住了地上的刀子。

“你让我从你脸上剜只眼睛出来，我就把刀子给你，”他声言，“要不我就把你的喉咙割断。”

小伙子注视着他，不吭声。

“想想吧，”爱德华多说，“剩下一只眼睛，你还有可能杀了我。比如说，我脚下一滑啊，或者你一刀刺了个正中啊什么的。谁也说不准，什么事都可能发生，是不是？说话啊，你！”他说着，抬脚稍稍往右移开一点儿，立刻又站回来。刀子被踩进地上的沙土里。

“没话说，是吗？那我告诉你，我可以让你一点儿。你给我一只耳朵吧，怎么样？”

小伙子猛地抢上来抓他的胳膊。他一闪身子，向小伙子肚子上连划两刀。小伙子趁势想一扑拾起刀子，可爱德华多马上又已跳回来站在了刀上。小伙子后退，手捂着肚子，殷红的热血从指缝里汩汩地流了出来。

“你死前能看见你自己的肠子了，”爱德华多一边阴狠地说，一边让开踩着的刀子，“捡起来吧。”

小伙子疑惑地望着他。

“让你把刀子捡起来，以为我在骗你吗？捡起来！”

小伙子弯腰捡起他的猎刀，在裤腿上擦了擦刀刃，接着又两人对峙起来转着圈子。刚才爱德华多的刀子刺穿了约翰·格雷迪的肚皮，现在他觉得一阵阵疼痛和眩晕，手掌里的血黏糊糊的，他开始担心自己挺不住了。裹在胳膊上的防水衣又散开了，他干脆甩脱下来，扔在了身后。然后继续兜圈子。

“教训很深刻啊！”爱德华多说，“我想你一定很同意吧？不过，现在你的下场已经很明白了，你现在看清了吧？”

他把弹簧刀虚晃了一下，狞笑着，两人又对着转圈子。

“你看见了什么，大情人？你还指望着什么奇迹出现？我看你就像集市上的魔术师一样，到末了，大概从你自己的肠子上才能看明白点道理吧。”

他举刀向前跨进，朝小伙子的脸刺过来，刀子快到脸上时，却突然一拐，往下一道弧光，小伙子腿上便着了竖着的一刀，原来的三条伤口，被连成了一个“王”字。

爱德华多往左移动，一扬头把油亮的头发从前额上甩到脑后。“你知道我的名字吗？乡巴佬？知道我的名字吗？”

他转身背朝着小伙子，慢慢走开去，冲着黑夜说道：“大情人快要死了！现在他大概才看清，是他自己的妄想毁了他自己。婊子、狂热还有迷信，就是这些东西把你送上了末路，要了你的命。这都是你自找的！”

他又转过身来，像挥动大镰刀一样一面慢慢挥着手中的刀子，一面质疑地看着小伙子，看他是不是到底要说什么了。

“就是这些把你送上了末路。总是这些把你们送上末路。这个世界本来就是简简单单的，除了你面前的东西以外什么也没有，可你们这种人总是要来点什么新花样。墨西哥这块地方，面子上花里胡哨的，可底子里平平淡淡，无聊得很。现在，你们那边，”他一边把刀子像织布梭子一样来回晃着，一边说，“你们那边是麻烦成了堆，磕磕绊绊地走不下去了。有一天，我们会吃掉你们的，小伙子！把你，把你们那个衰败的国家全部吞掉。”

爱德华多又扑了上来，小伙子一点儿也没有躲避抵挡，就暴露着身子把手里的刀子挥了挥。爱德华多跳退回去时，胳膊上和胸上都留下了刀伤，他又一扬头，把一绺绺黑发从脸上甩开。小伙子木呆呆地站着，只有眼睛盯着转。浑身鲜血湿透了。

“别害怕啊！”爱德华多调侃着，“现在不痛，明天才会痛，可明天，没你了。”

约翰·格雷迪努力挺住站着，手里满是滑腻的鲜血，捂着肚子的手掌觉得有东西从里面顶胀出来。他们又扑到一起，爱德华多又在他胳膊外侧戳了一刀。他挣扎着挺住身子，可胳膊再不能用了。接着，两人又对峙着，移动着，皮靴发出踩在地上水里的声响。

“你这就是为了个婊子，”那淫头说，“为了个婊子。”

两人又扭打到一起，约翰·格雷迪垂下了握刀的手，气也喘不出了。突然，他感到爱德华多的刀子从他的肋条间滑了进来，刺穿了他的胸膛。他没有往前扑，也没有躲闪，只是把手中的猎刀从胯间使劲往上一捅，全力捅到了底，然后往后一退。只听见那墨西哥鬼下巴与牙床相撞，“咔嚓”一声，接着寒光一闪，爱德华多手中的刀子掉到了脚下的小水潭里。他的手松开了约翰·格雷迪，转过了身去，然后又像是上火车的人回头看一样，回过头来，嘴巴狞笑着紧咬着。只见那把猎刀柄在他下巴下面突着，他的下巴和头骨被刀子钉在了一起。他伸出双手在空中狂舞乱抓，接着抓住刀柄，徒然地试图把它拔出来。一边蹒跚地颠踬到巷子的对面，旋过身子倒在妓院的墙上，接着身子滑到了地上。他缩回双腿，透过牙关呼哧呼哧地喘着气，两手无力地搭在身边，凝滞的目光望了约翰·格雷迪一会儿，然后头猛地一歪，扑通躺倒在墙边，不动了。

约翰·格雷迪两手捧着肚子，背靠着巷子对面的墙站着。

“不能坐下，”他对自己说，“不能坐下……”

他努力站稳身子，嘘了长长一口气，喘着。他低头看看自己：身上的衬衣已成了血染的碎片，一截灰绿色的肠子从指缝间突了出来。他咬紧牙齿，用手捏住，使劲把肠子推进去，用手捂住。然后慢慢挨过去，从水潭里捡起爱德华多的刀子。又蹭到小巷对面，一手捂着自己，一手用刀子从那死了的对手身上割下他的绸衬衣，他把刀子噙在口中，用衬衣裹好身子，捆紧。然后任刀子落到地上，转过身子，顺着小巷摇摇晃晃地往外面路上走去。

他离开大街，挑僻静的小路往前走。远处城市上空的亮光在空寂的荒野上就像是曙光一样。他就朝着这光亮的方向走着。慢慢地，他靴子里流满了血，溢了出来，在走过的沙路留下一道道血迹。路上的野狗们都跟了上来，嗅着血迹，竖起颈上的狗毛，悻悻地吠叫一阵，又转身溜走，消失在黑暗中。

他一面走一面对自己说着话，一面数着自己的脚步。他听见了远处的汽笛声。每走一步，他就觉得血从他捂着肚子的手指间往外一涌。

等走到诺彻特里斯特街，他已觉得头重脚轻，不能把持了。

他靠到墙上歇了一会儿，准备穿过马路。路上一辆车也不见。

"你没吃东西，"他自言自语，"很聪明，幸亏这样。"

他推开墙站起来，走到人行道台阶边，先用一只脚探了探，接着便赶紧过街，以免有车子开过来。他害怕摔倒，不敢走得太快。因为他不知道，要是摔倒了，还能不能再站得起来。

过了一会儿他再想起过街的事，却好像是好久以前的事了。他望见前头有灯光，走过去一看，原来是一个做玉米薄饼的作坊。里面链条传动的老式机器丁零哐啷地响动，几个工人穿着粘满面粉的围裙，正在一盏昏黄的电灯下面聊天。他继续蹒跚着往前，走过黑洞洞的房子，走过空荡荡的场子。破旧的小土房边到处是被风吹过来的垃圾。他走不动了，摇摇晃晃地站着。"不能坐下。"他对自己说。

可他还是坐了下来，昏睡了过去。当他惊醒了过来，觉得有谁在他血渍的口袋里掏东西。他伸手一抓，是一只瘦骨嶙峋的小手，抬头一看，是一张小男孩稚气的脸。那孩子又甩又踢想挣脱，喊叫他的同伴们，可他们全往停车场那边飞跑了。他们原都以为他是个死人。

"听着，"他把小男孩拉到跟前，说，"放心，我不会伤你的。"

"放开我！"小孩叫道。

"放心，你放心！"

小男孩扭动身子挣扎着，又望了他的同伴们一眼，可他们早已消失在黑夜里不见了。

“放开我！”他呜咽着，快要哭出来了。

约翰·格雷迪像对马说话一样轻声地安抚小男孩。过了一会儿，小男孩站住不再挣扎了。他对小男孩说，他是个了不起的牛仔，今天刚杀了一个坏蛋，可现在需要他帮点忙。他说警察大概正在找他，所以他得藏起来。他说了很长时间，吹嘘他拼刀子多有本领，等等。接着又艰难地从口袋里掏出他的钱夹子，塞在男孩手里。说完之后，他要那男孩重复说了一遍，便放开他，等着。男孩后退几步，手里拿着沾满血的钱夹，然后又蹲下来，看着约翰·格雷迪的眼睛，他的胳膊搭在他自己细瘦的膝盖上。“你能走吗？”他问。

“能走一点点，多了不行。”

“不能待在这儿。”

“是，你说得对。”

男孩扶他站起来，他倚在他瘦弱的肩膀上，慢慢往停车场的另一头走过去。那边，在一堵墙后面，有一个小孩子用木箱垒成的小房子。男孩子跪下来，扯起破麻袋做的门帘，让他爬了进去。男孩说里面有一截蜡烛还有火柴。可受伤的牛仔说黑着更保险。他身上马上又要出血了，他手上已经有了感觉。“挺着，”他说，“挺着。”男孩松手放下了门帘。

他身子下面的垫子被雨浸湿了，发出一股霉臭。他觉得口干舌燥，就尽量不去想它。他听见汽车在街上驶过，听见一条狗在吠叫，他躺着，身上裹着敌手留下的黄绸子，上面黑色的血迹斑斑驳驳，像是一条出席仪式的饰带。沾满了血的手紧捏着肚子上的伤口。他努力鼓着劲，不让自己神志模糊。

不一会儿，他开始觉得昏迷一阵阵地袭来，觉得自己的灵魂快要出离他的肉体轻扬而去，就像一只步履轻捷的动物正俯在敞开的笼子口，试探着笼外的空气，准备扑出。他听见远处教堂悠远的钟声，听见自己低沉而急促的呼吸，意识到自己这当儿身处异地，躺在冰冷与黑暗里，躺在自己的血泊中。“救救我，上帝！”他心里呼唤着，“阿门。”

比利看见约翰·格雷迪那匹马带着鞍子站在马厩里，便立刻拉了出来，骑上去，纵马在黑夜里往约翰·格雷迪的小土屋奔驰而去。

他心里着急，要是这马能告诉他点什么就好了。快到小土屋时，看见窗户上亮着灯，便急急催马向前，水花四溅地蹚过小河，跑进院子，跳下马，朝屋子里大声喊叫。

“兄弟？”他推开房门叫道，“兄弟？”

他走进卧房。

“兄弟？”

没有人。他跨出房门，朝外面喊了几声，停下来谛听了一会儿，又喊了几声。然后，又回到屋里，打开炉门看看。里面已经堆好木柴、引火柴和报纸准备生火了，但没有来得及点燃。他关上炉门，转身出了屋子。他又到处喊了喊，仍没有回应。

他便上了马，拨转马头，两腿一夹往前走了。那马往前走过了那条小河，却又回到原路上站住不走了。

比利想了想又掉转马头骑了回来。他在小屋里又等了一个多钟头，终究没见有人来。后来等他回到牧场的时候，已经快半夜了。

他躺在床上，想努力入睡。他觉得听见了远处火车的鸣笛声，悠悠细细的，渐渐沉寂了。他大概是睡着了一会儿，因为他做了一个梦，梦见那死了的姑娘来找他。她用手捂着她的脖子，浑身是血，想要说话却说不出来。他睁开眼睛，隐约听见厨房里的电话铃正响着。

他赶到厨房里时，索珂洛穿着睡袍在接电话。她使劲挥手对比利做着手势，一边回电话。“快，快，”她说着，“小伙子，你的电话。”

他醒了过来，浑身是汗，又打着寒战，口渴得要命。浑身彻骨地疼痛。他知道这是第二天了。他挪动了一下，身上黏结在衣服上的血痂像折断冰凌一样咔咔作响，接着就听见比利的声音。

“兄弟，兄弟。”他正叫道。

他睁开眼睛，比利正跪在他身边。那个男孩掀着门帘，从那里可以看见寒冷而萧瑟的外面。比利回头对男孩说：“你赶快去吧，快点！”

帘子落了下来。比利擦了根火柴擎在手里。“妈的，你这个傻瓜，”他叹道，“你这个傻瓜啊！”一边从钉在木箱上的架子里找了一截立在茶碟里的蜡烛，点上，凑近来看。“哦，老天！”他叹道，“你这个傻瓜啊！还能走吗？”

“别动我！”

“可我非得把你弄回去不可。”

“你没法把我弄出国境啊。”

“妈的，我也真没法儿。”

“他把她杀死了，兄弟！那狗娘养的杀死了她！”

“我知道了。”

“警察正在抓我。”

“杰西会把卡车开过来的。要不行，我们就开车冲他娘的哨卡。”

“别动我，兄弟。我不走。”

“扯淡，你不走！”

“我跑不了啦。先前我觉得还行，可这会儿我觉得我不行了。”

“你就放心吧！别胡说八道了。没事，我以前伤得比你厉害得多呢。”

“我浑身没囫囵的地方了，比利。”

“我们会把你弄回家的。你可别死，妈的！”

“比利，听我说，不用了，我知道我不行了。”

“不听你的。”

“不，你听我说，哎哟……能给我口凉水喝，我就不知道该怎么谢你了。”

“我这就去搞。”

他起身把蜡烛放下。约翰·格雷迪却一把攫住他的胳膊。“别走，”他求道，“等那男孩回来再走吧。”

“好的。”

“他还说不会怎么痛的，这扯谎的混蛋，狗娘养的！哎哟！……天亮了，是吧？”

“是的。”

“我见她了，兄弟。她躺在那儿，看上去一点儿也不像，可的确是她……他们在河里找着了她。喉咙都给那狗娘养的割断了，兄弟。”

“我知道。”

“我非得要找他算账。兄弟，我跟他算了账。”

“你该告诉我的，怎么着你也不能就一个人来。”

“我就是要跟他算账。”

“放心歇会儿吧，他们马上就会来这儿了，你挺住。”

“没有关系，身上痛得要命，比利，哎哟……没有关系。”

“要我去找点水吗？”

“不，不要走……她多么漂亮啊！兄弟。”

“是，她是漂亮。”

“我一整天都在想着她……你知道，我以前就和她说过人死了会到哪儿去的事。我相信，人死了总会去个地方的……看见她死了躺在那儿，我就心里想，她大概进不了天堂，因为她……你知道的，大概进不了天堂。我又想到慈悲的上帝，想到我大概不能祈求上帝的宽恕，因为，我杀了那狗娘养的。而且，你我都知道：我杀了他一点儿也不后悔。这好像是胡说：但上帝如果不能宽恕她，我自己也不要被宽恕了。她不能去的地方，我就不去！她要进不了天堂，我也就不进！我知道，这听上去像是发昏，可是，自从我看见她躺在那儿的时候起，活着还是死掉，对我都变得无所谓了！我明白我这一辈子已经活完了，一切都解脱了……”

“行了，别说了，你的日子还长着呢。”

“她做事儿总是要做得合适得当。这挺对的，是吧！我很赞成的。”

“我也赞成那样。”

“我屋里的脚柜里最上面有一张当票，你要愿意，就拿去把我的枪赎回来，留着你用。”

“我们会把枪赎出来的。”

“赎金是三十块钱，框子里还有点钱，在牛皮纸信封里。”

“好了，你别操心啦，好好休息吧。”

“马克给我的戒指放在小铁盒里，你一定把它还给马克。哎哟！……痛得受不了，兄弟。”

“忍着点吧，别心急。”

“我们带的那匹小马，长得挺好的，是吧？”

“是，挺好的。”

“你能把小狗崽拿去养着吗？”

“还有你呢，别操这么多心。”

“痛，兄弟，痛死我了！……”

“我知道，你忍着点，就好了。”

“我觉得……我想喝口水……”

“你好好等着，我这就去找水，马上就回来。”

比利把蜡烛和流满蜡油的小碟子一起放到架子上，掀起门帘出去了。他一面快步跑过空荡荡的停车场，一面回头望着，麻袋门帘透出一方温暖的黄光，让人觉得像是狂风暴雨中的一个避风港。但他心里仍然充满了担心和焦灼。

街中间一个小咖啡店刚刚开门。一个姑娘正在布置一张张小铁桌，看见他吓了一跳：他蓬头垢面，裤子膝盖上满是从血浸透了的破床垫染上的血迹。

“水！”他说，“我要水。”

那姑娘眼睛盯着他，走到柜台那边，拿了一个大杯子，从瓶子里倒满水，放在柜台上，然后退后站着。

“没有大点的杯子吗？”他问。

她呆呆地盯着他，不说话。

“那就给两杯吧，两杯！”

她又取了一个杯子倒上水，放在桌上。他留了一块钱在柜上，端起水走了。外面天已微明了，天上的星光正黯淡下去，天边黑色的山影渐渐显了出来。他小心地一手端一只杯子，横过街道往回走。

他走近板条箱堆，里面蜡烛还亮着。他把两个杯子用一只手拿着，另一只手掀开门帘，跪了进去。

“水来了，兄弟。”他叫道。

可他已经死了。

比利赶紧放下水杯。“兄弟！”他失声叫道，“兄弟？”

小伙子无声无息地躺着，脸歪到了没有灯光的一边，两只眼睛向远方瞪着。比利连连叫唤着，好像不相信他能走得多远：“兄弟！噢，我的天，兄弟啊……”

“这怎么办？”他念叨着，“这可完了，怎么办？噢，上帝！我的兄弟！噢，操他妈的！”

他把约翰·格雷迪收拾好，抱起来，转身往外走。“臭婊子……”他哭着、叫骂着，泪珠从阴郁的脸上成串流下。他冲着外面的鬼天气哭骂着，他哭喊着上帝，要他睁开眼睛看看他眼前的惨相。“你来看看！”他哭叫着，“你看见了没有？你看见了没有？……”

星期天已经过去，这是星期一，灰蒙蒙的拂晓时分。一群穿着蓝校服的小学生正在路边的沙土道上走过来。一个老师走下台阶，准备带他们通过十字路口，抬头看见比利两只胳膊上满是黑色的血迹，抱着朋友的尸体走了过来，连忙举手止住她的学生。学生们停下来，胸前抱着书本挤成一团。比利走了过去，小学生们用惊恐的眼睛盯着他。他两手抱着约翰·格雷迪，小伙子头仰在后面吊着，半睁着的眼珠凝固地盯着路上变幻着的街景，盯着路边的房屋和墙垣，盯着苍灰色的天空，盯着站在晨光里为他祷告的小学生的身影，但所有这些他都已看不见了。

这个人死了。就在这里,在这个无名的十字路口。他解脱了,他在尘世间的痛苦和磨难,终于永远结束了。那个女老师又走下台阶,孩子们跟在后面,继续往前走,走,往一个造物主在世界混沌初开的时候早就安排好了的地方走去……

尾声

三天后，比利离开牧场走了，就他和那只小狗。那天天气寒冷又刮着风，小狗不停地哆嗦、哀鸣着，直到比利把它捧起来搂在身前马鞍的凹窝里。前一天晚上，他跟马克结清了账办完手续。索珂洛为约翰·格雷迪的死，伤心得连看都不看他一眼。她过来把盛饭的盘子戳在他面前就走了，比利坐着定定地瞅着盘子，瞅了一会儿，然后起身离开，走进了走廊，饭留在桌上碰也没碰。十多分钟后，他最后一次回来，穿过厨房走出的时候，他的饭还在桌上晾着。索珂洛还在火炉边忙着，她额头上抹了一块灰土指印，是神甫那天早上抹上去，让她记住她自己注定要有的劫数的。

马克给他付清了工钱，比利拿了，叠起来装进衬衣口袋，扣上扣子。

“你什么时候走？”

“明天早上。”

“其实你可以不走的。”

“我现在什么都无所谓了，就想去死。”

“你的主意定了？不变了？”

“不变了，先生。”

“那好。不过，没什么事是永远不变的。”

“有些事就是永远也不会变的。”

“倒也是，有些事是不会改变的。”

“真对不住，马克先生。”

“我也对不住你，比利。”

“我要是把他照看住就好了。”

“我们大家本来都该的。”

“是，先生。”

“他的一个堂兄，名字叫什么萨彻尔·科尔的，一个钟头前到这边来了。他从城里打了电话过来，说他们总算找到了他的母亲。”

“她有什么话吗？”

“那人没说。他只说他们有三年多没听到他一点儿消息了。瞧瞧，这该是怎么回事儿啊！”

“说不清。”

“我也真说不清。”

“你要去圣安吉洛市吗？”

“不，也许真该去那儿一趟，可我不打算去。”

“知道了。先生，那也好。”

“想开点吧，孩子。”

“也是，可一下子还不行，大概得一阵子。”

“想来也是。”

“是，先生。”

马克冲比利青肿的手点点头，说：“你这手，不要找人瞧瞧？”

“没事，不用。”

“你在这儿一直都会有活儿干的。虽说军队要占这块地方了，可我们总能找出活儿给你干的。”

“多谢您的好意。”

“你什么时候走？”

“一大早。”

“你跟奥伦说了吗？”

“没有，先生，还没呢。”

“我想早饭的时候你能见着他。”

“是，先生。”

可他到底没见着奥伦。离天亮还很早，天还漆黑着，他便骑马上路了。他骑着马走，一直走下去。走到日出，走到日落……

在接下来的几年里，大旱袭击了西得克萨斯州。比利不停地从一个地方流浪到另一个地方，哪里都找不到工作。到处牧场的大门都敞开着无人看管，沙石被风吹出来，大路都给埋没了。没几年，整个草原就几乎看不到牛羊的踪影了。比利不停地往前走着，走着，日复一日，年复一年，一直走到了老态龙钟，走到了白发苍苍。

五十年后，2002年的春天，他住在埃尔帕索城的嘎德纳旅馆里，给一个电影做临时演员。演出的活儿结束以后，他便整日在屋子里窝着。那旅馆的前厅有一台电视机，一到晚上，跟他年纪差不多的老人，也有年轻人，便都坐到前厅的旧椅子上看电视。可比利对电视毫无兴趣，跟周围的人们无话可说，别人跟他也无话可说。不久，钱花完了。三个礼拜后，他被赶出了旅馆。马和鞍子早就卖掉了，他就身上只背着他的小军用背包和一卷毯子，流落到了街上。

街上离旅馆几个街区的地方，有一个修鞋铺子。他停了下来，看能不能把他的靴子修一修。鞋匠见了他的靴子，连连摇头。那鞋底儿已磨得像纸一样薄了，皮子上的针脚也开了线。鞋匠把靴子拿进去，在他的机子上缝了缝，又拿回来立在柜台上，说就不收他的钱了。那鞋匠还说这鞋也经不住多久了。确实，那鞋不久就彻底完蛋了。

一个星期后，他流浪到亚利桑那州的中部。一场大雨从北方袭来，天气一下子转凉了。这天，他躲在一座公路高架桥下，看着一阵阵疾风吹赶着阵雨掠过田野，一辆辆长途卡车在大雨中驶过，车厢四角上的红灯在雨幕中熠熠闪光，巨大的车轮在雨水中像涡轮似的飞旋。头顶高架桥上东西来往的车辆发出喑哑低沉的隆隆声。他躺在水泥地上，紧紧用毯子裹着身子，努力想睡，但久久地睡不着。周身骨头酸痛，他已经七十八岁了！

照多年前招兵时检查身体的那个医生的话，他这颗有毛病的心脏，该早就要了他的命了，可直到今天，它还在他的胸膛里怦怦地扑腾着。嗨，这毛病早要了命倒好了！他往身上拉了拉毯子，又过了一会儿，终于睡着了。

那天晚上，他梦见了七十年前死去、埋在萨姆纳堡的妹妹。他看见了她，看得那么清楚。她一点儿没变，一切还是那么鲜明、真切。她正在家门前那条土路上姗姗地走着，身上穿着祖母用宽幅被单布做的白连衣裙，上身是打着袖褶的紧身胸衣，裙边滚着蓝色的菱形花边，正是她以前常穿的衣服。头上还戴着那顶为过复活节买的小草帽。在梦里他看着她走过了家门，心里觉得她再也不会回来，他再也不会见到她了，便大声地喊她。她不答应，头也不回，一直在那条空荡荡的土路上走了下去，走进了无尽的悲痛，走进了永恒的失落。

他醒来，静静躺在黑暗和寒冷中继续想着她。接着又想到了死在墨西哥的弟弟，想着这整个世界，想着他自己的这一辈子。他觉得他这辈子阴差阳错、事事不如意，总是命运多舛。不禁黯然神伤，悲从中来。

天亮前，三四点钟时分，公路上的车辆稀疏了下来，雨也住了。他坐起身，冷得打着寒战，便使劲把毯子往肩膀上扯。他想起先前在路边食品摊上买的饼干还装在上衣口袋里，便掏了些出来一面坐着慢慢吃，一面眺望着公路那边潮湿荒芜的平野上渐次闪现的灰白色晨光。他觉得仿佛听见了远处正在往北飞、飞向它们在加拿大度夏栖息地的仙鹤的鸣叫声。他觉得仿佛眼前出现了许久以前的一个黎明时分，一大群仙鹤正在墨西哥一片大水泛滥过的田野上睡觉，它们一个个单脚伫立在沼泽地里，长喙缩在翅膀下面，一排排灰色的身影，活像是袈裟蒙头的一群僧侣在那里做祷告。

他回头往高速公路一高架桥的另一边一望，发现那边也有一个跟他一样的流浪汉，孤零零地坐在那儿。

那汉子举起手向他打了个招呼。他也向他招了招手回应。

“你好！”那人大声喊着。

“你好！”

“吃东西呢？”

“没什么好的，就些饼干。”

那人点点头，眼睛移开去。

“一块儿来吃吧！”

“好啊，”那人喊道，“多谢了！”

“我过你那儿去。”

可那人已站了起来。“我过你那边来吧！”他用英语喊叫道。接着便从水泥立墙上爬下来，穿过那边的车道，翻过护栏，又横过水泥圆柱间的中间地带，再横过这边北去的几条车道，最后爬上来到比利坐着的地方，蹲了下来，打量着比利。

“没多少了。”比利一边说，一边从口袋里掏出剩下的几小包饼干，递了过去。

“太谢谢了！”那人说。

“不用谢。我头一眼看见你，恍惚之中，还以为是别的什么人哩！”

那人坐了下来，伸开两腿，交叉在一起。他用大牙撕开一包饼干，抽出一块，举起来端详了一会儿，才放到嘴里咬成两半，细细地嚼了起来。这人留着稀疏的八字胡，皮肤光洁黝黑，看不出有多大年纪。

“那你以为我是谁呢？”他问。

“就是一个什么人，一个我在等着的人吧！这几天来，我大概已经瞅见他好几回了，可一直没能好好看清楚他。”

“他长什么样儿？”

“不知道。就觉得他好像是个老朋友似的。”

“我明白了，你刚才以为我就是你的鬼魂，来接引你的。”

“对，我以为也许你就是。”

那人点点头，继续嚼着饼干。比利眼睛盯着他。

“你不是的，是吗？”

“不是。”

他们继续坐着，嚼那干干的饼干。

“你要去哪儿？”比利问他。

“南方。你呢？”

“北方。”

那人又点点头，笑了笑：“什么人愿意与死鬼分享他的饼干呢？”

比利耸了耸肩，说：“什么鬼魂愿意吃饼干呢？”

“的确，什么样的鬼魂呢？”那人附和着说。

“我并不是非要把什么事情弄明白不可。不过，凡事与人分享，这不是天经地义的吗？”

“说得对！”

“至少，我们小的时候，大人们就是这么教我们的。”

那人点点头，说：“在墨西哥就有这样的风俗，一年里有几个规定的日子，在这些天，人们在桌子上供奉食品给死了的人……这些你大概都知道。”

“是的。”

“死人鬼魂是很能吃的。”

“对，很能吃。”

“就几块饼干的话，他们会觉得很丢脸的。”

“不过，也许他们也是有啥吃啥，和我们普通人一样。”

那人点点头，说：“是，很可能。”

高速公路上的交通又繁忙起来，太阳也升起来了。那人又撕开第二包饼干。他说，也许死人的心胸要比活人的广阔，他们心里人人平等，所以看待活人给他们的供奉时，自有他们的眼光。在他们眼里，穷人供奉的简单食品是与任何别人的好东西一样好的。

“就像上帝对待大家一样。”

“对，就像上帝一样。”

“谁也不能巴结他们，贿赂他们。”比利添加道。

“对，谁也不能！”

“连上帝也不能。”

“对，上帝也不能！”

比利望着公路那边的田野，那里一潭潭积水在升起的曙光中逐渐显现了出来。

“人死了后，就到哪里去了呢？”他问。

“我也不知道，”那人说，“我们连自己现在到哪里去还不知道呢！”

太阳在他们身后的平原上升起来了。那人把剩下的最后一包饼干递回给他。

“你留着吧。”比利说。

“你，不要了？”

“我的嘴干得不能吃了。”

那人点点头，把饼干装了起来。

“留着路上吃，”他说，“我是在墨西哥生的，已经好多年没有回去过了。”

“那你现在就回去？”

“不。”

比利点点头。那人打量着渐渐亮起来的天，说道：“我觉得我活了半辈子的时候，把以前走过的路、去过的地方都描在了一张地图上，仔细研究了好久，想从中看出点名堂来。因为我想，如果我能看出什么名堂，能辨别出它的形状，那我大概就能明白我下一步怎么走、知道我的路在哪里，能看清楚我的后半辈子了。”

“那你看出了点什么呢？”

“跟我原先想的不一样。”

“你怎么知道那时候你已经活了一半了呢？”

“那时候我做了一个梦，所以知道，才画了那张图。”

“是什么样儿的呢？”

“你说那张图？”

“是。”

“挺有意思，看上去可以是好几种不同的东西。可以有好多种不同的看法，真让人惊异。”

“你能记得所有你去过的地方？”

“噢，当然。难道你不能吗？”

“我不知道，好大一堆地方呢。也是，如果用心想，大概也能记得起来。得静下心来，仔细一个个好好地想想。”

“对，肯定。我就是这个办法。想起一个就引出另一个。我们走过的路是永不会忘却的，无论如何也不会。”

“你那图像什么东西呢？我是说你画的图。”

“初看上去像个人脸，可掉过来从另一头看了看，再掉转回来看，那人脸却不见了。以后再也找不着了。”

“怎么回事儿呢？”

“我也不知道。”

“你是看见了人脸，还是你想着你看见了？”

那人笑了，他说：“这是什么问法啊？这有什么区别吗？”

“说不清，我觉得还是应该有点区别吧！”

“我也这么觉得，可是到底有什么区别呢？”

“反正，该是不像真正的人脸。”

“对，不像。只是有那么点儿意思，可能像是勾勒了几笔的侧影，或是素描之类的一样。”

“对。”

“无论如何，一个人是很难完全站在自己的想法和意念之外，只看到事物本来的面貌的。”

“我倒觉得，你面前是什么，你看见的就是什么。”

“是吗？我不这么想。”

“你那时做了个什么梦呢？”

“那个梦嘛……”那人迟疑着。

“你要不愿讲，就别讲了。”

“你怎么知道我不愿讲？”

“你本来就没必要告诉我任何东西嘛。”

“也是。是这样的，我梦见有一个人，在山里走着。走着走着，走到了一个以前朝圣香客们休息的地方……”

“这是你的梦吗？”

“对呀。”

“好，往下讲吧。”

“好的。他到了一个以前朝圣的香客们常去休息的地方……”

“看来，你以前已讲过这个梦的。”

“没错。”

“往下讲。”

“这都是以前的事了。那旅行者到了山里高处的一个山口，那儿有一块像桌子一样的大石头。这石头年代很久远了，大概当初天地初创的时候，从山顶上大岩石上剥离崩塌下来，从此就躺在这个山口当间了。石块的一面朝天，经着风吹雨打，酷日暴晒。后来，在这岩石上还杀了不少人来祭天，石桌上血迹斑斑。天长日久，颈血里的铁质，把石头都染黑了。石面上还有剑砍斧剁留下的痕迹，一切都历历在目，生动地提醒着当年的杀戮。”

“世上真有这种地方吗？”

“不知道。该有的，该有这种地方。不过我说的这个不是，这是我梦里的一个地方。”

“继续讲。”

“那个人在暮色四合的时候走到了这里，周围的群山正渐渐黑下来，吹过山口的冷风也随着夜色的降临，变得愈加寒冷。那旅行者卸下身上的包袱，坐下稍事休息。他摘下帽子，让脑门凉快凉快。一回眼他瞥见了那块竖在地当间的大祭石，也看见了上面斑斑的血迹，看来山间几千年来的风吹雨淋也没能把它们洗刷干净。那人还是决定就在这儿过夜。这可是个大胆鲁莽的决定！世人常常做出这样的鲁莽冒险的举动，而不知上帝一直是多么苦心地在庇护着他们，免受世间的灾祸和不幸。”

“这个旅行者是谁？”

“我不知道。”

“不是你吗？”

“我想不是。可是，谁知道呢？大白天我们还弄不清自己是谁哩，何况是在睡梦里。”

“要是我的话，我想我会知道的。”

“也许吧。可是，你难道没有在梦里见过以前从来没见过的人吗？”

“倒也是，真见过。”

“那他们是谁呢？”

“我不知道，就是梦中人吧。”

“你认为他们都是你心里想出来的，在你梦里造出来的，对吧？”

“我想是的，对。”

“你醒着的时候也能这样吗？”

比利两手抱着膝头，说：“不能，我觉得不能。”

“是的，你不能。我总认为，无论梦里面的你，或者梦外面的你，都只是你情愿看到的自己的一部分。我猜想，每个人都比他自己所认为的要更复杂。”

“说下去。”

“就这样，这个旅行者也就是这么个人。他把包袱放下来，便打量着四下愈来愈暗的景色。这山口光秃秃的，只有壁立的山岩和散乱的砾石。他心里想，总得睡得高一点儿，以免夜里万一有蛇爬过来。于是他走近那个大祭石，他把手搭了上去时，先是迟疑了一下，但也仅仅一会儿，接着他便把毯子铺开在石桌上，并用几块石头压在两头，以免脱靴子时，风把毯子吹跑。”

“他知道那是块干什么的石头吗？”

“不知道。”

“那谁知道呢？”

“那个做梦的人知道。”

“就是你喽？”

“对。”

“这样的话，我觉得你和他就一定是两个不同的人了。”

“为什么？”

“因为你们俩要是同一个人的话，一个人知道的事，另一个人当然就也该知道了。”

“就像在人世间那样？”

“对。”

“可这不是在人世间，这是个梦啊！在人世间根本就不会发生这样的问题。”

“继续说下去吧。”

“那旅行者开始脱靴子。脱了靴子，便爬到那块岩石上，用毯子裹着身子，定了定神，准备在那块冰凉而又可怕的石头上入睡。”

“但愿别出什么事！”

“是，可他倒睡着了。”

“他在你的梦里睡着了？”

“对。”

“你怎么知道他睡着了？”

“我看见他在睡呀！”

“他做梦了吗？”

那人盯着自己的鞋，坐着不说话。他把交叉的两条腿分开，又换了个样子交叉在一起，才说：“哦，我还真不知道该怎么回答你。夜里他梦见了一些事情，但有些情况说不清楚。比方说，他梦中事情是什么时候发生的，就没法弄清。”

“为什么？”

“我的这个梦是在某一夜做的，在梦里，那个旅行者出现了，但这又是在哪一夜呢？那个旅行者是在自己生活的哪一天跑到那张石床上去过夜的呢？他在那里睡了一觉，后来他又遇到了些事情——这我一会儿再说。这都是发生在什么时候的呢？你明白这里的问题了吧？就是说，这些后来的事情都不过是那个旅行者的梦，而这个行人自己的真实性还不确定呢！一个虚拟的人所做的虚幻梦境，怎么能够捉摸呢？而且，对他来说，什么是睡着，什么又是醒着呢？说到底，他怎么能会有一夜呢？凡事都必须有一个立足的基础，就像每一个灵魂都需寄存在一具肉体中。一个梦境又套着另一个梦境，这就比人能理解的复杂多了。”

“一个梦中的梦恐怕就不再是梦了。”

“但你必须承认仍然有这种可能的。”

“这简直是太玄奥了！”

“什么意思？”

“你问什么是‘玄奥’？”

“对。”

“嗯，我想，‘玄奥’就是你相信某些说不清、把握不住的东西。”比利说。

“就譬如明天，或者昨天？”

“昨天已经过去，明天就要来到，这都是实实在在的。我指的是像你梦中的人所做的梦那样的东西。”

“也许是吧。不过无论怎么说，这个人的梦就是他自己的梦，跟我的梦完全是两码事。在我的梦里，那个人就是躺在那块石头上，在睡觉。”

“可你仍然可以炮制他的梦。”

“这个世界上，什么都是可能的。你很快就会看到的。”

“这就像你在地图上画出的生活轨迹一样。”

“怎么说？”

“它不过是一张图画，并不是你真正的生活。一张图画就是一张图画，并没多少深意。”

“说得好！可你的真正的生活又是什么呢？你能看见它吗？生活一出现，马上就开始消失，一点一点地，一直消失到再也没有什么东西。你仔细看看这个世界，在什么时刻，你看见的东西转变成了你记忆中的东西了呢？这两者又如何区分呢？这种区分你既不能拿在手里让人看，又不能标在地图上，也不能表现在你画的图形里。而我们又只能如此而已。”

“你还没说你的那个轨迹图到底有什么用处。”

那人用食指轻轻弹着下唇，又瞧了瞧比利说：“是，我们过一会儿再说这个。现在我只能说，我那时一直在寻找一种办法，能够把经历过的生活和图形联系起来。这种办法当然不是很可靠，但在一定条件下，过去的生活和未来的生活间总该有某种联系，或者相通的地方。如果情形的确是这样的话，那么我描绘出的图形应该能多少为我指出方向，而未来生活中出现的事，就应该在这个方向上了。你说一个人的生活不可能用图画或形象表现出来，这可能是我们两人所指不同。一张图画总是力图用自己的形态和语言来捕捉、固定和反映外在事物和意象。另外，我们的图画与时间毫无关系。它本身没有反映秒、分、时等时刻的能力，既不能反映过去的时刻，也不能反映未来的时刻。但是，这图形与它所追踪的生活轨迹，却在一个人生命的最后时刻交汇在了一起。”

“这么说来，我虽然说对了，道理却还是不对的。”

“我们还是回头说那个做梦的人和他的梦吧！”

“好，说吧！”

“你也许会说，那个旅行者醒来了，后来发生的事情根本不是他的梦。但我觉得还是把它们当作梦更恰当些，因为如果这些事情不是梦的话，那他根本就不会再醒来了，这你后面就会知道的。”

“说下去。”

“我自己的梦是另一回事儿了。我梦里的旅行者正在做一个噩梦，我是不是该叫醒他？你瞧，他做的梦并不完全属于他自己。如果我要是取消他的存在的话，他的梦当然也就完全消失了。

现在你看出问题了吧？”

“嗯，我觉得我慢慢看出一些了。”

“对。这个旅行者有他自己的生活，有他生活的目标。要是他没有在梦中出现的话，那么这个梦也就完全谈不到他了，这个梦也就是另一个样儿了。你也许要说，他并没有真实存在，因而就不会有什么经历或生活了。但我认为，无论他是什么人，是从哪儿来的，只要他出现，就必定有其经历，有其生活。而且，他的经历和生活的基础是与你的、我的一样的，因为人的存在本身以及人的一切，都完全是由他的具体的生活来确定的。这天夜里我们得以目睹这旅行者的一段经历，这使我们意识到，所有获得的知识、所有你认知的事实，都是有代价的。因为对每个事件的认知一旦发生，就同时排除了以其他方式认知的可能性。对我们来说，不管我们对这旅行者的生活知道多少，不管他的生活是由什么内容构成的，我们所看到的他的生活也就是在当晚这个具体的时刻、这个具体的地点，所集中地显现了出来的。你说对吗？”

“继续讲。”

“于是，他静下心来睡着了。那夜，山里来了暴风雨。天上霹雳闪电，狂风怒号。那人一夜没睡好，一次次的闪电照亮了他头顶黑暗里光秃峥嵘的山峰。就在一次炫目的闪电中，他惊异地看见一队人马正从岩石嶙峋的峡谷中走了下来。他们在雨中举着火把，一边走，一边唱着低沉的圣歌。他从石床上欠起身，想看得清楚些，但仍只能看见他们的头和肩在火把的闪亮中拥挤、攒动。他们穿着各色各样的衣服，头戴鸟毛和猫皮做的帽子，还有土拨鼠皮的帽子，脖子上戴着珠子、彩石和贝壳串成的项链，围着像是细麻织成的披巾。借着雨中嘶嘶冒烟的火把，他看见他们还抬着一顶轿子或是棺材架。接着，他听见了山谷间回响着的悠扬笛声和低沉缓慢的鼓点。

“当他们走到路上来的时候，他看清楚了。在队伍最前面是一个男人，戴着一具海龟壳雕成的面具，上面镶满了玛瑙和碧玉。他手中握着一根权杖，权杖的顶上雕着他自己的雕像，雕像的手里也握着一根小小的权杖，而这个小小权杖上面大概想来也是一个更小的他自己的雕像。

“一个鼓手跟在这人身后，用硬木球拴在木棍上做成的链枷一样的鼓槌，敲打着一面用腌制过的兽皮蒙在木架子上做成的鼓。他用上扬的手法敲击着，那鼓便发出一种低沉的回声。每敲一下，他便弯下头仔细谛听，像正在给鼓校音一样。

“鼓手后面的一个人佩着一把衬在皮垫上、套在剑鞘里的剑。在这鼓手后面是几个举着火把的人，再后面则是抬着轿子或尸床的人们。我们的旅行者看不清被抬着的人是活着还是死的，也不知道这是不是一队送葬的人，正在雨夜里从山中经过。在队伍的最后面，是一个背着笛子的乐手。他的笛子是用竹管做成的，笛身用铜丝箍着，缀着缨穗。他变更笛子的长度，可以奏出三个音符，吹出的笛声在漆黑的夜空里徘徊，凝重地压在人们的心头。”

“一共有多少人？”

“我想有八个吧。”

“好，讲下去。”

“看见队伍走到大路上，那旅行者便把两腿伸下祭石，坐起身来，把毯子往肩上抻了抻，坐着等候他们走过来。那队人一直走到了他的对面，才停下脚步站住。那旅行者怔怔地望着他们，心里又好奇又害怕。”

“那你呢？”

“我只是觉得好奇而已。”

“你怎么知道他心里害怕？”

那流浪汉端详着身下空荡荡的公路，过了好一会儿才说：“当然，这个人不是我。但他与我总有着某一共同的部分，就像你、我也同样有共同的某一部分一样。你看，我这又回到我前面说过的大家都有共同生活经历的话题上来了。”

“那么，整个这一阵子，你在哪儿呢？”

“在我床上睡着。”

“梦里面没有你自己吗？”

“没有。”

比利转身吐了口唾沫，说道：“你看，我已经七十八岁了。这些年来，我也做了好多好多梦，就我能想起的，哪个梦里都有我。我想不起来我做过的哪一个梦，里面只有别人，而没有我。我的意思是说，你总是要梦见你自己的。有一次我还梦见我死了，我自己站在那儿，看着我自己的尸体。”

“我明白！”那汉子道。

“你明白什么了？”

“我明白你对梦思考过不少。”

“我根本没有思考，我只不过是做过梦而已。”

“我们待会儿再说这个，好吗？”

“随你。”

“谢谢！”

“真的，你不是在乱编故事吧？”

那流浪汉笑了。他眼睛转向公路另一边，望着那边的田野。接着轻轻摇摇头，但仍没有回答。

“要不，再回到你的梦吧！”

“这个故事其实都悬在你刚才这个问题上，难就难在这里。”一辆卡车拖着拖车从头顶公路上驶过，几只燕子从水泥高架桥檐下窝里惊飞出来，在外面盘桓了几圈，又飞回窝里。

“听我说完，”那人说，“这个故事和所有的故事一样，都是从一个问题开始的。所有有感染力的故事，都会让听的人忘记讲故事的人，忘记他们讲故事的动机。结果，谁是讲故事的人，倒变得完全不重要了。”

“不是每个故事总是讨论什么问题的。”

“不，总是的！要是什么问题都没有了，就没有什么故事可讲了。”

比利又欠身唾了一口，说：“往下讲吧。”

“这个旅行者又好奇，又害怕，便大声喊着向那一队人打招呼。他的声音在山岩间回响着。他问他们要去哪儿。那些沉默的夜行客们闭口不答，只默默地举着他们的火把，抱着乐器，抬着床上的人，拥在一起，站在穿过山口的那条旧大路上。他们沉默着，就像这旅行者对他们是个谜，又好像在等着这旅行者说出些什么话来似的。”

“他真睡着了？”

“我想是的。”

“他要是醒过来呢？”

“那他就再也看不见刚才看到的东西了。我也看不见了。”

“为什么你不直接用‘消逝’或‘消失’呢？”

“用哪个？”

“什么哪个？”

“‘消失’还是‘消逝’？”那人用西班牙语重复了一遍。

“这俩词有什么不同呢？”比利也用西班牙语问。

“当然不同，‘消失’是变得再也看不见了。而‘消逝’呢？就是完全不存在了……”他耸耸肩，“……人们看不见时，东西都到哪儿去了呢？对这个旅行者和那夜里的事情，我们连他们是从哪儿来的都无法肯定，更说不清他们事后去哪儿了。在这种情况下，我们简直连一个可以立足的出发点都没有。”

“我可以插句话吗？”

“当然。”

“我觉得你有一种把事情弄得复杂化的倾向，你干吗不原原本本把故事讲出来就得了？”

“好建议。让我们试试看吧。”

“接着讲吧。”

“好吧，不过我要说，是你老问问题打岔。”

“你别怪我。”

“当然要怪你了。”

“好了，还是继续讲你的故事吧！”

“好。”

“不再插嘴了。”

“什么？”

“没什么，我说我现在闭嘴，不再问问题了。”

“不过，你刚才问的都是些好问题。”

“你还往下讲不讲了，嗯？”

“好吧。那旅行者大概挣扎着要醒来，但尽管那天夜里天气那么冷，他睡的石床又那么硬，可他还是没能醒过来。那当儿，山里是一片寂静，雨也早住了，只有风还在呼呼地刮着。那一队从山上下来的人围在一起商量着什么。然后那几个抬床的人便走上前来，把床搁在凹凸不平的石头地上。床上原来躺着一个年轻的姑娘。她紧闭双眼，两手像死了的人一样交叉在胸前。做梦的这个旅行者看看她，又看看围着她站着的那些人。山口黑夜天气那么冷，他们下来的那片朔风劲吹的高原上一定更冷，可他们就穿着单薄的衣服，围在肩上的毯子和披肩也是稀稀薄薄的。火把的亮光里，他们的脸上、身上的汗迹却在闪光。他们的样子和他们的行动看上去都很奇怪。然而不知怎么，这旅行者觉得他们好像有点熟悉，好像以前曾在哪里见过他们一样。”

“就像在梦里见过一样？”

“随你怎么想吧。”

“可这不该是由我怎么想就怎么样的啊！”

“你觉得你已经知道这个梦怎么结尾了？”

“大概猜到了一点儿吧。”

“好，让我们待会儿看吧！”

“继续往下讲吧。”

“这队人里还有一个药剂师，腰间的皮带上挂满了各种药物和祖传秘方。他和他们的头人在一起商量了一阵。那个头人像焊工推面罩一样，用大拇指把脸上的龟壳往后一推，推到了头顶，可做梦的人依然看不清他的脸。他们商量的结果，是派了三个裸着膀子的男人向祭石走来。他们手里拿着一个烧瓶和一只杯子，走过来把杯子放在石板上，从烧瓶往杯里注满了液体，端给了做梦的旅行者。”

“可得当心！”

“太迟了。他像那些人一样，郑重地用双手接过杯子，端到嘴边，一仰头就喝了下去。”

“喝的是什么？”

“不知道。”

“是个什么样的杯子？”

“牛角杯。在火上烤过，做成了能够站立住的样子。”

“喝了以后，怎么样了？”

“喝了那东西，他便不记事儿了。”

“他忘了什么？什么事儿全忘了？”

“他忘掉了他生活中的痛苦，也不再明白这样健忘的代价了。”

“说下去。”

“他喝下了杯子里的东西，递回杯子。顷刻之间，生活里一切痛苦和不幸全都没有了，他变得像小孩一样，无忧无虑。同时，他对上天的敬畏也没有了，以致他竟敢参与流血杀人的祭仪了。而这无论在哪里，都是对上帝的公然冒犯。”

“这就是他要付出的代价？”

“不，代价还要比这大多了。”

“是什么呢？”

“就是他连这种冒犯也忘掉了。”

“难道有什么不好吗？”

“你待会儿就明白了。”

“往下讲。”

“他喝干了杯子，就算把自己交到这伙古代山民的手里了。那些山民把他从石头上拉起来，拉到大路上。一边在路上来回走动，一边像是催促他注意四周的东西：大山、岩石、镶嵌在苍穹上的星辰以及深邃永恒的大地之源——天空。”

“他们说了些什么？”

“我不知道。”

“你听不见他们说话？”

那流浪汉没有回答。他坐在那儿，端详着头顶上的水泥高架桥，那儿，燕子窝像小泥炉一样倒挂在檐角。公路上的车辆多起来了。大货车被太阳投射在地上的方框形阴影在车子驶进高架桥时，倏然消失，然后等车子在远处高架桥的另一端再驶出时，又重新跳出在阳光里。

他伸出一只手，缓缓摇动了一下，说："没法回答你这个问题。这不像什么小人国在你的脑子里谈话什么的。根本就没有什么声音，更谈不到语言了。说来说去，这是那个做梦人的一个深梦，在这种梦里，交流思想的方式比语言出现得还早，用这种特别的方式，人根本不可能说谎，也不可能歪曲事实。"

"可你刚才说他们是在谈话的。"

"在我自己的梦里，我以为他们大概是在说话，而且，我也只能这么说。而在那个旅行者的梦里，则是另一回事了。"

"继续讲。"

"我们的生活离不开老辈子的生活，离不开我们叔伯们的生活。"

"可我觉得，如果在你梦里他们正在谈话的话，那在旅行者的梦里也一定在谈。这本来就是同一个梦嘛。"

"这又回到前面说的那个问题上了。"

"那你的答案呢？"

"我们马上就会看到答案的。"

"往下讲。"

"我们前辈的生活就是包含在我们的生活之中，千代万代地传下来的。一个没有历史的事物是不可能延续、永存的。没有过去的东西，就不会有将来。生活的核心就是人类的历史，而生活也就是历史所构成的。在生活的核心里没有什么固定的东西，只有认知的活动。在梦里梦外人们共有的也就是这一点。这在第一个人开始说话之前和最后一个人不再说话之后，都是这样。不过，这个旅行者后来倒是真说话了，你一会儿就会看到。”

“就算是吧。”

“这样，他和拉着他的那些人走着、走着，直到他的心绪平静下来。他明白，他的命运现在是在别人手中了。”

“他好像并没有什么反抗似的？”

“还没讲到那个被抬着的人呢！”

“那个姑娘？”

“对。”

“继续讲下去吧。”

“你要明白，他并不是心甘情愿地服从他们。一个急于赴火殉命的人并不能算真正的烈士，没有目标的地方就没有真正的收获。这你懂得的。”

“说下去。”

“他们像是在等待着他下决心，向他们坦白说出些什么事情。那旅行者仔细察看着周围的事物，他细看着星星、岩石，看着睡在床上的姑娘、拉着他的山民，看着他们的头盔、他们的衣服、他们举着的火把。他想看他们眼里的表情，但他们的眼睛像以前在雪地上走路的人一样，都用煤焦油抹得黑糊糊的，什么也看不清。他又看那些山民的脚，看他们穿着什么鞋子，但他们的长衫都长得拖到地上，盖住了脚，什么也看不见。他心里唯一明白的，就是这人世的奇异、人们的无知以及在面对新事物时的茫然和不知所措。他明白了一个人的一生不过是短暂的一瞬，而时间的长河则无穷无尽。因而，对每一个人来说，无论他此刻是多大年纪，无论他有过多长的经历，他永远都是处在人生旅程的中途。他觉得他在沉默的人生中看出了主宰着一切的宿命，他明白他自己也不过是这个宿命的一部分，而且他已经看穿了这些拉着他的山民和他们的打算。他还领悟到：正是因为他放弃了过去的成见，他才有了这种新的认识。想到这里，他转身向着那些抓着他的山民，说：'我什么也不说！'

"'我什么也不说！'这就是他说的话。他就只说了这么一句。于是那些人立刻把他拉到那块大岩石前，推倒在石面上，又把那姑娘从抬床上扶起，领到前面来，她的胸脯急速地起伏着……"

"她的什么？"

"她的胸脯起伏不停。"

"往下讲。"

"那姑娘俯下身子，吻了他一下，然后退一步离开。接着，一个刽子手便走上前来，双手举起手里的剑，只一挥，那旅行者的头便滚了下来。"

"我想这就是故事的结尾了吧？"

"不，还早着呢。"

"你大概要说头虽掉了，可人还活着。"

"对。他从梦里醒了过来，又冷又怕，浑身发抖。四周是孤零零的峡口、荒凉的群峰和寂静的山野。”

“那你呢？”

流浪汉若有所思地微笑着，好像是沉浸在了自己遥远的回忆之中。“这些梦也反映了人间的生活，”他说，“人们醒来，心里还记得梦里的零星事件，但梦的整个情节却很难记得起了。然而，梦的故事情节才是梦的灵魂，而梦中发生的零星事件则是前后可以变化的。另一方面，在我们醒着的世界里，各种事件一旦发生就发生了，它们是由情节这条轴线贯穿起来的。是人来把这些事件编成故事的。世上每一个人都是他自己的故事的咏唱者。人就是这样与世界联系纠缠在一起的。因此，人从他的梦中醒过来，既是一种失落，也是一种解脱。好了，那时候我本来也该醒过来了，就在我快醒过来，那个睡在石头上的旅行者即将消失的时候，我忽然觉得有些舍不得与他分手，所以便喊住了他……”

“他有名字吗？”

“没，他没名字。”

“那你怎么叫的？”

“我就那么喊了，叫他别走，他就留下了。我接着继续睡觉，他便来到我跟前，等着我。”

“我想他看见了你，一定很惊讶吧？”

“问得好！”

“他看上去的确有一点儿惊讶，不过，这是在梦里嘛！在梦境里，最奇谲的夸张也不会令人惊异，最荒诞的幻想也显得平平常常，所以他也不是太惊讶。在日间平常的生活中，人们总是企图照我们的习惯去规范和改造周围的事物，这就引起了很多困难和矛盾，从而使我们的身心备受内在冲突的煎熬。而在睡梦里，我们则简直成了修成正果的神仙，处在了随心所欲的化境，简直可以天马行空了。”

“我还有另一个问题。”

“你大概想问那个旅行者知不知道他一直在做梦？”

“看起来，还真像你说的，以前你大概多次讲过这个故事了。”

“那当然。”

“那你怎么回答呢？”

“你恐怕不喜欢我这个答案……”

“没关系，你尽管说吧。”

“他也问了我与你一样的问题。”

“他也问了你他是不是在做梦？”

“对。”

“他怎么说的？”

“他问我是不是看见了那些人。”

“那些穿着长袍拿着蜡烛的人？”

“是的。”

“那你怎么说了？”

“当然，我说我看见了。”

“你就真这么对他说了？”

“我说的是实话啊！”

“可他也完全可以认为你在撒谎，对不对？”

“为什么这么说？”

“因为你说看见了那些人，那就意味着他的梦境竟然成了事实，而这又怎么可能呢？”

“对！你看出了这里的困难。”

比利转身吐了一口唾沫，望了望北面的景色，说：“我得走了，我还得走好长的路呢。”

“有人在等你吗？”

“要是有就好了。”

“那个旅行者希望我能是他的梦的见证人，但在梦里怎么可能有见证人？这你自己刚才也都说过了。”

“那不过是个梦，你梦见了他，在梦里你愿意叫他干什么他就干什么。”

“那在我梦见他以前，他又在哪儿呢？”

“这你问你自己吧！”

“让我再说一遍，我认定是这样的：那个旅行者的经历和你的、我的是一样的，这就是构成他的所有东西。还有别的什么东西呢？我并没有像上帝造人一样创造了他，不然，我怎么竟会在他说话之前，不晓得他将会说出什么；在他行动之前，不晓得他会做什么呢？在梦里我们不晓得下面会有什么出现，总是出来了，才叫我们吃一惊。”

“倒也是。”

“那么，梦是从哪儿来的？”

“我不知道。”

“这是因为两个世界在这里相碰撞了。你以为人有能力随心所欲地召唤现实世界或者梦中的世界，然后使它们活动起来，在里面摆上有模样、有形有影的大小人物，按他自己的喜怒哀乐和七情六欲去表演、去生活？一个人能这么隐身在幕后吗？是谁在隐藏着？又是躲着谁呢？

“人可以表现和描述出上帝所创造的世界，也只能表现出这个世界。无论你怎么说，你自己的生活也并非是你自己创造的。这个世界的样子在混沌初开时就已经不可变更地确定了。说什么‘否则将来会怎样’等等是没有意义的，因为这里根本就没有什么‘否则’可言。用什么来构成另一种生活呢？它藏在什么地方？又是什么样子的呢？只存在实际上的生活这唯一一种可能。我们虽然没有能力事先猜度它，但实际生活仍然实实在在地存在。说什么我们本来可以有另外某种生活经历，是毫无意义的。”

“这该是故事的结尾了吧？”

“不，还不是。那旅行者站在那块大石头边，石头上刀斧的痕迹和颈血氧化后的黑斑历经多年的风吹日晒，依然清晰可见。他前一晚躺倒在这石块上睡觉时，丝毫没有想到会死，而这会儿醒来之后，除了死再也没有其他事可想了。前一晚杀他的那伙人曾要他细细察看周遭的天地，现在这天地也完全变了样。他的生活好像在中途突然出了轨，进行着的事情好像突然停了摆，天地和周围的一切本来像是与人的气运协调和合的，现在也像是激荡奔突着暴烈的破坏性力量，好像随着天地的演变，一切事情都散了架，乱了套。他甚至觉得时间都乱了套，从而今后事情是怎么发生的干脆弄不清了。这问题严重吗？”

“你问我？”

“对。”

“我想这对你的确严重。对那个做梦的旅行者嘛，我就说不清了。你说呢？”

那人停顿了一会儿，沉思着，然后说：“我觉得，那个做梦的人觉得自己是到了一个十字路口，面临着选择。但实际上这儿并不存在什么十字路口。我们并没有其他任何选择，只有一个决定可做。我们可能会考虑做什么选择的事，但实际上只能走唯一的一条路。世界的发展本来是能以许多可能的方式来开始的，但到了现在，你却不可能再退回去，分开成原来的那许多可能了。到了一定的时候，世界发展得这样复杂，对它加以任何描述都是不可能的了。我认为那个做梦的人所认识的，就是这一点。随着我们描述世界的能力变得越来越弱，描述世界的故事必然也就失了头绪，因而变得不足为凭。然而未来的世界仍旧必然是由既往的世界的要素构成的，因为你手中没有任何其他材料可用。我认为他看见他身边的整个世界变得混乱不清，看见了他自己对生活的整个计划也不过是对已往旧事物的重复。我相信，就是这么一幅令人沮丧的黑暗景象，明白地呈现在他面前。”

“我得赶紧走了。”

那流浪者没作声。他坐着，注视着路边的洼地和远处光秃秃的山野。在初升的阳光下，洼地和山峦边缘都闪烁着迷蒙的微光。

“我们周围的这片荒原以前是一片大海，”他说道，“它们怎么会消失了呢？海洋是什么做成的呢？我又是什么做成的呢？还有你呢？”

“我不知道。”

那汉子站了起来，伸展着身子。他使劲地伸展着，扭动着身子，又触摸地面。他俯视着比利，脸上露出笑容。

“这就是故事的结尾？”比利问道。

“不。”

他蹲了下来，伸出一只手，手心向上。

“伸出一只手来，”他对比利说，“像我这样！”

“这是起誓，还是什么？”

“不是。你早已发过誓了，你这辈子不再需要发誓了。把手举起来！”

他像那人一样地举起一只手。

“你看出两只手的相似了吧？”

“是的。”

“是的。所以，认为世界上每样东西都只有单独一份，完全是胡说。整个世界，一切东西的样板早早以前就做好了。整个世界的故事，也就是我们所了解的世界，不可能存在于宇宙的运行机制之外。同样，这些运作演绎机制也不可能存在于它们自身的历史发展之外。这样，你的生活并不是世界简单的写照，而是世界本身，它不是由梦啊时间啊这些东西构成的，而是由信仰构成的。它不替代其他的任何东西，也没有任何东西可以替代它。”

“后来那个流浪者怎么了？”

“什么也没怎么。故事没有结尾。他醒了，一切都是原样，他可以随便走了。”

“再走进别人的梦里去？”

“也许吧，所有别人的这些梦，也都不会有什么结局。这里所探求的完全是另外的东西，无论用人的梦来说明，或用人的活动来说明，都不得要领。人们的梦和活动都受着人们欲望的驱动，人总追求实际的生活和梦想达到一致，但这永远达不到。这一点，人们倒要十分感谢才好！”

“这时你还是在睡着？”

“是的。在我的梦的最后，我和那个旅行者走下山去，到了下面的平原上。平原上有一个村落，看起来冷冷清清的，没有炊烟，没有人影。我们走到跟前，发现这原来是个被遗弃了的山民宿营地。这里石头地面上有铁杆支起、兽皮搭成的棚舍，棚舍里面陶土盘里还留着已经僵冷、没有吃过的食物。地上摆着粗糙简单的储物筐，墙角里放着雕刻着铭文、镶嵌着金银丝纹的古老武器，木柱上挂着兽皮缝成的袍子。四角包着铜皮、配着铜搭扣的生皮皮箱，因为年代久远和多次搬动，已是遍体鳞伤了。箱子里面装着账簿、日志，记录了这个消亡了的游牧群落的历史，记录了他们走过的行程，记录了他们在迁徙中的消耗和花费。稍远一点儿的地方，还挂着一张兽皮，上面缝绑了一具尸骨架子。我们两人一起走过了这片冷清的村落。我问他这里的人是不是有什么事暂时离开了，他说不是的。我问他那到底是出了什么事，他看着我，说道：‘我以前来过这儿，你也来过。这儿的东西可以随便拿，但你可千万什么也别碰。’他说到这里，我就醒来了。”

“从他的梦里，还是从你的梦里醒来了？”

“就只有一个梦啊！还能从哪里醒来？这样，我就从那个世界醒了过来，到了这个世界。跟那个旅行者一样，我在梦中舍弃的东西，又回到了我身边。”

“在梦里你舍弃了什么东西呢？”

“你生命中所有无法表达和描述的东西：某个山峡，某块血迹斑斑的石头，石头上的刀斧痕迹，刻在石岩上鱼、虫化石之间的名字。还有各种朦胧的事物：干涸的海洋，游猎者的刀剑，刻在刀剑上的梦境，先知用来卜卦的骨头，无声的寂静，渐渐沉寂的风雨，以及无边黑夜的降临……”

“我得走了！”

“一路平安！”

“一路平安！”

“希望你的朋友在那边等着你。”

“但愿。”

“每一个人的死，都是对其他人的死的替代和推延。每个人都是要死的，所以没人不害怕。唯有对那代替我们先死的人的爱，可以稍微减缓我们对死的畏惧。我们不用等什么人来把这个人的故事写出来，因为他以前就在我们这里生活过，他也就是我们大家，他代表我们大家戴枷甘心受罪，直到轮到我们来代替他。你爱他，爱这个人吗？你尊重他的生活吗？你愿意听他的故事吗？”

那天夜里比利睡在公路边一截水泥管子里。养路工正在那段路上施工，一辆巨大的欧几里得牌大卡车停在管子外面的泥地上。卡车那一边，原是一条从东向西的公路引桥，现在剥掉了桥面，剥掉了三角支墙，只剩一根根光秃秃的大立柱，成簇地站在那儿，渐次高起来，弯曲地伸向远处，像是站在尘埃中古代圆柱大厅的废墟。夜里，一阵疾风从北方吹来，夹带着大草原上潮润蒺藜的气息。风里饱孕着雨水，却终没有下雨。他努力睡了一会儿，又起身，像坐在一口大钟里一样，坐在水泥管的圆口边，往黑暗的深处张望。西面的荒原上竖着一座房子，初看以为是一座古旧的西班牙教堂，再细看，才发现是一座有白色拱顶的雷达跟踪站。房子后面，在阴翳的月光下，他仿佛看见一排人的身影，他们好像都穿着长袍，在风里扰攘着、挣扎着，想穿过那片荒原向他奔来。一些人摔倒了，挣扎起来，又摔倒了，可一点儿也没能前进。那些人看上去都像是疯人院里的疯子，穿着颜色惨淡的白色囚衣，无声地叩打着拘禁着他们的窗玻璃。比利张嘴喊了他们一声，可他的叫声完全被风淹没了，何况他们也离得太远，不可能听到他的声音。这么过了一会儿，他又裹着毛毯躺倒在水泥管底，再过了一会儿，才慢慢睡着了。到了早晨，风雨过了，他借着早晨的亮光往外一望，才发现昨夜他看见的原来不过是一张张白色塑料袋和废包装纸，被风刮过来，挂在那边的篱笆铁丝网上不停地使劲抖动、扑打着。

他继续往西走，走到了新墨西哥州的德贝卡县。他在那里寻找他小妹妹的坟，但没能找到。那地方的人对他都很友善，天也一天天暖了起来，所以路上的日子不费什么劲就过去了。在路上他时不时地停下来和孩子们说话，和马儿说话。女人们把他让进家里，在厨房里给他饭吃。晚上他便裹着毯子睡在星空下，望着一颗颗陨落的流星划过天际。一天傍晚，他来到一株白杨树下的水泉边喝水。他俯下身子，噘起嘴，从丝绸一样光滑清凉的水面上吸啜，悠然望见身下流水中几尾小鱼，影布石上，来回游弋。他回头看见身旁一个树桩上搁着一个洋铁皮杯子，便取下来拿在手里坐着。好多年了，他都再没见过这种好心人放在泉边的杯子了！他怀着虔诚的心情，像在他之前来这儿喝过水的千百个不相识的伙伴一样，双手捧着杯子，浸到泉中，舀起清凉的泉水，喝得串串水珠滴满衣襟。

那年秋天，天气转凉的时候，新墨西哥州波塔利斯城外一家好心人收留了他。他住在紧靠厨房的一间小房里，就跟他小时候住过的一模一样。外面过道里挂着一个相框，里面的照片是从一个破成五六块的玻璃底板冲印出来的，上面是这家人的几个前辈，坐在一间书房里。因为照片是由好多片拼凑起来的，书房有点歪歪扭扭的，结果使得坐在那儿的几个人，脸、姿势都显得各不相干似的。

这家人有一个十二岁的女儿和一个十四岁的儿子。做父亲的给他们买了一匹小马，圈在屋后的小棚子里。那小马还小得很，可小孩们下午放学一下了校车，比利便带上他们一起出去，把小马披挂起来，给小孩们玩。男孩子很喜欢骑马，而小姑娘则更是迷上了它，晚饭后，直到深夜，她还跑过去，不顾寒冷，坐在小棚子里散乱着麦草的地上，絮絮叨叨地跟小马说个没完。

晚上吃过饭后，有时候女主人邀他一起打牌，有时候孩子们和他坐在厨房的大台子边，听他讲马啊牛啊和种种以前的事情，还有他在墨西哥那边的各种故事。

一天夜里，他梦见了弟弟博伊德：他俩在一间屋子里，可博伊德总也不跟他说话，他便喊起他的名字来，于是，他一下子醒了过来。女主人正坐在他床边，手推着他的肩膀，问："帕勒姆先生，您没事吧？"

"噢，没事。真对不起，我大概是做了个梦。"

"你真的好着呢？"

"真的，太太。"

"要不我给你拿点水来？"

"不了，太太。谢谢你，我马上就又会睡着了。"

"我把厨房的灯留着吧？"

"那太好了，要是行的话。"

"行。"

“太谢谢您了。”

“博伊德是你的兄弟？”

“对，他死了好多年了。”

“可你还惦记着他呢。”

“是啊，永远也忘不了。”

“他比你小？”

“是，小两岁。”

“哦。”

“他是家里最棒的男孩子。当年我和他一起跑到墨西哥去了。那会儿我们都还是孩子，家里父母没了，我们就跑到墨西哥那边去，想看看能不能把被偷过去的马搞回来。那时候我们还都是小孩子！博伊德最会侍弄马了，我总爱看他骑马，爱他在马群里来来去去的样子。唉，要是怎么能再见他一面，我死也甘心了……”

“你一定能的。”

“借你的吉言。”

“你不要来杯水，真的？”

“不了，太太。我不渴。”

她拍拍他的手。这手骨节嶙峋，青筋暴露，布满了绳子勒出的伤痕和太阳晒出的黑斑。从这张手上可以读出他的经历和沧桑，可以看到上帝留下的印记和赐予，可以想见他颠沛劳顿、悲苦孤独的一生……

“贝蒂。”她起身要走，他叫住了她。

"什么？"

"其实……我其实并没有你想的那么好，我这个人什么也不行。不知道，你为什么待我这么好……"

"哦，帕勒姆先生，我明白，我明白，我也不知道为什么。好了，你好好睡吧。明天早上见！"

"早上见，太太。"

我已年迈，似又回到了儿时，
当我老时，你就成了我。
世界变得冷酷无情，
未开化者在狂怒。
故事讲完了，
翻过这一页吧，读者！